고문관

고문관

초판 1쇄 인쇄 | 2021년 12월 16일
초판 1쇄 발행 | 2021년 12월 23일

지은이 | 윤자영·박해로·문화류씨·정명섭
펴낸이 | 박영욱
펴낸곳 | 북오션

경영지원 | 서정희
편 집 | 권기우
마케팅 | 최석진
디자인 | 민영선·임진형
SNS 마케팅 | 박현빈·박가빈
유튜브 마케팅 | 정지은

주 소 | 서울시 마포구 월드컵로 14길 62
이메일 | bookocean@naver.com
네이버포스트 | post.naver.com/bookocean
페이스북 | facebook.com/bookocean.book
인스타그램 | instagram.com/bookocean777
유튜브 | 쏠쏠TV·쏠쏠라이프TV
전 화 | 편집문의: 02-325-9172   영업문의: 02-322-6709
팩 스 | 02-3143-3964

출판신고번호 | 제2007-000197호

ISBN 978-89-6799-655-0 (03810)

고문관

윤 자 영
박 해 로
문화류씨
정 명 섭

Bookocean

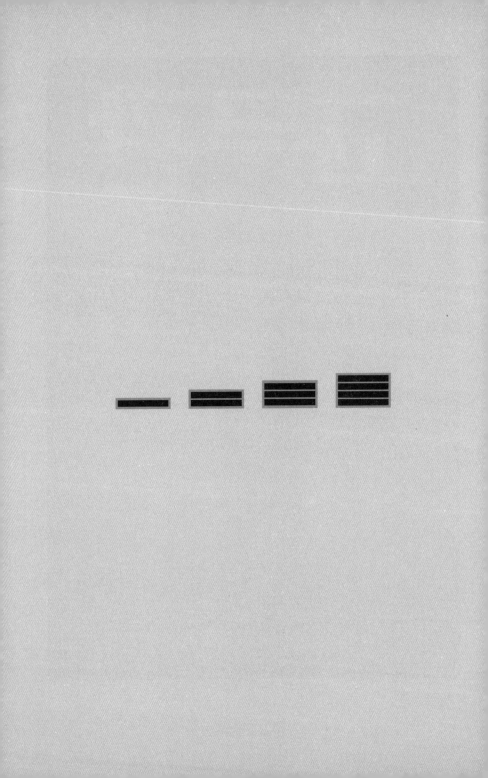

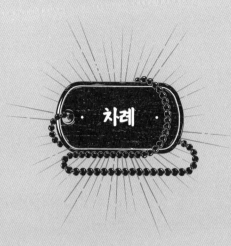

· 차례 ·

살인 트리거 | 윤자영   6

고문관 | 박해로   100

불청객이 올 무렵 | 문화류씨   214

사라진 수첩 | 정명섭   274

살인 트리거

윤자영

프롤로그

드디어 나의 살의가 폭발했다. 살인 트리거가 당겨진 것이다. 충동적이지 않기에 머릿속은 차분했다. 먼저 가죽장갑을 끼고, 탄띠에서 탄창 하나를 꺼냈다. 소초장의 빨간 도장이 찍힌 봉인지가 보였다.

십오 발 두 탄창 이상 무. 수류탄 봉인 상태 이상 무.

매번 경계근무 후 탄창과 수류탄을 반납할 때 외치는 소리다. 한 탄창에는 15발이 들어있다. 나는 봉인지를 뜯어 K2 소총에 탄창을 밀어 넣고 노리쇠를 당겨 총알을 장전했다. 다음 수류탄이 들어 있는 원통형 종이박스의 봉인과 강하게 붙어 있는 검정 테이프를 어렵게 제거했다. 철책 근무에서 북한군과 마주하면 싸우라고 지급한 것인데 이렇게 강하게 붙어 있다가는 실전에서 잘 사용이 될까? 하는 의문이 들었다.

원통형 상자에서 계란형의 국방색 수류탄을 꺼내 들었다. 수류탄은 훈련소에서 한 번 사용해 봤다. 머릿속에 순서가 정확히 들어 있으니 사용에는 문제없을 것이다.

현재 시각 새벽 4시 소초는 조용하다. 전반야 근무를 서고 들어온 병사들은 자고 있을 것이다. 지휘관과 행정실도 마찬가지다. 나는 조심히 복도를 걸었다.

"최호남 개새끼. 너는 쉽게 죽으면 안 되지."

나는 제1 내무실 문 앞에서 수류탄을 오른손으로 잡았다. 안전클립 제거하고 안전핀을 뽑았다. 이제 던지면 뇌관이 타들어가 3초 후 폭발한다. 내무실 문을 열고 왼쪽 침상으로 수류탄을 던졌다. 모든 것의 원흉 최호남의 자리는 오른쪽 침상이지만 지옥의 상황을 조금이라도 더 경험시켜 주고 싶었다. 왼쪽에는 윤성락이 있으니 그것도 좋았다.

얼른 뛰어 모든 문이 보이는 복도 끝에서 무릎쏴 자세를 취했다. 복도로 나오는 병사들을 조준 사격할 것이다.

쿠우우쾅!

수류탄이 터지며 어마어마한 소리가 났다. 아마 강안 경계부대 전체에서 소리를 들었을 것이다. 잠시 후 비명과 괴성이 들렸다. 먼저 문이 열린 곳은 행정실이었다. 나는 사람을 가리지 않기로 했다.

탕! 탕!

가까운 거리기에 조준 사격은 어렵지 않았다. 행정병 하나가 가슴에서 피가 터지며 쓰러졌다. 다음 제1 내무실 문이 열리면서 주황색 운동복을 입은 병사들이 나왔다.

탕! 탕!

병사들이 쓰러져 갔다. 다음 제2 내무실 문도 열리며 연이어 병사들이 나왔다. 나는 조정간을 자동으로 바꾸었다.

타타타탕!

문으로 나오던 병사들이 쓰러졌다. 내무실 안에서 고성과 외침 소리가 났지만 복도에서 벌어지는 참극을 보았는지 더는 나오지 않았다. 이제 철책 근무자들도 실탄을 삽탄하고, 소초에서 무슨 일이 벌어지는지 올 가능성이 있었다. 어서 복수를 마무리해야겠다.

"최호남 새끼는 어떻게 됐지?"

나는 15발짜리 새 탄창으로 교환했다. 기존 탄창에는 2발이 남아 있었다. 이건 최후에 사용해야 한다. 제1 내무실로 뛰어가다 복도의 가득한 피와 살점들에 미끄러져 바닥에 넘어졌다. 엉덩이에서 둔탁한 소리와 통증이 밀려왔다.

"아이 씨팔."

어서 서둘러야 한다. 나는 힘겹게 일어나 제1 내무실을 열었다. 아비규환의 내무실 오른쪽 침상을 보았다. 엎드려 있던 병사가 고개를 들었다. 순간이었지만 호남의 화상 자국이 분명히 보였다. 나는 15발이 모두 발사될 때까지 트리거를 당겼다.

1

"장정 여러분. 이제 여러분이 2년 2개월 동안 복무할 부대를 무작위로 배정하겠습니다."

정충식은 내무실 텔레비전을 통해 부대 배정 장면을 보고 있었다. 군복을 입은 장정[1]과 한복을 입은 부모 대표가 컴퓨터 앞에서 엔터를 눌렀다. 컴퓨터 안에서는 의정부 306 보충대에 입소한 수천 명 장정들의 부대가 무작위로 배정되었다.

잠시 후 내무실 벽에 종이가 붙었다. 장정들이 달려가 자신의 이름을 찾았다. 정충식도 자신이 배정받은 부대를 찾았다.

'×사단.'

×사단은 파주시에 위치했다. 집인 인천에서 더 가까운 곳도 있었지만, 옆에서 강원도로 배치받은 장정들이 한숨 쉬는 모습

---

1 부역이나 군역에 소집된 남자로, 보충대에서는 입소한 남자를 장정이라 불렀다.

을 보고 다행이라고 생각했다. 이제 내일이면 각자 배정받은 사단의 훈련소로 가서 훈련병이 된다. 본격적인 군대 생활이 시작되는 것이다.

다음날이 왔다. 장정들은 더플백을 메고, 각자의 목적지가 새겨진 군용트럭을 탔다. 비가 왔고, 내리는 비가 거세질수록 마음도 가라앉았다. 도살장에 끌려가는 동물의 마음이 이럴까?

"아, 씨발. 끌려갈 때 끌려가더라도 담배나 한대 피웁시다."

가장 뒤쪽에 앉은 장정이 담배를 꺼내 불을 붙였다. 머리를 삭발한 남자였다. 그것을 시작으로 하나둘 불을 붙이기 시작했다. 중간쯤 앉은 정충식도 담배를 꺼내 불을 붙였다. 그나저나 삭발 남자의 얼굴이 낯이 익었다. 오른쪽 눈 위쪽으로 있는 화상 자국 때문에 박력 있어 보였다. 눈 위의 화상 자국. 정충식은 담배를 깊게 빨아들여 연기를 내뱉었다.

비 오는 날 담배 연기는 더 선명한 하얀색으로 하늘로 피어올랐다. 어릴 적 그 얼굴이 머리에서 떠올랐다. 설마……. 지금은 담배나 더 피우자며 다시 입에 힘을 주었다.

×사단으로 가는 군용트럭은 여러 대였다. 뒤따르는 트럭의 운전병과 옆에 탄 군인이 손가락질하며 노발대발했다. 차가 잠시 멈추자 트럭 운전병은 창문으로 머리를 내밀고 소리쳤다.

"야 이 개새끼들아! 담배 안 꺼! 너희 훈련소 도착하면 죽인다!"

군복을 입어 그런지 다른 군인들을 보면 높은 사람으로 보여 위축되었다. 하나둘 담배를 끄기 시작했지만 처음 말을 꺼냈던 삭발한 남자는 담배를 더욱 깊게 들이마시더니 도발하는 양 담배 연기로 도넛을 만들었다.

"모두 쫄 필요 없어요. 같은 부대 안에서도 다른 중대라면 계급에 상관없이 그냥 아저씨래요."

남자의 목소리는 청명했다. 그만큼 목소리에서 믿음이 느껴졌다. 삭발 남자의 말에 불을 끄려던 몇몇이 계속 담배를 피웠다. 뒤 트럭의 군인들은 계속 노발대발 소리쳤다.

"쫄지 마요. 저 사람이랑 만날 일은 없어요."

정충식은 군화로 담배 불씨를 끄고는 주머니에 꽁초를 넣었다. 삭발 남자의 말이 맞더라도 훈련소로 끌려가는 지금 담배 맛도 나지 않았다. 시골길을 얼마나 달렸을까? 트럭은 붉은 얼굴의 도깨비가 그려진 군부대로 들어갔다.

트럭이 들어가는 길 양쪽에는 조교 하이바를 쓴 군인들이 양팔을 허리에 올리고 서 있었다. 하이바 때문에 눈이 보이지 않았다. 트럭 행렬이 멈추자 조교들의 욕설이 시작됐다.

"훈련병들 빨리 내려!"

"이 새끼들 어서 움직여!"

"앞사람 어깨 위에 손 올리고 고개 숙여!"

"야 이 시발놈아, 고개 숙여!"

정신이 하나도 없었다. 정충식은 앞사람의 어깨 위에 손을 올리고 고개를 숙였다. 이제 지옥의 시작이구나.

"이동해! 고개 숙여! 그냥 따라가!"

훈련병들은 목적지가 어디인지도 모른 체 그저 앞으로 걸어 갔다. 훈련병들이 들어간 곳은 강당이었다. 먼저 들어온 훈련병 들이 머리를 박고 있었다.

"개새끼들아, 뭘 쳐다보고 있어! 더플백 옆에 내려놓고 머리 박아!"

얼마나 머리를 박고 있었을까? 간부들이 들어오기 시작했고, 그제야 자리에 앉을 수 있었다. 병사들은 한 명씩 나가서 간부 들과 상담했다. 말은 상담이었지만, 상담을 가장한 조사였다.

"정충식 훈련병, 사회 있을 때 범죄 경력을 모두 말해라."

갈매기 세 개, 늙은 상사는 삼백안의 눈으로 충식을 째려봤 다. 거부할 수 없는 눈빛이었다.

"조사하면 다 나와."

정충식이 처음 파출소에 갔던 것은 중학교 1학년 때였다. 정 충식은 될 대로 되라는 마음으로 모든 사실을 고했다. 삼백안 상사는 노트에 기록을 멈추고는 말했다.

"이 새끼야, 여기는 군대야. 민간인처럼 행동하지 말고 똑바로 해!"

자신이 털어놓은 범죄에 대해 억울함을 호소하고 싶었지만, 그런다고 삼백안의 상사가 공감할 것 같지는 않았다.

"훈련병, 어서 들어가라."

고개를 돌려 자리로 돌아오려던 순간 트럭에서의 삭발 남자와 눈이 마주쳤다. 삭발 남자는 자신의 오른손바닥으로 눈 위의 화상 자국을 가렸다. 아른거리던 얼굴이 확실히 보였다. 정충식은 그에게 입 모양으로 '최호남'이라고 말했다. 어릴 적 최호남은 눈 위의 화상 자국을 가리기 위해 앞머리를 길렀었다. 정충식이 자기를 부른 걸 알아챈 최호남이 하얀 이를 드러내며 웃었다.

"개새끼야, 꾸물거리지 말고 들어가!"

뒤에서 조교의 외침이 들려 정충식은 자리로 돌아왔다. 정충식은 앞쪽의 삭발 머리를 바라봤다. 정충식 자신이 삼백안 상사에게 고백했던 범죄들은 모두 저놈 때문이었다. 최호남이 뒤돌아 입 모양으로 말했다.

'반갑다. 친구야.'

정충식은 순식간에 어린 시절 기억으로 빠져들었다.

강안 경계부대에서 총성 장병 9명 사망, 4명 중상, 북괴소행일까?

2000년 4월 28일 새벽 4시 경기도 파주시 송천리의 한 소초에서 총성이 울렸다. 송천리 소초는 한강 하류를 경계하는 GOP 부대로 임진강을 따라 내려와 침입하는 간첩을 막는 경계 소초이다. 군에서는 소초의 소대원 9명이 사망하고, 4명이 중상을 입었다고 발표했을 뿐 누가 그랬냐는 질문에는 조사 중이라고 발표했다.

2

정충식이 국민학교 6학년이던 어느 날 갑자기 이사가 결정되었다. 정충식은 자신의 가방과 작은 보따리를 들었다. 어차피 작은 단칸방이어서 짐은 많지 않았다. 아버지는 리어카를 힘들게 끌었다.

세들어 살던 집 위로 서해안 고속도로가 지나간다고 했다. 정충식은 어려서 몰랐지만 그 시절 주인만 보상을 받았을 뿐 세들어 사는 서민들은 그냥 거리로 쫓겨난 것이다.

"아버지, 어디로 이사 가요?"

"우리 집이 생긴단다."

이사 간 곳은 산이었다. 평소 뒷산에 약수터로 가는 길이었다. 산에는 판잣집들이 있었다. 아버지는 힘겹게 리어카를 끌고는 산길을 올랐다. 아버지는 허름한 판잣집들 끝에 앞으로 살아갈 집을 지은 것이다.

무허가 판자촌, 수시로 건장한 사내들이 와서 집을 때려 부쉈다. 판자촌 사람들은 부서진 집의 기둥을 다시 세우고 집을 다시 만들었다. 내일은 옆집을 부술 것이고, 아버지를 포함한 마을 사람들이 다시 집을 만들 것이다.

그렇게 몇 달이 지났을까? 집에 전기가 들어왔고, 집을 부수는 사내들은 오지 않았다. 산동네에는 정충식의 또래가 여럿 있었다. 그중 6학년 네 명은 산을 놀이터 삼았고, 40분 거리의 국민학교를 같이 다녔다.

산속에는 정충식과 아이들이 축구하는 곳이 있었다. 넓은 공터라 아이들은 '산운동장'이라고 불렀다. 어느 날 넓은 공터 한쪽에 집이 하나 생겼다. 아이들이 사는 산동네에서 20분이나 더 들어와야 하는 외진 곳이었다. 그 집에 최호남이 살았다.

"야, 너 이 집에 사니?"

땅의 흙을 가지고 놀던 최호남이 일어났다. 최호남의 키는 작았다. 그 시절 남학생은 스포츠머리를 했는데 최호남은 앞머리를 길게 길러 오른쪽 눈을 가렸다.

최호남은 한쪽 눈을 빛내며 말했다.

"맞아. 난 최호남, 6학년이야."

"그럼 산학 국민학교?"

"어, 전학이 아직이라 학교는 다음 주부터 나갈 거야."

"우리도 산학 국민학교 6학년이야."

최호남은 하얀 이를 보이며 말했다.

"반갑다. 잘 지내보자."

정충식은 내심 불만이 있었다. 아이들의 놀이터인 산운동장을 최호남 집이 차지한 것도 그렇지만, 아이들이 살던 산동네에서 이렇게 멀리 떨어진 곳의 아이를 친구로 받아들여야 하는지에 대해 마음속으로 갈등했다. 그때 김재식이 나섰다. 6학년이었지만, 키가 크고 덩치가 좋아 골목대장 역할을 했었다.

"아이씨, 우리 놀이터를 뺏고는 잘 지내보자니?"

최호남은 김재식이 발로 밟고 있는 거의 해진 축구공을 보고 대충 상황을 짐작한 것 같았다. 최호남은 한쪽 눈알을 이리저리 굴리는데, 어떻게 할지 생각하는 것 같았다.

"야, 넌 머리가 왜 이렇게 길어?"

김재식이 손으로 최호남의 가린 앞머리를 들췄다. 최호남은 빠르게 고개를 돌려 손길을 피했지만, 아이들 모두 눈 주위의 화상 자국을 보았다. 이마까지 피부가 갈색으로 변색되었고, 일그러져 있었다. 분위기가 썰렁해졌다.

"야, 너희들 이런 거 봤냐?"

어색한 분위기를 깬 것은 최호남이었다. 하얀 이를 드러낸 최호남은 주머니에서 조그만 잡지 조각을 꺼냈다. 잡지 사진에는 서양 남성과 여성이 벗고 있었다. 성기가 노골적으로 보이는 성행위 장면이었다. 정충식도 자위행위를 시작했던 때였다. 아랫도리에서 반응이 왔다.

김재식은 잡지를 낚아챘다.

"우와! 대단한데! 서양인들 장난 아니다."

"너 줄까?"

"정말?"

김재식은 최호남의 어깨에 손을 둘렀다.

"얘들아. 같은 6학년이고 같은 동네 사니까 이제 최호남과 친하게 지내자."

골목대장격인 김재식이 말이니 거역할 수 없었다.

"호남이 너 어디서 이사 왔어?"

"서울."

"서울에는 이런 게 많은가 보지?"

"널렸지. 다음에 다른 것도 보여줄까?"

"좋지."

그렇게 최호남은 작은 잡지 조각 하나로 남자들 무리로 무난히 들어올 수 있었다.

최호남은 이상한 잡기술을 많이 알고 있었다. 그가 처음 보여준 것은 10원짜리로 100원짜리를 만드는 기술이었다. 가난한 산동네 아이들에게 용돈이 있을 리 만무했다. 10원이 100원이 되는 기술은 가난한 산동네 아이들에게 커다란 마술이자 선물이었다.

최호남은 10원짜리 여러 개를 쌓아 둘레를 스카치테이프로 감았다.

"삼촌에게 배웠는데 정확히 일곱 바퀴 반이야. 그래야 지름이 100원짜리랑 같아져."

산운동장 한쪽 최호남의 판잣집에서 항상 술에 절어 있는 사람을 가끔 봤는데, 호남은 그 사람을 말하는 것이리라. 그러고는 날카로운 면도칼로 가래떡 썰 듯이 테이프 감은 10원짜리를 썰었다. 정말 100원짜리와 두께가 같아졌다. 김재식이 허무한 목소리로 말했다.

"이걸 어디다 쓰는데? 10원짜리일 뿐이잖아."

"흐흐흐, 오락실로 가자."

당신 아이들이 놀 만한 곳은 오락실이었다. 한 판에 100원 하는 오락은 재밌지만, 산동네 아이들은 돈이 없어 구경만 할 뿐이었다.

"근데 단점이 있어. 이걸 쓰면 이제 그 오락실은 못 가."

우주 오락실, 학교 앞에 있는 세 개의 오락실 중 한 곳이었다. 최호남이 보글보글 기계에 앉았고, 네 명의 아이들은 주위를 둘러섰다.

"그럼 넣는다."

최호남은 만들어진 동전을 투입구에 넣었다. 또링 소리가 나면서 화면 속 코인의 숫자가 올라갔다. 네 명의 아이들은 작게 환호성을 질렀다. 그날 아이들은 300원으로 3000원어치 게임을 즐길 수 있었다. 정충식도 범죄라는 마음이 들지 않았다.

산동네 아이들은 어두운 산길을 올라왔다. 길 옆으로 주인 없는 산소도 있고, 연못도 있었다. 귀신이 나올 만큼 무서운 분위기지만 매일같이 지나는 아이들에게 공포감을 주지는 못했다. 아이들 다섯은 산소에 등을 기댔다. 최호남이 손가락 하나를 들고 말했다.

"오락실에는 우리 말고도 사람이 많아서 우리가 했다는 증거는 없지만 당분간 가지 않는 것이 좋아."

김재식이 산소에 난 마른 풀을 뽑아 하늘로 던졌다. 그리고 크게 한숨을 내쉬었다.

"아, 씨발. 어디서 돈 나올 데 없나?"

김재식이 말했지만, 가난한 산동네 판자촌에서 용돈을 넉넉히 줄 부모님은 없었다.

"재식아, 돈 벌 수 있으면 할 거야?"

김재식은 최호남 앞으로 다가왔다. 어두운 산이었지만, 눈이 초롱초롱 빛나고 있었다.

"뭔데? 방법이 뭐야?"

"드라이버."

"나사 조이는 드라이버?"

"그래."

"그걸로 돈을 벌어?"

"아까 오락실 동전 넣는 곳 생각해 봐. 가끔 돈 먹었을 때, 주인아저씨가 어떻게 했지?"

정충식은 오락실을 상상했다. 가끔 오락기가 100원을 먹을 때가 있다. 주인아저씨에게 말하면 아저씨는 십자드라이버를 가지고 온다. 그리고 동전을 넣는 곳의 네 개의 나사를 풀고는 동전 넣는 부분을 밖으로 꺼낸다. 주인아저씨는 100원짜리가 지나가는 길의 핀을 건들어 본다. 그럼 오락기에 돈을 넣은 것처럼 코인의 숫자가 올라갔다. 정충식이 크게 깨달아 소리쳤다.

"드라이버로 돈 넣는 부분을 열면 공짜로 오락을 할 수 있겠어."

하지만 정답이 아닌지 최호남은 검지를 좌우로 흔들었다.

"그건 오락을 하는 것이지. 돈을 벌지는 못하지."

"그럼 어떻게 해?"

"돈 넣는 부분을 밖으로 빼내면 거기로 손을 넣을 수 있어. 바로 아래 동전이 모이는 돈통이 있지."

김재식이 손가락을 튕겼다.

"우리는 오락도 공짜로 하고, 모인 동전도 가지고 오고."

최호남은 하얀 이를 보이면 웃었다.

"오락실 주인이나 다른 사람들이 못 보게 너희가 방어막을 잘 쳐야 해."

위험했다. 그리고 10원짜리를 사용할 때는 범죄의 느낌이 없 었는데, 이것은 명백한 범죄였다. 정충식은 반대했다.

"너무 위험해. 오락실에는 사람이 많다고. 분명히 들킬 거야."

호남은 한쪽 눈으로 충식을 보았다. 분명히 자신을 째려보는 눈이었다. 그때 나머지 둘도 걱정하자 김재식도 걱정되었는지 말을 끌었다.

"하긴 학교 앞 오락실은 우리 얼굴도 잘 알 텐데……."

김재식마저 반대의 의미로 말을 하자 호남은 표정을 풀고는 하얀 이를 드러냈다.

"아직 그건 무린가? 그렇다면…… 차 털기 먼저 하자."

"자동차? 그것도 보는 사람이 있을 텐데."

"오락실보다는 안전하지. 돈은 적을 테지만."

"차 문은 어떻게 열어?"

"크크크, 창문 끝에 톱을 넣고 몇 번 들어 올리면 잠금장치가 올라와. 삼촌에게 배웠지."

"와, 삼촌이 별걸 다 하는구나?"

"차에 동전을 놔두는 사람이 많아. 우리는 차를 열고 동전을 가져올 거야. 아마 차 주인은 동전을 잃어버린 줄도 모를걸?"

재식은 신기한 듯 말했지만, 충식은 범죄일 뿐이라고 생각했다. 그런 마음을 알았는지 호남은 손으로 이마를 쓸어 넘겼다. 화상 자국이 보였다. 호남의 분위기가 반전되었다.

"충식이 너도 이 정도에는 쫄지 않겠지?"

"그, 그래."

호남이 화상 자국을 보이면 왠지 거절할 수가 없었다. 모두 동의하자 호남은 다시 머리를 내리고 하얀 이를 드러냈다.

"내일 토요일이니 수업 끝나면 시작하자."

토요일 오전 수업이 끝나고 산동네 다섯 아이들이 모였다. 추운 겨울의 초입에 들어서 길가에 사람이 적었다. 호남은 산동네와 반대로 걸었다.

"일단 길에 주차된 차 속을 봐. 동전이 있을 테니 보이면 나에게 말하고."

그렇게 아이들은 다른 동네 골목을 돌아다니며 유리창에 눈을 대고 차 안을 살폈다.

"여깄다!"

재식이 소리쳤고, 호남은 가방을 앞으로 메고 차로 다가갔다. 차 안 기어 앞 수납함에 은색 동전이 몇 개 보였다.

"재식이 골목 저쪽으로 가서 사람 오나 보고, 나머지는 날 엄호해."

호남은 가방에서 갈색 접이식 톱을 꺼냈다. 산동네는 집을 직접 짓고 수리하기에 공구가 많았다. 충식의 집 창고에도 이런저런 공구는 널려 있었다. 호남은 날을 나무 손잡이에서 꺼내 유리창이 내려지는 철문 사이로 넣었다. 그리고는 톱을 들었다 내렸다를 반복했다.

충식은 누가 올까 주위를 연신 돌아보았다. 겨울인데도 긴장감에 땀이 삐질삐질 솟아났다. 하지만 차의 잠금장치는 좀처럼 올라오지 않았다.

"호남아, 왜 안 되는 거야?"

"나도 실제로 하는 건 처음이야."

"뭐라고?"

"주위나 잘 살펴."

호남은 계속 시도했다. 그때 저쪽 골목의 충식이 누가 온다는 신호를 보냈다.

"호남아, 누가 온대."

호남은 재빨리 톱을 접어 가방에 넣었고, 충식은 다른 둘과 들고 있던 축구공으로 노는 척 패스했다. 골목에서 자전거를 탄 아저씨가 나타났다. 충식의 심장은 마구 떨렸지만, 아저씨는 공을 피해 자전거를 운전해 나갔다.

"얘들아, 다시 가려."

호남은 다시 톱을 넣어 잠금장치를 풀려고 했다. 그때 딸각 소리와 함께 잠금장치가 올라왔다.

"됐다!"

호남은 차 문을 열고 상체를 넣어 100원짜리를 집어 자기 동전주머니에 넣고, 차 문에 손가락처럼 솟아 있는 잠금장치를 다시 누르고는 문을 닫았다. 호남은 다른 골목으로 숨어 들어가 주머니에서 동전을 꺼냈다. 700원이었다. 재식의 눈이 반짝였다.

"우와~ 오락이 일곱 판이다."

호남은 재식의 어깨를 툭 쳤다.

"겨우 이거 가지고 그래? 또 돌아보자."

그날 운수가 좋으려고 했는지 얼마 안 가 지갑이 보이는 차를 발견했다. 아이들은 조직적으로 움직여 차 문을 따고, 지갑을 움켜쥘 수 있었다. 지갑에서 나온 돈은 5000원권 1장과 1000원권 2장, 총 7천 원이었다. 아이들은 아드레날린으로 충만했다.

"짜장면 먹을까?"

호남은 지폐를 흔들며 말했다. 그 시절 일반 가정에서도 짜장면은 가끔 먹는 특식이었다. 산동네에서는 생일이 아니라면 먹지 못하는 음식이었다.

"가자~."

아이들은 길에 보이는 태양각이라는 중국집으로 들어갔다.

"아주머니 짜장면 다섯 그릇이요."

"애들끼리 왔어? 돈 있니?"

짜장면은 800원이었다. 다섯 그릇은 4천 원이라는 거금이었다. 호남은 주머니에서 5천 원권을 꺼내 내밀었다. 주인아주머니는 활짝 웃으며 돈을 받았고, 안쪽에 짜장면 다섯 그릇이라고 소리쳤다. 짜장면은 꿀맛이었다. 국민학교 6학년에게 짜장면 한 그릇은 배를 가득 채우고도 남았다.

"아주머니 거스름돈 500원짜리로 두 개 주세요."

아이들은 배부르게 중국집을 나왔다. 아무도 없는 골목에서 호남은 돈을 꺼냈다.

"이제 돈을 나누자."

1000원짜리 지폐가 2장, 500원짜리 동전 2개, 100원짜리 동전이 7개였다.

"어떻게 나누지?"

호남의 말에 재식이 호남의 어깨에 손을 둘렀다.

"당연히 호남이 네가 많이 가져야지. 모든 것을 네가 했잖아. 모두 불만 없지?"

골목대장 재식의 말을 거역할 수는 없었다. 호남은 1000원짜리 1장은 자기 주머니에 넣고는 나머지 한 장은 재식에게 건넸다.

"재식이 네가 아까 망보며 위험한 일을 했잖아."

망보는 것이 위험한 일일까? 누구나 할 수 있는 일이었지만, 분명 호남은 골목대장 재식의 비위를 맞추는 것이었다.

"그, 그렇지?"

재식은 입이 귀까지 찢어질 태세였다. 그리고 호남은 셋에게 500원씩 나누어 주고는 자신의 주머니에 200원을 넣었다. 다른 둘은 짜장면을 먹고 500원까지 얻자 기분이 좋은지 함박웃음을 지었지만, 충식은 뭔가 불만이었다.

"이제 배도 부르니 오락실 가자."

아이들은 학교 앞 오락실로 갔다. 오락실로 들어가기 전 호남은 충식을 불렀다.

"충식아."

재식과 두 아이들이 안으로 들어간 것을 본 호남이 주머니에서 200원을 꺼내 내밀었다.

"다른 아이들에겐 비밀이야."

호남은 충식을 더 생각한 것이다. 다른 아이들 몰래 더 챙겨

수기 위해 자투리 200원을 자신이 챙긴 것이다.

"고, 고마워."

충식은 돈을 받았다. 아까의 불만이 사라지고 고마움을 느꼈다. 짜장면과 오락을 즐길 수 있는 것은 산동네 아이들에게는 호사였다. 그해 겨울 다섯 아이들은 동전을 찾아 옆동네를 돌아다녔다. 어쩌다 큰돈이 나올 때 짜장면을 먹을 수 있었다. 아이들에게는 즐거운 나날들이었다.

산동네 다섯 명은 산학 국민학교 근처의 산학 남중학교로 진학했다.

그 시절 남중은 정글이었다. 약육강식의 세계에서 제외되려면 공부를 아주 잘하거나, 집이 아주 부자여야 했다. 국민학교와 다르게 여러 학교에서 모이다 보니 덩치 좋은 김재식이 짱급이 될 수는 없었지만, 그렇다고 약한 존재는 아니었다. 다섯 아이는 김재식 사단이었다. 키 작은 호남은 책사, 정충식과 둘은 병사였다. 호남은 화상으로 머리를 기르는 특혜를 받았고, 종종 머리를 들추어 아이들에게 겁을 주었다. 다른 짱급 무리들은 초원의 사슴과 얼룩말을 잡아먹는 것처럼 약한 아이들의 고혈을 빨았다. 그 시절은 모두 가난했고, 아이들도 초원의 생활에 적응했다.

산동네 아이들은 다른 아이들을 괴롭히지는 않았다. 호남의 잡기술로 돈을 벌 수 있었기 때문이다. 중학교에 올라와서는 수법을 달리했다. 문구점에서 문구류를 훔쳤고, 동네 슈퍼를 털었다. 슈퍼에는 물건을 저장하는 창고가 있었고, 아무도 없는 새벽에 산동네의 어떤 집에도 있는 절단기를 가지고 창고 자물쇠를 땄다.

훔친 물건은 학교로 가져와 반값에 팔았고, 아이들은 돈을 챙겼다. 언제나 재식과 호남이 많이 가져가고 셋은 나머지를 나눴다. 훔친 물건을 사는 아이들도 부모에게 정가의 돈을 받기에 장물을 사면 돈이 남았다. 윈윈 정책이었다.

중학교 1학년이 끝날 때쯤인가 충식에게 문제가 발생했다. 충식은 그저 천방지축으로 노는 중학생이었다. 그날도 교실에서 잡기 놀이를 하며 놀던 중 실수로 산학 중학교 짱 경남의 책상을 넘어뜨리고 말았다. 서둘러 책상에서 쏟아진 물건들을 넣으려는 찰나 교실에 들어오는 경남에게 들키고 말았다.

키가 175센티나 되는 경남은 느긋하게 걸어왔다. 쉬는 시간 담배를 피우고 왔는지 냄새가 전해졌다. 경남은 가타부타 말도 없이 정충식의 싸대기를 때렸다. 별이 반짝이고 고개가 젖혀졌다. 충식은 서둘러 사과했다.

"미, 미안해."

다른 쪽의 싸대기가 다시 날라왔다. 다시 눈에서 별이 반짝

빛났다. 순식간에 근처 반의 아이들이 모여들었다.

"이 새끼가 돌았나! 어디 교실에서 방방 뛰어."

"미, 미안해. 시, 실수로……."

충식은 눈을 돌려 친구들을 찾았다. 어서 구조의 손길을 기다렸다. 충식은 아이들 사이에 있던 재식과 호남을 발견했다. 도와달라고 하려는 그 순간 재식은 사라졌다. 절망하는 그때 호남이 "선생님 오신다!"라고 외쳤다. 몰려 있던 아이들은 순식간에 사라졌다.

"너 이 새끼 다음 수업 마치고 보자."

수업 시간은 지옥이었다. 뒤를 돌아보니 경남은 책상에 엎드려 자고 있었다. 수업 마치는 종이 울렸지만 계속 자고 있었다. 쉬는 시간 호남이 찾아왔다.

"호남아, 재식이 어딨어?"

"재식이도 경남이에게 싸움으로는 안 돼."

"그렇다고 친구가 도와주지도 않냐."

"내가 어떻게든 해볼게. 지금은 자고 있으니 깨우지 말자."

다음 수업이 끝나고 선생님이 교실을 나가자 경남이 충식에게 소리쳤다.

"개새끼야, 이리 와."

충식은 주뼛거리며 다가갔다. 경남은 발을 들어 충식의 배를 걸어찼다. 배에서 묵직한 통증이 시작되어 온몸으로 퍼져갔다.

"시발놈이 어디서 엄살이야. 안 일어나?"

그때 나타난 것이 호남이었다.

"경남아, 한번 봐주라. 이거 줄게."

145센티미터에 불과한 호남이 겁도 다가왔다. 손에는 담배가 들려 있었다.

"장발 이 새끼, 너 얘랑 같은 편이다 이거냐?"

호남은 가까이 와서 경남이 볼 수 있도록 담배를 슬쩍 뒤집었다. 담배 뒷면에는 접힌 만 원짜리가 있었다. 경남의 동공이 커졌다. 매일 100원짜리 뼁을 뜯어 담배를 사는 실정이니 만 원의 유혹을 그냥 넘기기 어려울 것이다.

경남은 손을 내밀어 담배를 받았다.

"너 이름 뭐야?"

"최호남, 옆 반이야."

"최호남 오케이. 널 봐서 한번 봐준다."

경남은 받아든 담배를 피우려는지 밖으로 나갔다. 충식은 배에 묻은 먼지를 털면서 호남에게 다가갔다.

"호남아, 고마워."

호남은 하얀 이를 드러내며 웃었다.

"크크크, 나중에 갚아."

"낭연하지."

학교가 끝나자 김재식은 아무 일도 없는 것처럼 다가왔다.

"충식아, 너 경남이에게 맞았다며!"

"어? 어."

"그 새끼는 악질이야. 조심해야 해. 나도 일대일로 싸우면 장담 못 해."

분명히 도망갔으면서 말이 많았다. 분위기가 어색했다.

"야, 됐어."

호남은 주머니에서 칼을 하나 꺼냈다. 손잡이 끝에 난 버튼을 누르면 칼이 튀어나왔다. 칼이 멋있었다.

"충식이 너 줄까? 호신용이야. 때론 강하게 보여야 해."

아무리 그래도 칼을 가지고 다니다니 머뭇거려졌다. 그러자 재식이 옆에서 칼을 낚아챘다.

"나 주라."

호남은 한쪽 눈으로 그런 재식을 쩨려봤다. 그러더니 금세 하얀 이를 드러냈다.

"그래. 재식이 너 가져. 들키면 안 되니 가방 깊숙한 곳에 넣고 다녀."

"오케이."

그 후 다섯의 절도 행각은 계속되었지만, 충식은 재식에게 보이지 않는 벽을 느꼈다. 자신을 외면한 배신감 때문이었다. 한번 실망하니 다른 부분에서도 불만이 생겼다. 재식은 산동네 골목 대장을 하면서 수입의 35%를 가져갔다. 물론 호남도 35%였지만 언제나 아이디어를 내고, 돈을 훔쳐 나오는 위험한 일은 호남이 했기에 불만이 없었다.

그러던 어느 날 학교를 마치고, 호남은 작은 빌라의 지하 창고를 털자고 했다.

"창고에 뭐가 있을까?"

재식이 묻자 호남이 대답했다.

"글쎄, 누가 금반지라도 숨겨 놨을지도 모르지."

금반지라는 말에 아이들의 눈이 반짝였다.

호남은 손가락을 하나 들었다.

"오늘은 보물을 찾는 사람이 60%를 가져가자."

"좋아."

모두 동의하고는 빌라 한쪽의 창고에 섰다. 호남은 누가 오나 보고는 주머니에서 열쇠를 하나 꺼냈다.

"만능열쇠야. 삼촌이 만들어줬어."

호남이 손잡이에 열쇠를 넣고 이리저리 돌리고 뺐다 넣었다 하니 '철컥' 소리가 나면서 잠금장치가 풀렸다.

"가방은 여기 입구에 벗어놓고 가자."

재식이 자신의 가방을 벗어 던지더니 선두로 들어갔고, 다른 아이들이 급히 따라 들어갔다. 먼저 보물을 찾으려는 욕심이 보였다. 충식이 서 있는 호남에게 물었다.

"호남이 넌 안 들어가?"

"난 망볼게."

"그래? 알았어."

충식은 안으로 들어갔다. 창고 선반에는 이런저런 박스가 있었다. 아이들은 박스를 찢고 안을 뒤지기 시작했다. 시간이 얼마나 흘렀을까? 입구에서 호남이 소리쳤다.

"경비 온다. 어서 튀어."

아이들이 우루루 튀어나와 자신의 가방을 가지고 튀었다.

"내 가방 어딨지?"

재식이었다. 하지만 지체할 시간이 없었다. 재식도 뛰어오는 경비를 피해 도망갔다.

그날 밤 11시 정충식의 집에 경찰이 찾아왔다. 밖에 나와 보니 이미 김재식은 잡혀 있었다. 재식은 손을 슬쩍 들어 수갑을 보였다.

충식이 아버지, 어머니는 놀라 소리를 고래고래 질렀다. 경찰은 그런 어머니께 말했다.

"절도예요. 산학 파출소로 오세요."

충식 다음으로 경찰은 아이들의 집으로 하나하나 찾아갔다.

"또 누구냐?"

"호남이요. 저 산속으로 더 들어가야 해요."

"더 들어간다고?"

경찰도 놀랐을 것이다. 여기가 산동네의 끝인 줄 알았는데 산속으로 더 들어가다니. 재식의 안내로 호남의 집으로 갔다. 호남의 집은 아직도 전기가 들어오지 않았다. 경찰들도 여기에 집이 있는지 믿기지 않는 눈치였다.

"계십니까?"

잠시 후 안에서 호남의 할머니가 촛불을 들고 나왔다.

"최호남 있어요?"

"호남이 오늘 안 들어왔는데요. 무슨 일이에요?"

두 순경은 마주 보고는 고개를 흔들었다. 전기도 안 들어오는 움막 같은 집으로 들어가기 싫었을 것이다.

"절도예요. 확인 좀 할게요."

마지못해 한 순경이 입구에 들어갔다가 금방 뛰쳐나왔다.

"진짜 없네요."

아이들은 파출소에 끌려가 벌을 받았다. 엎드려뻗쳐, 앉았다 일어나기, 기마자세 등 경찰은 아이들에게 벌을 주었다. 파출소장이 재식에게 소리쳤다.

"너, 김재식이 가방에서 칼도 나왔어. 훔치다 걸리면 죽이려고 했지?"

"아, 아니에요."

"그럼 중학교 1학년 가방에서 왜 이런 칼이 나와?"

"그건 호남이가 준 거예요."

충식은 벌을 받으며 어떻게 경찰에게 들켰을까 의문이 들었다. 단서는 김재식 가방이었다. 김재식은 자신의 가방을 챙기지 못했으니 경찰은 현장에 남겨진 가방 속 교과서에서 재식의 학년, 반과 이름을 확인했다. 그렇게 찾아간 학교에서 재식의 주소를 찾은 것이다. 칼도 나왔으니 단단히 걸렸다.

"헛소리 마! 다시 엎드려."

그 시절은 촉법소년 개념이 없었다. 경찰에 걸리면 벌을 받았다. 그렇게 넷은 새벽 내내 벌을 받고 부모님들이 합의금을 내야 했다. 각자 10만 원씩 총 40만 원. 산동네에서는 어마어마한 거금이었다.

충식은 집에 와서 2차로 두들겨 맞았다. 맞으면서도 하나의 의문이 머릿속에 피어올랐다.

'가방을 같이 벗어 놨는데 왜 김재식 것만 없었지? 분명 호남이가 망을 봤는데……'

호남은 주말이 지나고 학교에서 다시 만났다. 재식이 호남에게 욕을 하고 있었다.

"개새끼야. 너만 도망치냐? 우리는 10만 원씩 물어냈는데? 너 그때 집에 있었지?"

"네가 가방만 잘 챙겼어도 들키지 않았을 거 아니야?"

"이 조끄만 새끼가 같이 놀아 줬더니."

재식은 호남의 머리를 밀었다. 호남은 한쪽 눈으로 매섭게 보았다.

"째려보면 어쩔 거야?"

"야, 야 친구끼리 왜 그래?"

충식은 재식을 뒤에서 잡았다. 재식은 힘으로 충식의 팔을 풀어냈다.

"병신아. 너도 저 새끼만 안 잡힌 게 억울하지 않아? 우린 10만 원을 물어줬다고."

충식은 호남과 눈이 마주쳤다. 충식은 호남을 두둔했다.

"그래도 여태껏 호남이 때문에 돈 벌었잖아."

"그건 우리끼리도 충분히 할 수 있었어."

호남은 픽 하고 웃었다.

"훗, 그 머리로 잘도 했겠다."

재식은 호남의 도발에 욱했는지 주먹으로 얼굴을 때렸고, 작은 호남은 책상 사이로 넘어졌다. 금세 아이들이 모였다. 거기에 경남이 있었다. 경남은 호남이 넘어진 것을 보더니 재식의 어깨를 잡았다.

"어떤 새끼야? 말리지 마!"

경남이 재식의 얼굴에 주먹을 꽂았다. 그리고 넘어진 재식의 배에 올라타고는 연신 주먹질을 했다. 재식은 버틸 수 없었다.

"사, 살려 줘."

경남은 그제서야 일어서더니 넘어져 있던 호남에게 다가가 손을 내밀어 일으켰다. 경남은 몰려든 아이들에게 소리쳤다.

"이제부터 호남이 건드는 놈 있으면 내가 죽여 버린다."

그후 재식은 동네에서 만난 호남을 다시 패 줬지만, 학교에 와서는 열 배로 두들겨 맞아야 했다. 그리고 재식은 조용히 살았다.

호남은 언제부터 경남에게 붙었을까? 호남은 학교 짱 경남의 책사가 되어 있었다. 머리 좋은 책사가 들어가니 돈을 체계적으로 벌었다.

경남 패거리는 돈을 무작정 빼앗지 않고, 아이들 보호비 명목으로 한 달에 500원씩 뜯었다. 1학년 전체 학생 수가 600명이 넘으니 한 달 하면 거의 30만 원이었다. 돈을 내지 않는 아이가 있으면 다른 짱급 아이가 와서 괴롭혔다. 경남과 다른 짱이 서로 짜고 계획했을 것이다. 아니 이 계획은 호남의 머리에서 나왔을 것이다.

충식이 화장실에 갔을 때, 경남 패거리가 담배를 피우고 있었다. 물론 호남이도 포함되어 있었다. 패거리 중 하나가 충식에게 모자를 내밀었다.

"이번 달 보호비 내야지?"

"그, 그래."

주머니를 뒤지려는 그때 뒷문에서 호남의 목소리가 들렸다.

"야, 정충식은 열외야."

"그래?"

모자를 든 패거리는 다음 화장실로 들어오는 아이에게 이동했다. 호남이 다가와 충식의 어깨에 손을 올렸다. 담배 냄새가 전해졌다. 호남은 어느새 넘볼 수 없는 인물이 되어 있었다.

"충식이 넌 봐줄게."

"그, 그래. 고마워."

그렇게 호남이 학교의 실세가 되고 2개월쯤 뒤에 충식은 전학을 가게 되었다. 아버지 사업이 잠시 반짝해서 산동네를 벗어날 수 있었던 것이다. 이삿짐을 싸는 그때 재식이 다가왔다.

"충식아, 이사 가는구나?"

충식은 아직 재식을 배신자로 생각하고 있었다. 목소리가 퉁명스럽게 나왔다.

"왜 왔어?"

"야, 호남이가 어떻게 경남이 패거리에 들어갔는지 궁금하지 않아?"

"네가 날 배신했을 때, 호남이 경남에게 만 원짜리가 들어 있는 담배를 줬거든."

"그래, 그랬지. 하지만 난 그 일이 있기 전부터 호남이가 경남이 패거리와 옥상에서 담배 피우는 걸 봤어."

"무슨 말을 하고 싶은 거야? 호남이 일부러 그랬다는 거야?"

"창고 털다 걸렸을 때, 호남이 망을 봤잖아. 분명 그놈이 내 가방을 숨긴 거야."

충식의 머리가 복잡해졌다. 호남은 큰 그림을 그렸을까? 아니면 모두 우연의 산물일까?

빌라 창고를 뒤질 때, 평소와는 다르게 호남이 망을 본다고 했었다. 정말 재식의 가방을 숨겼을까? 호남은 칼을 충식에게 주려고 했지만, 분명 재식이 가져갈 것을 알았을 것이다. "가방 깊숙한 곳에 숨겨놔." 재식의 가방에서 나온 칼 때문에 경찰은 예비살인 운운하며 몰아부쳤다.

충식은 자신과 경남의 상황을 되뇌어 봤다. 경남이 폭력적이기는 하지만 책상을 쓰러뜨렸다고 따로 불러내서까지 두들겨 팰 것 같지는 않았다. 충식은 고개를 흔들었다.

"개새끼, 산동네 친구로 받아 줬더니 은혜도 모르고 말이야.

언젠가 내가 죽여 버릴 거야."

　재식은 보호비를 두 배로 뜯겼다. 이 모든 게 호남이 때문일
것이다.

　"무슨 상관이야. 난 이제 이사 가니 모든 것을 잊을 거야."

경계부대에서 발생한 참상의 범인은
북괴의 소행이 아닌 김 이병, 김 이병은 자살

지난 송천리 소초에서 발생한 총격의 범인은 같은 소초의 부
대원인 김 이병이었다. 김 이병은 경계근무 투입 때 지급되는
실탄과 수류탄으로 이 같은 참혹한 일을 저질렀다. 김 이병은
모두의 긴장이 풀어지는 새벽 4시 근무지에서 몰래 이탈해 소
초로 돌아왔다. 먼저 부대원들이 자고 있는 내무실에 수류탄
을 던지고, 복도로 나오는 병사들을 향해 K2 소총을 사용하여
조준 사격하였다. 김 이병은 남은 두 발의 총알로 자살하였다
고 군은 발표하였다.

3

훈련소 생활은 정신이 없었다. 6시에 눈을 뜨면 조교들의 고성이 시작됐다. 훈련병 30명이 같이 밥을 먹으러 가고, 화장실도 같이 갔다. 2주 차까지 씻을 시간도 주지 않았다. 10시 누우면 바로 잠이 들었다. 더운 여름 고달팠지만 3주 차에 접어들자 훈련병들에게도 여유가 조금 생겼다.

그동안 호남과는 한마디도 하지 않았다. 호남의 자리가 침상저 멀리 있기도 했지만, 조교들이 항상 매서운 눈으로 바라보고 있어서 이야기할 틈이 없었다. 어느 일요일 아침 정충식은 교회에 가기 위해 나섰다. 스스로도 믿기지 않았지만 초코파이가 먹고 싶었다. 종교활동이 끝나면 초코파이 하나와 콜라 한 컵이 주어졌다. 옆에 최호남이 다가왔다.

"충식아 같이 가자."

훈련소에서 만난 최호남은 머리 스타일만 바뀌었지 중학교 때와 별로 바뀐 것 같지 않았다. 키도 평균에 비해 작았다.

"여기서 다시 만나니 반갑네. 너 중학교 때 갑자기 전학 갔잖아."

"그랬지. 짱 놀이는 잘했냐?"

충식은 과거 생각에 비꼬듯 말했다. 호남은 표정이 굳어졌다. 머리카락이 화상 자국을 가리지 않으니 강한 박력이 전해졌다.

"난 널 친구라고 생각했다. 산동네 친구들과 돈을 훔쳐도 널 더 챙겼다고. 그리고 경남에게서도 구해 주었고. 보호비도 열외 시켰어."

그건 범죄였다. 지금으로 따지면 학교폭력이었다. 하지만 특별히 대꾸할 말이 생각나지 않았다. 그때 이동이 시작되었다. 교회는 부대 내에 있어 5분이면 갈 수 있었다. 호남이 충식의 등을 한 대 치고 하얀 이를 드러내며 웃었다.

"아무튼 반갑다."

"다른 아이들은 연락해?"

"산동네?"

"어, 재식이는 어떻게 됐어?"

"야, 그 새끼 말 꺼내지도 마!"

호남의 눈에 무서운 그림자가 그려졌다. 충식은 과거를 더 말하지 않았고, 훈련병들은 교회에 도착했다.

예배를 마치자 초코파이와 콜라가 주어졌다. 호남은 자신이 받은 초코파이를 충식에게 건넸다. 충식은 이미 자신의 초코파이를 입속에서 녹여 넘긴 후였다.

"너, 너는 안 먹어?"

"난 초코파이는 별로더라."

그러면서 콜라를 마셨다. 호남은 교회의 어딘가를 보고 있었지만, 충식은 개의치 않고 초코파이를 뜯어 입속으로 넣었다. 호남이 조금 고마웠지만, 고개를 흔들었다.

호남은 다음 주에도 교회에 따라왔다. 초코파이를 먹지도 않으면서 교회에 오는 것이 의아했다. 하지만 호남의 버릇은 어디 가지 않았던 것이다. 예배 중 화장실에 간다고 나갔다 들어온 호남은 기도 중인 충식의 귀에 작게 속삭였다.

"충식아, 이따 도와줘."

"뭘?"

"보면 알아."

예배가 끝나자 초코파이와 콜라 한 컵이 주어졌다. 호남은 자신의 초코파이를 다시 충식에게 건넸다. 충식은 초코파이를 우적우적 씹으며 물었다.

"아까 뭘 도와달라고 하지 않았어?"

호남이 씨익 웃으며 말했다.

"넌 초코파이가 그렇게 좋냐?"

"야, 안 좋아하는 네가 이상한 거야. 모두들 없어서 못 먹는다고."

"그래? 너라면 얼마에 사 먹을 건데?"

시중에서는 150원 하는 초코파이였다. 하지만 훈련소에서는 세끼 맛없는 식사만 할 뿐이었다. 훈련병들은 돈이 있었지만, 매점은 이용할 수 없었다.

"한 500원이라도 사 먹지 않을까?"

"그래?"

호남은 교회 옆 한 곳을 가리켰다. 지난주에 호남이 무심히 지켜보던 곳이었다. 거기에는 군종 병사들이 나누어 준 초코파이 박스를 정리하고 있었다.

"저기 창고에 초코파이를 보관하더라고."

충식의 머리에 옛 추억이 떠올랐다. 산동네 다섯은 창고를 많이 털었었다.

"설마 저기를 털자고?"

"크크, 이미 털었지."

호남은 예배 중에 화장실을 다녀왔다.

"내무실과 교회 중간 저기 풀숲에 한 박스 빼돌렸다."

정말 호남은 상상을 뛰어넘는 인물이었다. 군대에서도 범죄를 저지르려고 하다니. 하지만 초코파이 한 박스라니 입에서 침이 고였다.

"한 박스라면 12개짜리?"

"아니, 큰 박스. 그 12개짜리 박스가 8개 들어 있어."

충식은 저절로 머리가 굴러갔다. 96개. 호남은 500원에 팔려고 했으니 4만 8000원이다. 며칠 전 훈련병 월급이라며 8600원을 받았던 기억이 떠올랐다. 밖에서 알바를 해도 시급 2000원을 받았는데, 훈련병들은 의무로 온 군대에서 작은 월급도 즐거워했다.

"충식이 네가 박스 들고 오면. 12개짜리 한 박스 줄게."

거부할 수 없는 유혹이었다. 충식은 풀숲에서 박스를 들었다. 훈련병 모두 의아하게 봤지만, 남의 일이라 그런지 금세 고개를 돌렸다. 다행히 4주 차부터 훈련병들의 자유가 많아져 일요일에는 조교들도 잘 보이지 않았다. 내무실 밖에서 박스를 들고 숨어 있자 호남이 곧 나타났다.

"조교 없다. 들어가자."

호남은 내무실로 들어가서 박스를 뜯었다. 빨간 초코파이 박스가 보이자 내무실이 술렁였다. 호남은 한 박스를 충식에게 건넨 후 소리쳤다.

"초코파이 한 개에 1000원!"

헉! 너무 심한 폭리였다. 하지만 훈련소에서 현금으로 받은 월급은 부루마블 게임의 가짜 돈과 느낌이 같았다. 쓸 곳이 없었다. 잠시 정적이 흘렀지만, 옆의 한 훈련병이 5000원짜리를 들고 왔다.

"다섯 개."

"오케이. 5000원 가져오면 서비스 하나 더!"

호남이 초코파이 여섯 개를 건네자 갑자기 훈련병들이 돈을 꺼냈다. 완판에는 3분도 걸리지 않았다. 호남의 손에는 5000원짜리 14장이 들려 있었다. 그랬다. 호남은 무에서 유를 창조하는 이상한 능력을 가지고 있었다.

초코파이를 사지 못한 훈련병들이 충식에게 다가왔다. 한 훈련병이 5000원짜리를 내밀었다.

"넌 안 팔아?"

호남의 행동은 분명 범죄이기도 했지만, 한 개에 1000원이라니 같이 고생하는 훈련병의 고혈을 짜낸 것이다. 충식은 거부감이 들었다.

"난 안 팔아. 하나 줄게."

그 말이 끝나기가 무섭게 주위의 손들이 박스로 밀고 들어왔다. 초코파이는 순식간에 동이 나고 말았다. 저 멀리 침상 위의 호남이 고개를 좌우로 흔들었다.

호남이 다음으로 손을 댄 곳은 담배였다. 훈련병은 입소 시 모든 담배를 압수당하고, 훈련받는 6주간 금연을 해야 했다. 훈련병들은 조교들이 담배를 피우면 주위로 몰려들었다. 간접흡연이라도 하겠다는 의지였다. 담배가 있다면 분명히 비싸게 팔 수 있을 것이다. 하지만 담배를 어디서 구하지?

"호남아, 훈련병은 매점을 이용할 수 없어."

"알아."

"근데 어떻게 담배를 사겠다는 거야?"

"여기 훈련소 조교도 모두 국방의 의무를 지고 있어. 병사들끼리는 계급에 상관없이 서로 아저씨라니까."

"하지만 우리는 병사가 아니라 훈련병이야."

"어디든 썩은 곳이 있기 마련이지."

일요일 교회에 가는 길에 둘은 옆으로 샜다. 5주 차에 접어드니 훈련병 감시가 소홀해졌기에 가능했다. 호남은 매점 건물 창문 아래로 갔다. A4용지만 한 창문을 두 번 노크하고는 기다리자 창문이 열리고 목소리가 들렸다.

"아무에게도 안 들켰겠지?"

호남은 절도 있게 대답했다.

"네, 그렇습니다."

"먼저 돈 넘겨."

호남은 주머니에서 지난번 초코파이를 번 돈을 넘겼다. 5만 원이었다. 그러자 안에서 디스(THIS) 담배 한 보루가 나왔다.

"절대 조심해라. 걸려도 난 모르는 일이야."

창문으로 돼지코 이등병 얼굴이 보였다.

"걱정 마십시오."

호남은 담배 겉봉투를 뜯고는 주머니 이리저리 분배해 숨겼다. 충식도 얼떨결에 담배 네 갑을 받아 건빵 주머니에 나누어 넣었다.

"너 참 대단하다. 이번에는 얼마에 팔 거야?"

"충식이 너 담배 펴?"

그 말에 입에서 침이 고였다. 담배를 피울 수 있다는 생각을 하자 뇌는 니코틴을 강력하게 원했다.

"어, 어. 대학에서 배웠지."

"너, 대학 다녔어?"

"전문대학이야."

"그래도 대단하네."

"그건 그렇고 담배 얼마에 팔 거야?"

"군대 매점은 세금이 없는데 이상하게 담배는 정가로 팔고 있어."

사회에서 88 담배는 900원이고, 디스는 1000원이었다. 호남도 다섯 배나 비싸게 주고 산 것이다.

"글쎄, 한 갑에 만 원?"

헉, 열 배의 폭리다. 하지만 충식은 만 원이라도 사고 싶은 마음이 들었다. 뇌에서 담배를 강하게 원했을 뿐만 아니라, 군대 들어올 때 5만 원을 가지고 들어왔기 때문이었다.

"나, 나한테도 팔 거지?"

호남은 잠시 생각하는 듯하더니 하얀 이를 보이며 웃었다.

"친구끼리 팔다니 공짜로 한 갑 줄게."

"지, 진짜?"

"조건이 있어."

"무슨 조건."

"지난번에 내가 초코파이 파는 것 봤지? 담배는 네가 팔아. 한 갑에 2만 원이야. 너 한 갑, 나 한 갑 남기고 여덟 갑만 팔면 돼."

"아, 알았어."

엄청난 폭리이자 범죄다. 하지만 이상하게 담배를 피울 수 있다고 생각하니 호남에게 고마움을 느꼈다.

"고, 고마워."

둘은 교회 예배가 끝날 때, 무사히 훈련병들 속으로 들어갈 수 있었다. 내무실에 들어와 조교가 없는 것을 본 충식은 담배

한 갑을 들어 보였다. 관심 있는 훈련병들이 다가왔다.

"어렵게 구한 담배, 한 갑에 2만 원."

"1000원짜리 담배를 2만 원에 팔다니 같은 훈련병끼리 너무 한 거 아니야?"

"그렇지만 정말 어렵고 비싸게 구한 거야. 나도 비싸게 샀으 니 어쩔 수 없어."

비쌌지만 담배에 목마른 자들이 구입했다. 두 갑이 남았다. 충식의 눈에 담배를 사간 훈련병이 보였다. 담배를 풀어 10개비 씩 나누는 것이 보였다. 그때 아이디어가 생겼다. 호남에게 자신 의 머리도 비상하다는 것을 보여줘야겠다는 생각이 들었다.

"담배 한 개비 1000원."

10배 높은 가격의 담배는 고가라 사기 거북했지만, 개비는 살 수 있다. 충식의 예상대로 담배를 사기 위해 1000원짜리를 들고 왔고, 두세 개비씩 팔려나갔다.

충식은 호남을 보았지만, 왠지 기쁜 표정은 아닌 것 같았다.

'흥, 너보다 훌륭히 팔아내서 그렇지? 이제 난 산동네 살던 만만한 놈이 아니다 이거야.'

담배 때문에 문제가 발생한 것은 3일 후였다. 훈련소는 6주 코스다. 5주 차에 접어들자 저녁 식사 후 조교들은 보이지 않았다. 훈련병 짬밥을 인정해 주는 것도 있겠지만, 조교 자신들도 쉬어야 했다. 하루일과가 끝나고 저녁 식사 후에는 점호 전 청소시간까지 자유시간이 주어졌다. 훈련병들은 이때 담배를 피웠다. 화장실이나 목욕하러 가면서 목욕장 뒤에서 담배를 피우면 걸릴 리가 없었다. 하지만 어딜 가나 무모하고 강심장이 있기 마련이다.

저녁 점호 후에는 훈련병 막사를 자물쇠로 잠근다. 혹시 모를 탈영 때문이었다. 그래서 일과 중에는 밖의 재래식 화장실을 사용했지만, 밤에는 건물 안쪽의 수세식 화장실을 사용했다. 한 훈련병이 불침번을 서고 교대 후 화장실에서 담배 피운 것을 조교에게 걸린 것이다.

모두가 잠든 새벽, 훈련병 내무실에 비상이 걸렸다. 조교들이 들어와 관물대를 뒤졌다. 예상대로 다량의 담배가 나왔고, 그 후 두 시간 동안 정신교육을 받았다.

원망의 화살이 정충식에게 돌아왔다. 원망은 기합받느라 잠을 못 잔 것도 아니다. 담배를 빼앗긴 것도 아니다. 훈련병들의 분노는 담배 가격을 20배 폭리 취한 충식에게 돌아왔다. 지금에서야 최호남의 지시였다고 말할 분위기도 아니었다.

다음 날 훈련소에 처음 왔을 때, 만났던 삼백안 상사를 만났다. 명목은 상담이었지만, 수사였다.

"정충식이."

"26번 훈련병 정. 충. 식."

"이 새끼 나쁜 놈이구만."

"무, 무슨 소리십니까?"

"너, 담배 어디서 났어? 한 보루 정도던데. 그 많은 양을 어디서 났어?"

뭐라고 말해야 할까? 훈련소 들어올 때, 조교들은 강당에서 모든 짐을 뒤졌다. PX병에게 구입했다고 하면 그 병사도 문제가 생길 것이다. 호남을 이야기한다고 해도 같은 취급을 당할 것이다. 여기서는 혼자 뒤집어써야 한다. 그래야 호남에게도 할 말이 있다.

"훔쳤어요."

"뭐? 어디서?"

"매점이요."

"훈련병은 매점에 못 들어갈 텐데."

무작정 거짓말을 하니 막힌다. 어떡한담. 매점은 일반 병사 그러니까 훈련소 조교들만 이용할 수 있었다. 그때 삼백안 상사 뒤의 조교가 쓴 모자가 보였다. 훈련병 내무실 끝에는 조교 침상이 있었다.

"관물대에 있는 조교님 상의와 모자를 잠시 빌렸습니다."

삼백안 상사가 뒤통수를 한 대 쳤다.

"이 새끼가. 그건 빌린 게 아니라 훔친 거야."

"죄송합니다."

삼백안 상사는 팔짱을 끼고 정충식을 바라봤다.

"이 새끼 보통 놈이 아니구만. 너 중학교 때부터 물건 훔치다가 경찰서 왔다 갔다 했다고 불었잖아."

첫날 조사하면 다 나온다고 해서 학창 시절 모든 일을 불었다. 정충식은 사정이 잠시 좋아져 이사 갔지만 충식이 고등학교 때 아버지의 사업은 다시 어려워졌다. 그때 아버지마저 돌아가셔 충식은 어머니와 둘이 살았다. 돈이 없으니 중학교 때 물건 훔치던 기억이 났다. 상담 중에 여성 담임 선생님의 커다란 명품백이 책상 아래 있는 것이 보였다. 충식을 그것을 훔쳤다. 학교가 난리가 났다. 선생 중에 탐정처럼 뛰어난 사람이 있는지 몰랐다. 체육 선생인데, 아마 담임 선생님을 좋아했을 것이다.

체육 선생의 수사가 시작됐다. 담임 선생님은 점심시간에 화장을 고쳤으므로 5, 6, 7교시 중에 가방이 없어진 것이라고 했다. 7교시는 담임 선생님이 수업이 없었으므로 범인은 5, 6교시 수업 시간에 나와 가방을 훔쳤다고 추리했다. 체육 선생님은 5, 6교시 수업 시간 선생님들에게 수업 중 화장실에 간 학생을 조사했다. 물론 정충식은 6교시에 교무실로 들어가 교복 웃옷으로 가방을 둘러싸 가지고 나와 구령대 아래 계단에 숨겨 놓았다.

야자가 끝나고 아이들이 모두 돌아간 그때 정충식은 구령대 아래로 갔다. 가방을 집으려는 순간 체육 선생이 뛰어나와 멱살을 잡았다.

"이 새끼일 줄 알았어. 중학교 때부터 손버릇이 좋지 않았더만."

정충식은 자퇴했다. 그리고 검정고시를 보았고, 그렇게 전문 대학을 간 것이다.

삼백안 상사는 무슨 생각을 하는지 정충식의 얼굴을 계속 바라봤다.

"중딩 때는 창고를 털어 경찰서에 가고, 고딩 때는 담임 선생님 가방을 훔쳐 퇴학당하고, 군대 와서는 매점을 터냐?"

퇴학이 아니라 자퇴고, 매점을 턴 것이 아니라 구입한 것이지만 여기서 대꾸해봐야 소용없었다. 정충식은 고개를 숙이고 처분을 기다렸다. 잠시 후 삼백안 상사는 입을 열었다.

"우리 사단에 너에게 어울리는 곳이 있지."

그렇게 6주차 훈련이 끝나고 자대 배정을 받았다. 누구는 수색대, 누구는 조교 그리고 많은 훈련병이 이등병이 되어 각 부대로 흩어졌다.

정충식은 1대대로 배정되었다. 1대대는 파주의 한강 하류에서 강안 경계를 하는 일종의 GOP였다. 대대에 있으면서 간첩이 넘어올 상황에 대비에 수류탄, 실탄 사용에 대한 훈련을 받았다. 모든 게 평화로웠지만, 정충식의 옆에 최호남이 있는 것이 불안했다.

"크큭, 충식아. 간첩 잡으면 바로 제대래. 간첩이 내 앞으로 왔으면 좋겠는데."

충식은 호남과 더는 엮이기 싫었다. 생각해 보면 중학교 때부터 호남과 엮여서 끝이 좋았던 적이 없었다. 이번 군대에서 담배 사건도 마찬가지다. 모든 것이 최호남 때문이었다. 그래도 충식은 호남이 나서 주길 기대했었다.

"난 그래도 네가 나설 줄 알았다."

"그래서 내가 걱정한 거야. 개비로 팔면 담배 피는 놈들이 많아지고 걸릴 줄 알았지. 난 분명히 한 갑씩 팔라고 했는데, 근데 넌 도대체 왜 개비로 판 거야?"

충식은 할 말이 없었다. 이놈은 중학교 때부터 자신이 빠져나갈 길을 만들어가며 행동했다. 항상 만만한 누군가를 이용하는 이 악마 같은 놈과 더는 상종하지 않기로 마음먹었다. 지금은 같이 있지만, 이제 곧 중대로 갈리고 소대로 갈린다. 이놈과 같이 있을 확률은 제로에 가깝다. 충식은 마음을 편하게 먹기로 했다.

"호남이 너 배에 흉터 뭐야?"

호남의 배꼽 옆에는 큰 흉터가 있었다. 큰 상처를 꿰맨 자국
이었다.

"이거? 흐흐흐 재식이 기억나냐?"

물론 기억난다.

"재식이 새끼 나랑 같은 공고 갔잖아. 어느 날 갑자기 칼로 내
배를 쑤시더라고. 그 새끼 때문에 죽다 살았어. 도대체 은혜도
모르는 놈이야."

헉! 재식이 호남을 찔렀다고? 그렇다면 재식은 어떤 이유에
서 칼을 들었을까? 중학교 때 이사 전에 재식은 분노의 감정이
있었다. 같은 공고에 진학했다면 계속 괴롭힘을 당했을 것이다.

재식은 칼로 찌를 때, 호남을 죽이려고 했을까? 얼마나 감정
이 쌓여야 살인하려는 생각이 들 것인가? 자신도 호남과 같이
있다면 살인의 마음이 싹틀까?

정충식은 고개를 세차게 흔들었다. 아니다. 이제 헤어지면 모
든 게 끝이다.

"악마의 이름 밝혀라." 피해자 가족 항의

피해자 가족 연대는 육군 본부 앞에서 항의했다. 군대는 잔혹한 일을 벌인 김 이병의 얼굴과 이름을 밝히고, 참상을 벌인 이유 그리고 군대의 관리에 대한 진상을 밝히라고 호소했다. 군에서는 조사 중이라고만 대답했다.

4

왜 불안한 생각은 언제나 맞아 들어가는 것일까? 최호남은 언제나 정충식 옆에 붙어 있었다. 지프차에서 문발 중대에 3명이 내렸다. 중대장은 신병 세 명을 둘러보았다.

"여기는 수류탄과 실탄이 주어지는 GOP 부대다. 정신 똑바로 차리고 문제가 있으면 언제나 이 중대장에게 말해라."

중대장은 상급 부대부터 내려오는 문서를 읽었다. 아마 훈련소 때부터 기록해 내려온 개인 신상일 것이다.

문서를 읽을수록 중대장의 미간에 주름이 깊어졌다.

"김찬수."

"네, 이병 김. 찬. 수."

"자네는 중대에 남아 행정업무를 보도록 하고."

중대장의 눈은 정충식에게 멈췄다.

"정충식 이병은 훈련소에서 불미스러운 일이 있었는데, 군대는 모든 것이 용서된다. 단, 앞으로 이런 일은 절대로 없어야 한다."

"네, 알겠습니다."

"최호남 이병."

"네, 이병 최. 호. 남."

"둘이 초등학교 때부터 친구였다고?"

"네, 같은 동네에서 컸습니다."

"자네가 훈련소 상담에서 정충식과 같이 있고 싶다고 말했군. 같은 소대 배정할 테니 힘이 되도록 해라."

"네, 알겠습니다."

"최호남, 정충식 이병은 3소대 송천리 소초로 간다. 오늘 밤 이동하니 그렇게 알도록."

강안 경계부대는 해가 지기 전에 철책으로 들어가 해가 뜨고 철책에서 나온다. GOP 부대의 각 소대는 2km 이상의 넓은 지역을 경계해야 하므로 한 소대씩 고립된 소초에서 살았다.

밤에 철책으로 걸어서 이동해야 하므로 저녁까지 휴식 시간이 주어졌다.

"충식아. 여기 GOP는 훈련이 없대. 밤에 근무서니 낮에는 자야 한다는 거야. 실탄이 주어져서 폭력도 별로 없대. 잘됐지?"

"호남아, 왜 그랬어?"

"뭘?"

"왜 나랑 같이 있고 싶다고 했냐고?"

호남은 하얀 이를 드러내며 웃었다.

"야, 우린 친구잖아."

절대 아니다. 이놈은 자신을 희생양 삼으려고 같이 온 것이다. 훈련소 담배 사건도 교묘히 빠져나갔다. 중학교 때 학교 짱인 경남에게서 구해 준 것이 아니라 일진에 들어가기 위해 자신을 분명히 이용했을 것이다.

"친구?"

"난 항상 너를 도왔어. 돈도 더 챙기고, 보호비도 제외하고, 훈련소에서는 초코파이도 주고 담배도 줬잖아. 아니야?"

재식은 얼마나 이놈에게 끌려다니다가 칼로 찔렀을까? GOP에서는 실탄이 주어진다. 언젠가 이놈에게 총을 겨누고 트리거[2]를 당기지 않을까 걱정되었다.

어두워지고 얼마 지나 군복에 총과 더플백을 멨다. 중대장을 따라 순찰로를 따라 걷기 시작했다. 철책이라 걱정했는데 한강변이었다. 철책 뒤는 자유로라서 차들이 다녔다. 계절은 여름을 지나 가을로 접어들어 날씨는 선선했다. 여기라면 얼마든지 버

---

2 총을 쏠 때 손가락으로 당기는 방아쇠.

한강

철책선

송천리
소초

제1 내무반	제2 내무반	식당	취사장
복도			
소초장실	행정반	부소초장실	화장실	목욕탕

틸 수 있을 것 같았다.

송천리 소초는 4km 떨어져 있었다. 군데군데 있는 소초에서 병사들이 경계근무를 서다가 나와 중대장에게 경례했다. 드디어 도착한 송천리 소초. 자유로 변에 있는 송천리 소초는 높은 철책으로 둘러싸여 있었고, 주변에는 논밭뿐이었다. 둘은 건물 안으로 들어갔다. 두 개의 내무반, 식당, 목욕탕, 화장실, 행정실, 그리고 간부의 방 두 개가 전부였다.

경계부대의 하루는 바쁘게 돌아갔다. 근무는 전반야, 후반야 근무로 나뉘어 있었는데 자정을 기준으로 근무 교대가 이루어졌다. 아침 먹고, 모두 취침했고, 낮 1시에 일어나 점심을 먹었다. 겨울에는 오후 2시에 일어났는데 5시면 저녁을 먹고 전반야 근무가 시작되어 개인 정비만 할 뿐 소초 생활에서는 훈련이 없었다. 훈련이 없지만 모두가 피곤하여 폭력과 가혹행위를 할 시간이 없을 것 같았다.

하지만 모든 것이 오산이었다. 근무시간은 6시간 이상이었다. 날마다 선임병이 바뀌면서 6시간 동안 갈굼을 당해야 했다.

저녁 먹고 자야 했다. 그래야 후반야 근무를 버틸 수 있다. 하지만 근무 중인 행정실 병사는 자지 않는다. 잠이 들만 하면 들어와 이마를 한 대씩 치고 나갔다. 후반야 근무 때 조금이라도 졸면 가혹행위가 시작되었다.

"이 새끼가 졸아? 간첩이 넘어오면 어떡하려고 졸고 있어! 엎드려, 이 새끼야."

먹는 것으로 치사하게 행동할 때는 눈물이 났다. 먹고 자고,

먹고 자고 하기 때문에 배가 고프지는 않았다. 하지만 별미인 라면은 달랐다. 자정 근무 교대 때 라면을 준다. 배급량은 1인당 0.7개. 전투력 최강인 군인은 1인당 3개도 먹을 것이다. 수법은 야비했다. 먼저 일병이 화장실로 데리고 가서 일장 연설을 시작한다. 빨리 라면을 먹고 경계근무에 들어가야 하는데 말이다. 갈구는 일병은 시간을 보다가 거의 임박하여 식당으로 간다. 취사병은 갈구는 일병에게 나머지 라면을 부어주고는 두 이등병을 갈궜다.

"이등병 나부랭탱이 새끼들이 빠졌구만. 빨리빨리 안 다녀?"

"죄송합니다."

"늦게 오면 라면은 없어. 꺼져!"

근무에 나가 흘러가는 한강을 보고 있자니 눈물이 저절로 났다. 내가 뭘 잘못해서 이런 취급을 받아야 할까 말이다. 군대는 하나의 세포 같았다. '소대장에게 호소해 볼까?' 아니다. 소초는 작은 집이다. 아마 소대장도 이런 사실을 모르진 않을 것이다. 군대가 제대로 굴러가기 위하여 모두가 유기적으로 일어나는 것이다. 라면을 안 주는 것도, 근무 때 선임병이 바뀌는 것도, 잠을 잘 재우지 않는 것도 모두 알고 있다.

그래도 충식이 참을 수 있었던 것은 최호남 때문이었다. 같이 괴롭힘을 당하는 사람이 있다는 것에 그나마 버틸 수 있었다.

그런데 한 달쯤 지났을까? 최호남이 드디어 본색을 드러냈다.

"씨발, 이렇게 당하고만 있을 순 없어."

"야, 그럼 어떡할 건데."

"봐봐."

목욕탕에 일병이 들어왔다. 일병은 무조건 꼬투리를 잡아 갈굴 것이다. 아니나 다를까 일병은 옷을 벗어둔 것을 지적했다. 다른 병사들과 별다른 점이 없었지만 그냥 갈구는 것이다.

"이 새끼들 이리 와!"

정충식과 최호남은 얼른 와서 자리에 섰다.

"이 씨발놈들아. 옷 똑바로 안 벗어 놓냐? 각지게 개켜 놔야 할 것 아냐!"

일병은 주먹으로 가슴을 한 대씩 쳤다. 그때 최호남의 눈빛이 날카롭게 변했다. 언젠가 보던 눈빛이었다. 화상 있는 눈은 웬만한 강심장이라도 받아내지 못할 것이다. 최호남은 자신의 배의 상처를 가리켰다.

"권기경 일병님. 이 상처 뭔 줄 아십니까? 칼 맞은 겁니다. 도대체 어떻게 생활해야 칼 맞는지 모르십니까?"

최호남의 협박은 통했다. 권기경 일병은 말을 얼버무렸다.

"그, 그러니까 말하지 않아도 잘하라고."

그렇게 일병급의 선임까지는 벗어날 수 있었다. 최호남은 선임병 하니하나 강력한 박력과 칼자국을 이용하여 협박했다. 다행인지 일병들의 갈굼이 참을 만한 수준으로 내려왔다.

오전 잠에서 일어나 침상을 정리하고, 점호 후 담배를 피우고 있었다. 그때 소대 내 최고 악질인 윤성락 상병이 둘에게 왔다. 상병의 눈빛이 예사롭지 못했다.

"정충식, 최호남."

심상치 않은 분위기에 담뱃불을 껐다.

"네, 이병 정충식."

"이병 최호남."

둘은 체력단련장 안으로 끌려갔다. 체력단련장이라고 해 봐야 마당의 한쪽에 있는 비닐하우스였다. 보온재가 덮여 있어 안쪽의 상황은 보이지 않는다.

안쪽에는 다섯 명의 일병들이 서 있었다. 입구에 선 정충식의 머리에 경고등이 들어왔다. 윤성락 상병이야말로 사회에서 진짜 조폭이란 소문이 있었기 때문이다. 윤성락 상병은 일병들의 귀싸대기를 차례대로 날렸고, 고개가 획획 젖혀졌다. 슬픈 것은 싸대기를 맞으면서도 관등성명이 나오는 것이었다.

"일병 새끼들이 이등병 하나 잡지 못해서 내가 나서게 해?"

윤성락 상병은 싸늘한 날씨임에도 상의를 벗었다. 칼자국은 아니었지만, 몸에 상처가 여러 개 있었다. 윤성락은 최호남에게 다가왔다. 상의를 올려 칼자국을 봤다.

"그래서 네가 조폭이야 뭐야? 어디서 야부리를 털어?"

최호남도 공포에 떠는지 목소리가 떨렸다.

"그, 그게 아니라."

픽.

최호남이 바닥으로 주저앉았다. 도대체 무슨 상황이 일어난 거지?

"너도 이 새끼랑 친구라며?"

윤성락의 주먹은 명치에 와 박혔다. 내장에서 가위가 돌아다니는 것처럼 통증이 퍼졌다. 쓰러져 있는 둘에게 윤성락이 다가와 앉아 자신의 주먹을 보여주었다. 크고 작은 상처들과 꿰맨 자국으로 주먹이 덮여 있었다.

"이 주먹의 상처들이 진짜야. 남들을 팰 때, 이빨에 찢긴 상처들이지. 너희 둘은 군대에 있으니 이빨 보존하는 거다. 알았냐?"

정충식의 가슴에서 공포감이 밀려왔다. 주먹의 수많은 상처를 만들기까지 얼마나 많은 사람을 폭행했을까?

"일어서, 이 새끼들아."

아직 배의 통증이 없어지지 않았지만 일어서야 했다.

"이제 시작이다. 이빨 꽉 깨물어라. 피하면 고막 나간다."

손바닥이 보일 순간 별이 번쩍했다. 정충식은 서 있기 힘들어

마낙에 다시 주저앉았다.

"그러게 내가 나오게 하지 말았어야지. 정충식이 어서 일어나!"

그때 체력단련실 문이 열리며 한 상병이 들어왔다.

"성락아, 빨리 밥먹으러 가자."

윤성락은 바짝 군기가 들어 서 있는 일병들을 바라봤다.

"개새끼들아, 똑바로 해! 군대는 계급이야."

그후 일병들의 갈굼이 다시 시작됐다. 하지만 일병들은 최호남의 박력 있는 얼굴을 보고 타깃을 정충식에게 돌렸다. 최호남을 갈구지 못하니 같은 동기인 정충식을 갈구자는 것이다.

"씨발놈아, 너 동기 잘못 만난 거야. 알았냐?"

소초는 감옥이었다. 나 이외에는 모두 간수였다. 그렇게 깊은 새벽 흘러가는 강물을 보고 있자니 눈물이 계속 흘렀다.

오늘 근무조 사수는 윤성락이었다. 초소 안의 윤성락 상병을 보니 허수아비를 올려놓고 바닥에 주저앉아 자고 있었다. 간첩이 들어올지 모르는데 잠을 잔다고? 여기 한 달만 있으면 그런 일은 일어나지 않는다는 걸 알 수 있다. GOP에서 제일 무서운 것은 간첩이 아니라 간부인 소초장, 부소초장 그리고 자유로에 지프차를 타고 순찰하는 간부들이었다. 병사들은 통신시설을 가지고 다니기 때문에 항상 연락체계가 이어지고 있었다.

띠리리리.

'봉 두 개, 봉 두 개 떴다.'

"윤성락 상병님, 일어나십시오. 봉 두 개랍니다."

봉 두 개가 달린 지프차는 대대장 것이다. 대대장이 출발하는 동시에 각 중대에 연락이 가고 중대는 소대, 소대 행정병은 각 병사에게 알리는 것이다. 상병은 벗어 놨던 하이바를 들어 정충식의 머리를 때렸다. 하이바를 쓰고 있어 통증이 덜했다.

"씨발새끼야, 들었어. 소란 떨지 마! 철책에선 언제나 조용해야 한다는 거 몰라? 우리 위치가 노출된다고."

윤성락은 손으로 정충식의 입술을 쥐어뜯었다. 언제는 간첩이 올 가능성 제로라고 하더니…… 지프차가 지나가고 괴롭힘이 시작됐다.

"아, 아픕니다."

"이 새끼가 소리 내지 말라니까."

주먹이 목의 울대로 날아왔다. 충식은 고통에 바닥에 무릎을 꿇고 엎드렸다. 숨이 쉬어지지 않고 말이 나오지 않았다.

"이 새끼야. 안 일어나? 이제 소리 내면 또 맞는 거다."

이후 윤성락은 젖꼭지를 쥐어뜯고, 허벅지 안쪽을 꼬집었다. 고통의 소리나 나오면 어김없이 울대를 쳤다. 충식은 그것을 한 시간이나 받아내야 했다.

초소를 옮기자 윤성락은 다시 졸기 시작했다. 아까 저녁에 잠을 자지 않고 포커를 친 걸 봤다. 가끔 소대에서는 담배 내기 포커를 하곤 했다.

정충식은 탄띠에 들어 있는 탄창을 하나 꺼내 봤다. 황금색 총알 끝에 살구색 탄두가 보였다. 작지만 엄청난 파괴력으로 다리에 맞으면 다리가 잘려 나간다는 소리도 있고, 그냥 뚫고 지나간다는 말도 있다. 실제가 어떻든 살상력이 분명한 것은 사실이다. 탄띠에는 수류탄도 있다. 총과 수류탄 모두 훈련소에서 사용해봤다. 수류탄이 웅덩이에서 터질 때, 물기둥이 위로 올라간 것이 눈에 선했다.

정충식은 총을 들어 자고 있는 윤성락 상병에게 조준했다. 손가락을 트리거에 올렸다. 개새끼야 네가 사회에서 그렇게 잘나갔냐? 싸움을 그렇게 잘해? 어디 총 앞에서도 떠들어 보시지.

정충식은 트리거를 당겨 격발했다. 하지만 탄창을 넣지 않았으니 무슨 일도 일어나지 않았다. 무기를 사용하여 살인하면 군법에 의해 총살이라는 소리를 들었기 때문이다. 아무리 군인이 민간인이랑 다르더라도 현대에 총살이라니……. 총만 가지고 탈영해도 무기징역이라니…….

정충식은 고개를 세차게 흔들고 다시 흘러가는 한강을 바라봤다. 대한민국 남자라면 모두 겪는 일이다. 참고 제대해야 한다.

단풍이 절정인 10월 둘은 100일 휴가를 받았다. 오랜만에 나오는 사회였지만 충식을 반겨 주는 사람은 없었다. 집에 가도 어머니는 생업을 하느라 바빴고, 학교는 퇴학을 당했기에 만날 친구도 없었다. 그냥 하릴없이 책상을 정리하다가 안쪽에서 뭉친 신문지가 보였다. 신문지를 펼치자 작은 갈색 병이 나왔다. 청산가리다.

아버지는 자살했다. 사업 실패로 스스로의 목숨을 끊어 빚에서 벗어난 것이다. 아버지를 최초 발견한 것은 충식이였다. 토요일 학교를 마치고 들어왔을 때, 소반 위에 소주 빈 병 세 개와 유서가 있었다. 그리고 위화감이 드는 작은 갈색 병. 쓰러진 아버지 입에서 연한 아몬드 냄새가 났다. 정충식은 본능적으로 갈색 병을 신문지에 싸서 책상 깊은 곳에 숨기고, 경찰에 신고했다.

사인은 청산가리 중독에 의한 사망이라고 했다. 충식은 도서관에 가서 독에 관련된 책에서 청산가리가 맹독임을 알았다. 아몬드 냄새가 난다고도 했다.

"군대로 가져가자."

특별한 의미가 있지는 않았다. 그냥 가지고 있으면 군대의 괴롭힘을 버텨 낼 수 있을 것 같아서였다. 충식은 병에서 꺼낸 청산가리 조각을 은박지로 겹겹이 싸고, 랩을 이용하여 여러 층

다시 쌓았다. 정충식은 100일 휴가 복귀 때, 청산가리를 전투화 속에 넣었고 군대로 가져갔다.

휴가를 나가는 것도 복귀하는 것도 중대 소초로 온다. 그럼 밤길 순찰로를 다시 걸어야 했다. 중대장은 휴가 복귀 시 담배 소지를 금지했다. 선임병들이 후임병들에게 담배를 사 오라고 시켜 일종의 갈취가 일어나기 때문이었다. 그래서 소초에서는 담배가 항상 부족했다.

군인은 한 달에 한 번 담배 배급이 나온다. 1일 반 갑으로 한 달분 15갑이다. 이건 아껴 피워도 빠듯했다. 그래서 내무실에서 는 배급날 포커 게임이 이루어지는 것이다. 중대장은 소지품을 모두 검사했다. 정충식은 아무것도 없었고, 최호남은 남성용 잡 지였다. 중대장은 잡지를 훑어보고는 말했다.

"뭐, 일반적인 잡지군. 아무튼 다시 군대에 돌아왔으니 딴생 각 말고 임무에 충실하도록 해라."

송천리 소초에 도착하는 순간 암울한 냄새와 함께 구역질 나 는 얼굴들이 보였다. 저녁 시간 이제는 병장이 된 윤성락이 어 슬렁거리며 둘에게 다가왔다.

"뭐라도 사 왔냐?"

정충식이 아무것도 없다고 하자 싸대기가 날라왔다. 눈에서 별이 번쩍이며 휘청거렸다.

"넌?"

"남성 잡집니다."

최호남이 건넨 잡지를 후루룩 훑는 표정에 미소가 지어졌다.

"이 새끼 넌 합격!"

첫 휴가를 나갈 때, 이것저것 사 오라고 선임병들이 말했지만, 분명히 중대장은 선임병들이 요구한 어떤 것도 사 오지 말라고 했었다. 병장들이 잡지를 받아가 내무실 한쪽에 모였다.

"근데 이 새끼는 생긴 것과 다르게 개념이 없네. 엎드려, 새끼야."

정충식은 복도에서 엎드렸다. 잠시 사회 맛을 보고 왔다고 어깨가 금방 저려 왔다. 발끝에서 청산가리가 만져졌다. 이걸 사용한다면 1번 타자는 윤성락 너다.

"저, 윤성락 병장님, 긴히 드릴 말씀이 있습니다."

최호남이다.

"뭔 수작이냐. 잡지 하나 사 왔다고 으스대지 말라고."

"담배를 사 왔습니다."

최호남의 속삭이는 목소리가 들렸다.

"뭣? 어딨어?"

고립된 소초에서 담배는 엄청난 아이템이다. 그런데 어떻게 담배를 가져왔다는 것이지? 중대에서 분명히 소지품 검사를 했는데…….

"윤성락 병장님, 소초 통문 열 수 있지 말입니다."

최호남과 건물 밖으로 나갔다 들어온 윤성락의 입은 귀까지 찢어져 있었다.

"야, 고문관 너 아직도 엎드려 있었냐? 어서 씻고 근무 준비해. 호남이 넌 여기서 기다리고."

윤성락이 행정실으로 들어갔다. 충식은 재빨리 최호남의 팔짱을 꼈다.

"야, 어떻게 된 거야? 담배라니?"

"크크, 내가 머리 좀 썼지. 넌 어서 들어가."

잠시 후 행정실 상병이 손에 통문 열쇠를 들고 나왔다. 셋은 간부가 자신의 방에 있다는 것을 살피고는 건물 밖으로 나갔다. 그리고 커다란 자물쇠가 달린 통문을 열고 검정 비닐봉지를 들고 들어왔다. 봉투 안을 본 윤성락 병장과 행정병의 얼굴에 웃음꽃이 피었다.

최호남의 잔머리의 끝은 도대체 어디인가? 최호남은 휴가 때 소초를 다시 찾아온 것이다. 시골길을 어떻게 왔는지 모르겠지만 비싼 외제 담배와 트럼프, 술을 넣은 비닐봉투를 통문 옆 수풀에 숨겨 놓았다.

그다음은 예상대로였다. 최호남은 윤성락 병장의 신임을 언었고, 누구도 최호남을 괴롭히지 않았다. 처음 만났을 때 포르노 잡지로 재식을 포섭하고, 중학교 때 돈으로 짱인 경남을 구워삶은 방법과 같았다. 웃고 있는 윤성락과 최호남을 보자 숨겨놓은 청산가리가 생각났다. 역겨운 둘을 한 번에 보내버리고 싶었다.

호남의 만행은 거기에서 끝나지 않았다. 선임들이 참여한 담배 내기 트럼프에도 참여했다. 윤성락의 연전연승이었다. 그 피해는 내기에 참여하지 않은 정충식에게도 왔다.

"오늘 왜 이렇게 패가 잘 뜨냐. 3분대장님 이제 담배 없죠?"

윤성락 병장이 의기양양하게 말하자 3분대장은 트럼프를 바닥에 던졌다.

"아, 씨발 패 존나 안 뜨네."

"이제 끝이죠? 그럼 자러 갑니다."

분대장이 억울함에 주먹을 부르르 떨고 있을 때, 최호남이 윤성락에게 속삭였다. 하지만 눈은 3분대장을 바라보고 있었다.

"윤성락 병장님, 아까 우 일병에게 빌린 담배 갖다 줘야죠."

"고럼 고럼, 분대원에게 빌린 담배는 어서 갚아야지."

드라마 대본을 읽는 듯이 윤성락 병장은 빌린다는 것을 강조하여 말했다. 3분대장이 벌떡 일어나 정충식에게 다가왔다.

"야, 정충식이 담배 가져와 봐."

"네, 예?"

충식이 주저하자 주먹이 날라왔다.

"개새끼야, 담배 가져오라고. 따서 갚는다니까."

분대장은 충식의 사물함을 뒤졌고, 아껴 피우던 담배 한 보루를 가져갔다. 그것을 날리는 데는 30분도 걸리지 않았다. 충식의 머릿속에는 청산가리가 떠올랐다. 3분대장이 담배를 갚는 날은 오지 않을 것이다. 충식은 3분대장을 3순위에 새겨 넣었다. 그러니 마음이 조금 나아졌다.

소초의 담배를 끌어모은 윤성락은 시간이 가길 기다렸다. 담배가 배급되기 전 10일쯤 되면 담배 보릿고개가 온다. 그때 윤성락은 담배를 비싼 값에 풀었다. 안 사고 배길 수는 없었다. 소초의 실세 윤성락의 만행에 아무도 뭐라고 말하지 못했다. 정충식은 이 모든 일을 뒤의 최호남이 꾸민 것을 알았다. 중학교 때도 고등학교 때도 최호남은 항상 최고 실세 옆에 둥지를 틀었다. 그리고 약자들의 피를 빨았다. 모든 병사의 안전을 위해서는 최고의 원흉인 저놈에게 청산가리를 먹여야 한다는 마음이 솟아났다. 윤성락을 2순위에 내리고 최호남을 1순위로 올렸다.

담배를 못 펴 분노가 정점을 다했을 때, 호남은 충식에게 다가왔다. 몰래 담배 한 갑을 건빵바지에 넣어주었다.

"충식아, 이거 펴라."

주머니에 넣은 담배를 꺼내 호남의 얼굴에 던져 버리고 싶었다. 하지만 뇌는 니코틴을 원했다. 담배 보릿고개가 왔고, 충식은 호남이 던져 주는 담배를 고마워하며 살아갔다.

부대 내 괴롭힘에서 비롯된 예견된 참상

송천리 소초의 참상은 군대 내 괴롭힘으로 발생한 예견된 인재라고 할 수 있다. 범인 김민수 이병은 내성적인 성격으로 학교의 왕따처럼 소초 내 집단 괴롭힘의 타깃이 되었다. 강안 경계부대의 특성상 30명 정도의 소대원이 한 소초에서 외부와 단절된 채 살아간다. 강안 경계부대의 주요 임무는 경계근무로, 밤에는 근무를 서고 낮에는 잠을 자는 단조롭고 피곤한 생활을 한다. 괴롭힘은 경계근무와 취침 시에 수시로 이루어졌고, 지휘관인 소초장(소대장)은 자신의 부대 일을 은폐하기 급급하였다. 더 이상 탈출구가 없던 김민수 이병은 총을 들게 된 것이다.

5

군대에 들어온 지 6개월이 지났다. 한겨울이 되자 정충식도 일병이 되었다. 후임병들도 여럿 들어왔지만, 충식은 여전히 갈굼의 대상이었다. 정충식은 어느 날 들어온 신병 김민수를 담당하게 되었다. 담당이란 군대 생활을 가르치라는 것도 있지만, 신병을 갈궈서 정신교육을 하라는 의미가 컸다.

"김민수."

"이병 김민수."

"여기 수챗구멍 거름망 꺼내서 닦아봐."

수챗구멍은 음식물로 가득했다. 더러워 손을 대기 힘들 것이다. 김민수는 엄지와 검지 끝으로 수챗구멍 거름망을 빼려고 노력했지만 소용없었다. 이것은 정충식 자신도 겪은 일이었다. 자신을 가르치던 일병은 충식이 머뭇거리자 다섯 손가락을 수챗구멍에 깊이 넣어 거름망을 뽑아냈다. 그러고는 음식물 찌꺼기가 묻은 손으로 귀싸대기를 올렸다. 아마 그 일병도 선임에게 그렇게 교육받았을 것이다.

"야, 인마."

"이병 김민수."

정충식은 다섯 손가락을 수챗구멍에 넣어 거름망을 꺼냈다. 그러고는 주위를 둘러보았다. 아무도 없자 목소리를 낮췄다. 도저히 자신이 괴롭힘을 당한 대로 전할 수 없었다.

"군대에서는 이렇게 해야 해. 뭐든지 거침없이 빠르게 그렇지 않으면 폭력과 갈굼의 대상이 된단 말이야."

"네, 알겠습니다."

대답은 시원하게 했지만, 김민수의 행동은 느렸다. 걸레를 빠는 것도 침상을 닦는 것도 밥을 먹는 것도 느렸다. 그때마다 선임들의 욕설과 폭력이 있었다. 물론 김민수 담당인 충식에게도 연좌제를 물었다.

김민수는 외모 때문에 특별히 더 괴롭힘을 당했다. 하얀 얼굴에 마른 몸이지만 가슴에 유선이 발달한 여유증이었다. 충식도 같이 목욕하다 깜짝 놀랐었다.

"민수야, 가슴이 왜 그래?"

"이거 여유증입니다."

"여유증?"

"여성형 유방 증상으로 유선이 발달한 겁니다."

정충식은 실제로 여성의 가슴을 본 적이 없었다. 잡지로 본 여자들의 가슴에 비교하면 아무것도 아니었지만 묘한 기분이 들었다.

"야, 웬만하면 다른 사람들 앞에서 상의 모두 벗지 마라."

"아, 알겠습니다."

하지만 숨긴다고 숨겨지는 것이 아니었다. 근무에 복귀하면 모두 같이 씻고 같이 자야만 했다. 윤성락 병장이 목욕탕으로 들어왔다.

"야, 젖탱이."

"이병 김민수."

윤성락은 군복 위로 김민수의 가슴을 만졌다. 김민수가 몸을 뒤로 피하자 그 모습이 재밌는지 계속 가슴을 건드렸다.

"좋냐?"

"아, 아닙니다."

"뭐가 아니야. 상의 벗어봐."

김민수는 주섬주섬 전투복 상의를 벗었다.

"오~ 이 새끼 젖꼭지 나온 거 봐. 진짜 여자 거네."

주변의 병사들이 재밌는지 둘러싸고 구경했다. 윤성락은 손을 들고 김민수에게 다가갔다. 더는 물러날 곳이 없었다.

"어, 이 새끼 진짜 꼴리게 만드네."

충식은 윤성락의 역겨운 말이 자신을 모욕하는 것처럼 들렸다. 충식은 윤성락의 손을 막았다.

"하지 마십시오."

윤성락은 말하지 않았다. 눈이 번쩍 하고 배에서 통증이 밀려왔다. 충식은 숨을 쉬지 못하고 바닥으로 무너져 내렸다.

"이 새끼는 뭐야. 일병 됐다고 이제 기어오르냐?"

윤성락은 발을 들어 충식을 밟았고, 김민수가 충식을 덮어 막았다.

"어쭈 이 새끼들 봐라. 서로 좋아한다 이거야."

충식은 김민수를 밀치고 윤성락을 바라봤다. 청산가리를 생각했다.

'그래, 더 때려라. 내 살의에 불을 붙이란 말이야.'

그때 표정이 어땠는지 모르겠지만 주변 병사들이 윤성락을 말렸고, 상황이 끝날 수 있었다. 김민수가 쓰러진 정충식을 일으켰다.

"괜찮으십니까?"

"그래, 어서 씻고 자자."

"고, 고맙습니다."

"됐어, 인마."

목욕탕에는 둘만 있었다. 뜨거운 물이 맞은 곳에 닿자 통증이 전해졌다.

"아, 씨발 졸라 아프네."

"정충식 일병님은 대단하십니다."

"뭐가?"

"어떻게 그렇게 맞으면서 웃을 수 있으십니까? 아마 윤성락 병장님도 속으로 쫄았을 겁니다."

"내가 웃었어?"

김민수는 미소를 지으며 말했다.

"네, 섬뜩했지 말입니다."

아마 청산가리를 생각해서 그랬을 것이다. 난 널 언제라도 죽일 수 있다. 그러니 나를 더 괴롭혀 내가 살인을 저지를 수 있도록 트리거를 당기라고 속으로 생각한 것이 얼굴로 드러났을 것이다.

"넌 그러지 마. 더 맞을 뿐이야."

그 후 김민수의 자리는 윤성락의 옆자리로 바뀌었다. 윤성락은 자기 전 김민수의 가슴을 만졌다. 성추행의 개념도 약한 시절이었고, 더군다나 남자가 남자를 성추행했다는 말은 들어보지 못했다. 김민수는 모든 군인이 그랬던 것처럼 성추행 굴욕을 이를 악물며 견뎌냈다.

소초의 휴가는 두 명 이상이 나갈 수 없었다. 인원이 많이 빠지면 그 피해는 고스란히 소대원에게 돌아간다. 최호남이 먼저 일병 정기휴가를 나갔고, 정충식의 휴가는 계속 밀려만 갔다. 최호남은 이번 휴가 때도 통문 밖에 담배와 양주를 숨겼다. 최호남은 그것으로 행정병 한 명이 제대하자 부사수로 들어갈 수 있었다. 윤성락 병장, 행정병 사수, 최호남 모두 한 편이었다. 행정병은 근무조를 짰고, 통문을 출입할 수 있었다. 그리고 부대에 유일하게 출입하는 외부인이 있었다. 짬밥을 처리하는 동네 노인이었다. 노인은 일주일에 2번 월요일, 목요일에 방문하여 모인 음식물을 가져갔다. 돼지 사료로 쓴다고 했다.

최호남은 특유의 친근함을 발휘해 노인을 포섭했다. 호남은 취사병 사수와 미리 이야기가 되어 있었다. 호남은 쌀 20kg 포대를 들고 가 노인의 리어카에 올렸다.

"어르신 이거 쌀이에요. 남았어요. 가져다 드세요."

"이 귀한 것을?"

"네, 종종 드릴게요."

"이렇게 고마울 때가."

"근데 이거 다른 사람 귀에 들어가면 안 되는 것 아시죠?"

"당연하지."

"그런데 어르신 여기 담배가 모자라거든요. 담배 좀 사다 주실 수 있으세요?”

호남은 주머니에서 3만 원을 꺼냈다.

“디스 세 보루 부탁해요.”

노인은 빠진 이를 보이며 웃었다. 호남은 점점 소초를 자기만의 왕국으로 만들어가고 있었다.

충식의 일병 정기휴가는 늦어졌다. 하지만 불만은 없었다. 나가봐야 할 일도 없었다. 드디어 충식의 휴가가 잡혔다. 9박 10일 정기휴가 뒷부분에 김민수의 100일 휴가와 겹치게 되었다. 김민수는 조용히 자신의 전화번호를 건넸다.

“정충식 일병님 휴가 때 같이 만나시지 말입니다.”

충식은 휴가 후반기에 김민수를 만났다. 김민수는 서울에 살았다. 김민수는 부대에서 고맙다면서 충식을 거하게 대접했다. 고급 소고기도 사주고, 강남 나이트도 데려갔다. 그렇게 새벽까지 즐긴 둘은 김민수 집으로 가서 쓰러졌다. 김민수의 어머니가 민수의 등을 때리며 술 먹고 이제 들어오냐고 소리쳤지만, 그건 사랑의 투덜거림이었다. 어머니는 충식의 손을 잡았다.

“민수가 믿는 건 정충식 일병님밖에 없다고 말하더라고요. 우리 아들 잘 부탁해요.”

“네? 네.”

“아이, 엄마. 이제 우리 들어간다.”

김민수의 방으로 들어왔다. 취기에 천장이 빙글빙글 돌았지만 사온 맥주를 꺼냈다. 맥주로 입가심을 하면서 이런저런 이야기를 했다.

"민수야."

"이병 김민수."

"짜식, 여기서도 그럴 필요 없어. 너 언젠가 내가 맞으면서 어떻게 버티냐고 물었지?"

"그랬지 말입니다."

술에 취해 쓸데없는 말이 뇌에서 생산되었다.

"나 청산가리를 가지고 있어."

풀려 있던 김민수의 눈이 번쩍 뜨였다.

"그거……."

"맞아, 맹독이야. 날 괴롭히는 누구든 죽이려고 생각하니 무섭지 않아."

김민수는 맥주캔을 들어 마셨다.

"정충식 일병님은 누굴 가장 죽이고 싶어요?"

충식도 청산가리를 사용한다면 누구에게 사용할까 생각해봤다. 김민수의 질문에 떠오르는 얼굴은 윤성락이 아닌 최호남이었다. 한강을 보며 여섯 시간 근무하다 보면 별생각이 다 난다. 그건 최호남이다. 윤성락도 호남이 뒤에서 조종하는 것이다. 호남이 밖에서 사온 트럼프는 분명히 사기도박할 때 쓰는 것일 거다. 그렇게 매번 연전연승할 수는 없다. 그렇게 분대장들을 교묘한 말솜씨로 충식의 담배를 빼앗게 하고, 적선해 주는 양 담배를 던져 준다.

'우린 친구잖아.'

"개새끼."

"네?"

"청산가리를 사용한다면 최호남 개새끼를 죽여 버릴 거야."

김민수는 맥주를 들어 모두 털어 마셨다. 분위기가 이상하게 흘러갔다.

"이제 자요."

김민수가 먼저 침대에 누웠다. 정충식도 옆으로 가서 누웠다. 잠시 몸을 뒤척이더니 김민수가 떨리는 목소리로 말했다.

"저도 그래요. 최호남 일병님을 가장 죽이고 싶어요."

"난 중학교 때부터 악연이 있다손 해도, 넌 왜?"

김민수는 몸을 돌려 벽을 바라보았다. 울고 있는지 어깨가 부르르 떨렸다.

"화장실에서 입으로……."

김민수는 말을 잇지 못했다. 하지만 정충식은 알 수 있었다. 김민수는 부대의 모든 선임병에게 가슴을 만지는 강제추행을 당한다. 그것도 힘든데 야비하고 악랄한 최호남은 남들과는 다른 악행을 저지르는 놈이다. 충식도 많이 당해봐서 알고 있다.

충식은 민수를 뒤에서 감싸 안았다. 민수는 잠이 들었는지 움직임이 없었다. 충식은 민수가 들을지 모르겠지만 작게 속삭였다.

"청산가리는 내 관물대 서랍 천장에 붙여놨어."

청산가리의 존재를 말해 주었지만, 김민수의 여린 마음으로는 살인에 이르지 못할 것을 알고 있었다. 충식도 윤성락이나 최호남을 죽이겠다는 충동이 일어 청산가리를 찾아 주머니에 넣었지만 어느 음식에 탈지, 걸리면 어떻게 되는 건지, 그런 생각을 하다 보면 살의가 점점 줄어들었다.

"아무튼 잘 자라."

다음 날 김민수는 아무것도 아닌 것처럼 밝은 모습으로 일어났다.

"정충식 일병님, 오늘은 롯데월드 가 봐요."

정충식은 태어나서 놀이동산이란 곳을 가 본 적이 없었다.

"거기는 애들 가는 데 아니야?"

"얼마나 재밌고 스릴 있다고요."

"그래 가보자."

충식은 남은 휴가를 민수와 함께 보냈고, 다시 지옥 같은 소초로 복귀하게 되었다.

한겨울 강변의 날씨는 너무했다. 강가에 얼어 버린 얼음이 쌓여 여기가 남극이 아닐까 착각을 들게 했다. 내복 두 겹에 방한내피, 두꺼운 야상을 입고, 모자, 안면 마스크, 장갑에 설화를 신어야 겨우 추위와 싸우면 경계근무를 설 수 있었다.

휴가 복귀 후 김민수의 표정은 계속 좋지 않았다. 계속 괴롭힘을 당하는 것이다. 선임들은 근무 나가서 김민수의 안면 마스크를 벗기고, 장갑을 벗게 했다. 정말 악질적인 괴롭힘이었다. 하루는 김민수의 얼굴에 반점이 생겨 의무대에 갔다가 동상 판정을 받았다. 2주일 동안 의무대에서 쉬고 온 김민수는 공공의 적이 되었다.

"이등병 새끼가 빠져가지고, 고참들은 추위와 싸우고 있는데 2주를 따뜻한 데서 자빠져 자고 와?"

"도, 동상이라."

충식은 괴롭힘을 말리고 싶었지만, 자신에게도 불똥이 튈까 방관자로 있을 수밖에 없었다. 그저 괴롭힘이 끝나면 다가가 말로 위로할 수밖에 없었다.

"민수야, 버텨야 해. 윤성락 병장은 곧 제대야. 이제 한 달 후면 말년휴가 나가고 돌아와서 5일이면 제대라고."

"정충식 일병님, 이 총을 사용하면 모두 죽일 수 있겠죠?"

"그래, 하지만 그건 정답이 아니야."

충식은 김민수의 정신이 거의 무너졌음을 느꼈다. 하지만 자신이 이미 경험한 바로는 방아쇠를 당길 수 없을 것이다.

총기사고 생존 병사들끼리 폭행. 한 명 사망

지난번 송천리 소초 총기사고에서 살아남은 생존 장병들끼리 서로 폭행하는 사건이 벌어졌다. 정 모 병사는 총기사고가 일어난 것에 대한 책임 소재로 동료를 폭행해 사망에 이르게 했다. 군에서는 외상후 스트레스 증세를 진단했다.

6

윤성락 병장이 말년휴가 나가기 전날 밤이었다. 정충식은 야릇한 꿈에 몽정을 하고 말았다. 시계를 보니 새벽 네 시였다. 충식은 전반야 근무를 마치고 자고 있던 중이었다. 간단히 씻기라도 할까?

목욕탕에 들어가던 정충식은 벽에 기대 앉아있는 김민수를 발견했다. 이 모습은 어디서 본 모습이었다. 바로 아버지의 자살. 목욕탕에 연한 아몬드 냄새가 퍼져왔다. 김민수는 지금 후반야 근무일 텐데 근무지를 이탈해 소초로 들어와 자살한 것이다. 선임병은 자고 있을 것이다.

김민수의 오른편에 종이쪽지가 떨어져 있었다.

정충식 일병님 고맙습니다. 하지만 이렇게밖에 할 수 없습니다.

민수는 타인을 죽이는 살인 트리거를 당기지 못하고 자신을 죽인 것이다. 이것은 청산가리가 있다는 걸 알려준 충식 자신의 잘못도 있다.

순간 뇌세포들이 융합을 일으키는 것 같았다. 김민수는 이렇게 죽어서는 안 된다. 드디어 정충식의 살의가 폭발했다. 살인 트리거가 당겨진 것이다. 충동적이지 않기에 머릿속은 차분했다. 먼저 민수의 가죽장갑을 끼고, 청산가리가 들었던 비닐과 은박지를 회수했다. 정민수의 탄띠에서 탄창 두 개를 꺼냈다. 소초장의 빨간 도장이 찍힌 봉인지가 보였다.

충식은 한 탄창의 봉인지를 뜯어 K2 소총에 탄창을 밀어 넣고 노리쇠를 당겨 총알을 장전했다. 다음 수류탄이 들어 있는 원통형 종이박스의 봉인과 강하게 붙어 있는 검정 테이프를 어렵게 제거했다. 철책 근무에서 북한군과 마주하면 싸우라고 지급한 것인데 이렇게 강하게 붙어 있다가는 실전에서 잘 사용이 될까 하는 의문이 들었다.

원통형 상자에서 계란형의 국방색 수류탄을 들었다. 수류탄은 훈련소에서 한 번 사용해 봤다. 머릿속에 순서가 정확히 들어 있으니 사용에는 문제없을 것이다.

현재 시각 새벽 4시 소초는 조용하다. 전반야 근무를 서고 들어온 병사들은 자고 있을 것이다. 지휘관과 행정실도 마찬가지다. 정충식은 조심히 복도를 걸었다.

"최호남 개새끼. 너는 쉽게 죽으면 안 되지."

정충식은 제1 내무실 문 앞에서 수류탄을 오른손으로 잡았다. 안전 클립 제거하고 안전핀을 뽑았다. 이제 던지면 뇌관이 타들어가 3초 후 폭발한다. 내무실 문을 열고 왼쪽 침상으로 수류탄을 던졌다. 모든 것의 원흉 최호남의 자리는 오른쪽 침상이지만 지옥의 상황을 조금이라도 더 경험시켜 주고 싶었다. 왼쪽에는 윤성락이 있으니 그것도 좋았다.

얼른 뛰어 모든 문이 보이는 복도 끝에서 무릎쏴 자세를 취했다. 복도로 나오는 병사들을 조준 사격할 것이다.

쿠우우쾅~

수류탄이 터지며 어마어마한 소리가 났다. 아마 강안 경계부대 전체에서 소리를 들었을 것이다. 잠시 후 비명과 괴성이 들렸다. 먼저 문이 열린 곳은 행정실이었다. 충식은 사람을 가리지 않기로 했다.

탕! 탕!

가까운 거리기에 조준 사격은 어렵지 않았다. 행정병 하나가 가슴에서 피가 터지며 쓰러졌다. 다음 제1 내무실 문이 열리면서 주황색 운동복을 입은 병사들이 뛰어나왔다.

탕, 탕!

병사들이 쓰러져 갔다. 다음 제2 내무실 문도 열리며 연이어 병사들이 나왔다. 정충식은 조정간을 자동을 바꾸었다.

타타타탕!

문으로 나오던 병사들이 쓰러졌다. 내무실 안에서 고성과 외침 소리가 났지만 복도에서 벌어지는 참극을 보았는지 더는 나오지 않았다. 이제 철책 근무자들도 김민수가 없어진 것을 알았을 것이다. 실탄을 삽탄하고, 소초로 올 가능성이 있었다. 어서 복수를 마무리해야겠다.

"최호남 새끼는 어떻게 됐지?"

충식은 15발짜리 새 탄창으로 교환했다. 기존 탄창에는 2발이 남아 있었다. 이건 최후에 사용해야 한다. 제1 내무실로 뛰어가다 복도의 가득한 피와 살점들에 미끄러져 바닥에 넘어졌다. 엉덩이에서 둔탁한 소리와 통증이 밀려왔다.

"아이 씨팔."

어서 서둘러야 한다. 충식은 힘겹게 일어나 제1 내무실을 열었다. 아비규환의 내무실 오른쪽 침상을 보았다. 엎드려 있던 병사가 고개를 들었다. 순간이었지만 화상 자국이 분명히 보였다. 충식은 15발이 모두 발사될 때까지 트리거를 당겼다.

총알을 모두 발사하고 문을 닫았다. 빈 탄창을 버리고 두 발 남은 탄창을 다시 넣었다. 그리고 목욕탕으로 달려갔다.

소총을 앉아 있는 김민수의 턱에 대고 세웠다. 장갑을 벗어 얼른 김민수의 손에 끼우고는 오른손 엄지를 트리거에 넣었다. 그리고 엄지를 눌러 총을 발사했다. 두 발이 나가며 김민수의 뇌가 터졌다. 정충식은 청산가리 쓰레기를 화장실 변기에 내리고는 바닥에 쓰러져 있는 시체들 사이로 누웠다.

'민수야, 네 복수는 내가 대신했다.'

에필로그

　총기 난사 사고 이후 사건 조사는 계속되었다. 평소 별을 단 장군을 한 번도 보지 못했지만, 송천리 소초에는 별들이 우굴거렸다. 송천리 소초에서 살아난 생존자들은 비밀리에 어떤 부대로 이송되어 외부와 단절된 채 총기 사건 조사에 임했다. 충식은 조사에서 같은 말을 계속 반복했다. 김민수 이병은 부대 내에서 성추행과 괴롭힘을 당했고, 그 복수를 실행한 것이다. 생존자 모두 김민수의 범행으로 생각했고, 머리가 터져 죽은 김민수는 자살로 보여 부검은 이루어지지 않았다.

　"아, 씨발 그 새끼 정말로 돌았다니까? 날 보고 총을 연발로 갈기는데 옆으로 겨우 굴러서 살았다니까?"

　침대에서 떠드는 놈은 최호남이었다. 윤성락은 몸이 수류탄에 찢겨 죽었지만, 불행하게도 최호남은 살아남았다. 멍하니 최호남을 바라보고 있자 놈이 다가왔다.

"크크크. 야, 충식아. 이제 끝이다."

"뭐가?"

"우리 의가사 제대야. 김민수 똘아이 놈 때문에 행운이 왔네."

정충식의 뇌에서 뭔가 끊어지는 느낌이 들었다. 이건 경험했다. 살인 트리거가 당겨지는 느낌이다. 충식은 주위를 둘러보았다. 관물대의 야삽이 보였다. 이놈을 그냥 놔둬선 안 된다.

"야, 호남아, 너 김민수가 연발로 갈기는 거 봤어?"

"그럼, 분명히 눈을 마주쳤다니까?"

"김민수가 군복 입었어? 오렌지색 체육복 입었어?"

"그야……."

최호남의 눈알이 사정없이 굴렀다. 분명 충식은 최호남과 눈이 마주쳤었다. 뭔가 이상할 것이다. 김민수는 군복을 입고 있어야 했는데 자신이 본 것은 오렌지색 체육복이었을 것이다. 충식은 야삽을 꺼내왔다.

"호남아, 이제 알겠냐?"

"너, 너였어."

충식은 하얀 이빨을 보이며 씨익 웃었다. 그리고 야삽을 세차게 휘둘렀다. 충식은 과거로부터 현재까지 일을 생각하며 몇 번이고 쓰러진 호남의 머리를 내리쳤다.

고문관

박해로

이 소설은 현실에 근거를 두었으나 이야기는 픽션입니다. 인물, 배경, 내용 등은 실제와 관련 없이 모두 소설을 위한 가상의 설정임을 밝힙니다.

프롤로그

충북 진천이 고향이며 올해 스무 살이 된 심소남은 집에 갇혀 지내다시피 해온 특이한 청춘이다. 어렵게 고등학교를 졸업했지만 친구라곤 단 한 명도 없는 그는 왕따에 외톨이다. 소남이 두 살 때 아버지가 교통사고로 유명을 달리해 어머니가 그를 키웠다. 일에 지친 그녀는 외동아들의 교육에 신경 쓸 여유가 없었다.

소남이 아홉 살 되던 해, 소남 엄마는 나무에 거꾸로 매달린 남편이 등장하는 악몽에 시달리게 되었다. "여보 나 좀 살려줘, 여보 나 좀 살려줘!" 뒤집힌 남편의 소름끼치는 얼굴이 사라지고 나면 몽둥이로 맞은 듯 몸이 아파왔다. 악몽이 반복될수록 지나가던 맹견이 덤비거나, 버스에서 지갑을 잃어버리거나, 집 안에 형광등이 떨어져 깨지는 등 기이한 사고가 잇따랐다. 사정을 들은 지인은 그녀에게 동자장군이라는 무당을 소개했다. 동사상군은 말총머리에 얼굴이 갸름한 미남형의 남자였으나 뱀을 연상시키는 눈은 심문자처럼 섬뜩했다. 신과 대화한 그는 남편의 묘에 문제가 있다는 점괘를 내렸다. 친지를 동원해 땅을 파헤쳐보니 과연 관 한쪽이 위로 쳐들려 있었다. 유골은 거꾸로 매달린 것처럼 하반신이 위로 솟고 상반신은 아래로 눌린 형국으로 변해 있었다. 기겁한 시댁 식구들이 중장비를 동원해 묘의 위치를 바로 하자 악몽은 사라졌다.

하지만 몸살은 그대로였다. 동자장군은 혼백이 아직 부인을 놔주지 않고 있으니 남편을 삼도천 건너편으로 보낼 굿을 해야 한다고 했다. 그녀는 기꺼이 응낙했고 동자장군을 찾아가는 횟수도 점점 늘었다.

언제부턴가 소남은 엄마가 동자장군을 만나러 갈 때 말이 많아지고 미소를 흘린다는 걸 어렴풋이 눈치챘다. 엄마를 따라가 몇 번 본 동자장군 곁에는 늘 여자가 많아 꺼림칙했다. 하지만 엄마는 개의치 않고 더 자주 찾아갔다. 동자장군이 더 어렸지만 결국 두 사람은 동거에 들어갔고 엄마는 앞으로 장군님을 아버지라 부르라 했다.

동자장군과 엄마 사이에서 아이가 하나 태어났다. 소남보다 열한 살이나 어린 그 아이는 배다른 형제였지만 소남과 비슷한 소현이란 이름을 얻었다. 아이가 태어나자마자 동자장군은 굿

상담을 이유로 집안에 여자들을 불러들였고 불만을 제기한 소남 엄마를 때리기 시작했다. 가벼운 손찌검은 심각한 폭행이 되었고 소남에게도 이어졌다. 친자식이어선지 소현은 별로 피해를 입지 않았다. 4년의 폭행 세월을 견디다 못한 소남 엄마는 어느 날 훌쩍 집을 나가 두 번 다시 돌아오지 않았다. 동자장군은 소남 엄마를 찾지 않았고 두 명에게 분산되었던 매질은 이제 소남 한 명에게 몰렸다. 말 그대로 몰매였는데, 그 날 이후 소남은 신당에 갇히는 벌을 자주 받았다. 전등이 없는 신당엔 산신령과 장군들을 그린 무화가 사방 가득 걸려 있었다. 쳐다보는 것만으로도 사람을 미치게 할 고통인데, 촛불로 일렁이는 무화를 오랜 시간 쳐다보면 공포심이 사람을 장악해 그림이 살아 움직인다고 믿게 되었다.

소남의 성격이 이상해진 것도 이 무렵이었다. 원래부터 적었던 말수가 부쩍 줄었고 인지력이나 이해력이 정상인보다 떨어졌다. 가까스로 고등학교를 마치긴 했지만 동자장군은 소남을 대학에 보낼 마음이 없었다. 집안 살림을 맡기고 새끼 무당으로 키울 속셈이었다. 강제로라도 신이 내리도록 소남을 신당에 가둔 것도 이런 이유에서였다. 동자장군은 바깥에서 문을 잠근 채 산신령 무화에 백번 절을 해야만 소남을 풀어주곤 했는데 가끔 문에 구멍을 뚫어 소남의 절하는 횟수를 헤아리기도 했다. 소남은 뱀을 연상시키는 계부의 눈매에 죄어오는 공포를 느꼈다.

보다 못한 이웃의 꽃가게 주인이 학대신고를 했고 경찰이 출동했다. 그러나 소남 형제는 아버지한테 맞은 사실이 없다고 진술했다. 경찰이 아이들의 굳은 얼굴에 의심을 품고 몸을 한번 보자고 하자 동자장군이 창을 들고 나와 소란을 피웠다. 처음부터 개입하기 싫어했던 경찰도 그쯤에서 포기하고 돌아갔다. 꽃가게 주인은 여러 사회운동에 몸담으며 굶주린 길고양이들에게 음식도 제공하는 자애로운 민주 시민이었다. 정의의 신고가 보람이 없자 그녀는 장을 보러 나서는 소남을 몰래 따라가 말했다.

"계부는 너를 박수무당으로 키워 대를 잇게 하려는 거야. 그게 무슨 이유겠니? 너를 평생 부려먹고 돈벌이로 쓰겠단 말이야. 엄마처럼 도망 가. 아니면 계부 몰래 군에라도 입대해. 당장 여기서 도망쳐야 해. 여기 계속 있다간 너 인생 망친다."

소남은 꽃가게 주인의 충고에 깨달은 바가 있어 몰래 담임선생을 만나 사정을 얘기했고 그의 도움으로 징병검사를 받을 수 있었다. 소남은 의무경찰에 자원했고, 영장이 떨어졌음을 안 동자장군은 소남을 신당에 가두고 밥을 주지 않았다. 매질은 물론 너 같은 건 군대 가면 죽을 거라는둥 신체와 정신 양쪽으로 학대를 했다. 마침내 입대일이 왔지만 고기라도 구워 먹이기는커녕 훈련소에 데려다 주지도 않았다. 단, 생애 처음으로 휴대폰은 개통시켜 주었는데 연락보다는 감시의 의도가 더 커보였다.

자대 배치 전, 훈련소에서 경찰학교로 옮겨간 시기에 소남은 자신에게 탈출 기회를 알려준 꽃가게 주인 소식을 소현이한테서 들었다. 그녀는 원예 작업을 하다가 알 수 없는 이유로 피를 토하고 죽었다는데 유가족들이 신고해 아버지가 경찰서에도 갔지만 곧 돌아왔다고 했다. 소남은 아홉 살 동생의 두서없는 말에서도 유가족이 아버지를 고소했지만 증거불충분으로 풀려났음을 대번에 눈치챘다. 현재 유가족은 급히 가게를 처분하고 진천을 떴다고 한다.

'겁이 난 거겠지! 아버지만 할 수 있는 어떤 방법을 써서 그 아줌마를 죽인 거야!'

소남만이 믿어 의심치 않는 진실이었다. 군대에 와서도 그는 아버지가 무서웠다. 언젠가 다시 만나게 될 날이 두려웠다.

그런데 문제는 군대에도 있었다. 군대는 탈출구가 아니라 계부가 보여준 폭력적 세계의 연장선이었다. 복무 기간 동안 싫어도 함께 생활해야만 하는 군대의 구성원들은 계부와 비슷한 방식으로 그를 괴롭혔다.

1

이경[1] 유신역과 그보다 기수가 몇 달 빠른 이경 심소남은 섭주 군수의 자택 대문 앞을 지키는 중이었다. 그들 말고도 섭주 경찰서 의경 124중대 2소대 소속 의경은 2인 1조로 군수의 자택 동, 서, 북쪽을 지키고 있었다.

딱딱하게 서 있던 유신역이 천천히 좌우를 둘러보았다. 전혀 신병의 행동답지 않았다. 그의 눈에 비친 건 온통 어둠뿐, 다른 쪽을 지키는 고참들은 보이지 않았다. 한 바퀴 어둠 속을 회전한 그의 눈이 심소남을 노려보았다. 소남은 근무가 시작될 때부터 심하게 몸을 떨고 있었다. 딱딱 떨리는 이빨 소리가 거슬렸다. 손에 쥔 방패도 떨림 때문에 흔들거렸다. 후임인 유신역의

---

1 의경 계급을 육군으로 치면 이경은 이병, 일경은 일병, 상경은 상병, 수경은 병장
   이다.

시선을 피한 채 그는 땅바닥만 쳐다보았다.

"심 이경님?"

소남이 땀으로 범벅이 된 고개를 슬쩍 틀었다. 유신역은 방패와 곤봉을 벽에 기대놓고 기지개를 켰다.

"얌마, 심소남. 너 병신이지?"

"뭐라고?"

소남의 놀란 반응은 그러나 모기 소리처럼 작았다.

"어쭈, 너 지금 눈 부라리냐?"

유신역이 주먹을 휙 쳐들자 소남이 흠칫했다. 방패가 떨어지고 곤봉도 떨어졌다.

"잘한다, 잘해. 병신아."

유신역이 머리를 때리니 방석(防石)헬멧마저 벗겨졌다. 소남은 땅바닥에 떨어져 굴러가는 헬멧과 곤봉을 줍기에 바빴다.

"씨발. 야, 내가 폰 세 개 쓴다고 중대장한테 꼬바른 새끼가 너지?"

"아니야."

"투서 글씨가 니 글씨하고 똑같다던데?"

"아냐, 내가 안 그랬어."

"좆 같은 루저 새끼들! 남이야 휴대폰을 세 개 쓰든 열 개 쓰든 뭔 상관이야? 내가 니들하고 똑같은 줄 알아?"

원래부터 구부정한 소남의 등허리가 더 휘어졌다. 잔뜩 겁먹은 모습이었다. 주먹을 치켜든 유신역은 키가 180센티미터였는데 그 앞에 구부정하게 선 소남에게는 거인처럼 보였다.

"그거 아냐? 난 너만 보면 학교 다닐 때 내가 조오옷나게 괴롭힌 어떤 놈 생각난다. 맞지? 너 조오옷나게 괴롭힘당한 놈이지?"

"그만해……. 난 니 고참이잖아……."

"고참? 뭐래, 병신이."

유신역이 어이없다는 웃음과 함께 또 소남의 머리를 때렸다.

"군대 아니면 만날 일도 없는 거지새끼들이."

소남은 별이 가득한 하늘을 보고 있었는데 갑자기 허공에 대고 얘기했다.

"자꾸 쳐다보지 마요."

"또 누구한테 말 거냐? 귀신? 그런다고 취사반으로 빼줄 줄 아냐? 쇼하는 거 다 아는데?"

유신역이 또 머리를 때렸다.

"미친 척 연기 그만해라. 누가 옆에만 있어도 땀 뻘뻘 흘리고, 몸까지 덜덜 떨고……. 이 병신아. 쫄따구 앞에서 안 쪽팔리냐?"

입을 다문 소남은 시선을 회피했다. 그는 군 복무 기간 동안 자기와 관련된 문제는 무엇이든 그냥 지나가길 원했다. 안 지나가고 이의를 제기하면 상대는 폭력적으로 반응했기 때문이다.

그는 심소남이란 이름 대신 '고문관'이란 호칭으로 통하고 있었다. 온몸이 아파왔다. 얼른 이 상황이 끝나길 빌었다. 빨리 내무반에 복귀해 누워 자고 싶었다.

군수집 2층 창문이 소리도 없이 열렸다. 유신역의 폭력과 폭언은 멎지 않았다. 창문 틈으로 군수의 얼굴이 잠깐 나타났다. 심소남의 무전기에 연락이 들어왔다. 교대팀이 오니 장비를 갖추고 귀환 준비를 하라는 내용이었다. 손찌검이 멎긴 했지만 유신역의 악마 같은 미소는 그대로였다.

"니들이 투서까지 넣어도 내가 아무렇지 않은 게 뭐겠냐? 내가 이경이라도 함부로 건드릴 수 없는 분이란 거 아니겠냐? 억울하면 한판 붙든지! 투서가 뭐야, 투서가? 잡히기만 해봐, 얍삽한 새끼. 눈알 뽑아버릴 거야. 너 씨발 소심남이! 뒈지기 싫으면 들어가서 입조심해라, 알았냐?"

소남의 겁먹은 시선은 아직도 허공에 가 있었다. 거기 뭐가 있기라도 한 것처럼 여기저기로 눈을 돌렸다. 10미터 바깥에 교대 근무조인 3소대 대원들이 걸어오고 있었다.

"알았냐고!"

"알았어."

"넌 중대 최고 고문관이야. 이상하게 네 옆에 있으면 뒷덜미가 섬뜩하고 머리칼이 곤두서. 재수 없어 죽겠어. 고문관 기운이 전달되니까 그런 걸 거야."

"……"

"자, 복귀하시죠. 심 이경님."

유신역이 낄낄거렸다. 소남이 소리도 없이 걸었다. 달빛이 '고문관'이자 '동네북'인 소남의 등을 비추었다. 교대를 마친 세 구역의 근무조도 그들과 합류했다. 오와 열을 맞춘 그들이 어둠 속을 걷자 소위 '닭장버스'가 그들을 맞았다. 상경과 수경이 가득한 버스 앞에서 유신역은 어느새 얌전한 신병이 되어 있었다.

입대 전 유신역은 유명 연예인이었다. 아이돌 가수로 춤과 노래를 잘했고 두 편의 영화에도 출연했다. 연기 잘한다고 평판도 좋았는데 소남은 그가 정말 '연기를 잘한다'고 생각했다. 서울경찰청 홍보대사 의경이었던 유신역은 근무지 무단이탈과 음주로 사고를 쳐 언론에 노출되었다. 하지만 영창을 가지 않았고 소리소문없이 시골의 124중대로 자리만 옮겼을 뿐이다. '유전무죄'를 이마에 떡 붙이고 다니는 이가 유신역이었다.

버스에 올라보니 11시를 넘긴 시각이라 모두 졸고 있었다. 자리를 찾아 앉은 소남은 잠시 눈을 감았다. 오한이 들면서 식은 땀이 이마 위로 흘러내렸다. 아직 8월 중순이었다. 버스가 천천히 중대로 이동했다.

2

중대장은 자정을 넘긴 시각에 전화를 받았다. 그는 간부후보생 출신인 40대 초반의 젊은 경감으로 경찰청장이 목표인 야심만만한 사람이었다.

"나요, 임 경감."

"예! 선배님!"

"뭐라고?"

"아, 예……. 군수님."

섭주 군수는 모 정당의 모 특별위원회 위원장을 지낸 인물이다. 3선에 당선한 모 국회의원의 친동생이기도 한데, 형처럼 그역시도 권력형 비리의 중심에 선 사람이다. 의경들이 그의 자택을 호위하는 이유는 그의 신변보호 요청 때문이었다. 최근 군수는 섭주의 쓰레기 매립장 유치사업에 거액의 뇌물을 받았다는 기사에 시달리고 있었는데, 분노한 군민들이 군청 앞에서 시위를 벌이자 두 명을 구속시켜 버렸다. 시위는 해산되었지만 (군수의 주장에 의하면 찾아가 죽인다는) 협박이 이어져 경찰에 신변보호를 요청한 것이다. 섭주 경찰서장은 부패 정치인인 군수를 싫어했지만 권력 지향인인 중대장은 군수(와 그 형) 쪽에 줄을 대기 위해 일부러 골프장을 찾아가 우연히도 들어맞은 중학교 학연까지 내세워 군수와 안면을 트고 지내는 데 성공했다. 의경중대를 지휘하는 총 책임자답게 신변 경호 요청도 적극적으로 수행했다.

"늦은 시간에 무슨 일이십니까?"

"우리 집에 의경들 몇 명 배치했소?"

"동서남북으로 2인 1조 여덟 명입니다. 총 3개 소대가 로테이션으로⋯⋯."

"됐고, 그럼 우리 집 창문에서 바로 내려다보이는 곳은 어디요?"

"대문 위 창문 말씀하시는 겁니까? 군수님 서 계신 창문이라면 남쪽이지요."

"10시쯤 두 명이 근무했는데, 거 왜 꺽다리 한 놈하고 허리 구부정한 놈 있잖아?"

바로 감이 왔다. 유신역과 심소남.

일단 중대장은 유신역이 연예인 병사라는 사실을 숨겼다.

"그 꺽다리가 태권도 유단자입니다. 군수님 안전을 생각해 일부러 대문 쪽에 배치했습니다."

"미쳤나? 사람들 눈에 확 띄라고?"

"무슨 일 있었습니까?"

"걔들 두 시간씩 근무하고 교대하지?"

"예."

"꺽다리가 구부정한 놈을 두 시간 동안 때리고 갈궜어. 다른 애들은 그런 일이 없는데 꼭 그놈만 그래. 대문 앞에 근무하는 허수아비처럼 키 큰 놈. 맞는 놈도 이상해. 때릴 때마다 군기 바짝 든 모습은 안 보이고 허공만 두리번거리거든. 좀 맛이 간 애 아냐? 기자들 곳곳에 숨어있는데 나 엿 먹으라고 그러는 거야, 뭐야? 안 그래도 폭력군수 소리 듣는데 '군수 집 앞 군폭의 현장. 그 군수에 그 군인' 이런 기사 원하나? 응, 중대장?"

중대장은 침을 꿀꺽 삼켰다.

"그러니까 키 큰 놈이 구부정한 놈을 괴롭혔다, 이 말씀이시죠?"

"세상 어떻게 돌아가는 거야? 군바리 구타사고를 군수가 신고해야 하다니!"

"죄송합니다. 다 제 불찰입니다."

"그 두 놈 당장 배치에서 빼시오."

"알겠습니다."

"어이, 임 경찰청장."

"예, 선배님!"

"그 꼴통서장 설득해 내 경호 잘해주는 건 고마운데, 지금은 떨어지는 낙엽도 조심해야 될 때야. 기사는 뭐든지 피해야 한다고. 그래야 우리 인연도 길어지지. 안 그렇소?"

"지당하신 말씀입니다."

전화를 끊은 중대장은 할 말을 잃었다. 군수는 구부정한 놈이 고참이고 꺽다리가 후임인 줄은 모를 것이다.

"이거 완전 하극상이잖아! 심소남 이 고문관 새끼! 유신역 이 사고뭉치 새끼!"

3

중대장은 심소남과 유신역이 소속된 2소대의 소대장과 부소대장을 불렀다.

새벽 1시가 다 되어가는 시각이라 두 사람은 긴장했다. 소대장은 50대의 경위, 부소대장은 30대의 경장이다. 둘 다 데리고 있는 의경들에게 무슨 일이 생길까봐 노심초사하는 이들이다. 아이들이 다치거나 사고를 치면 자기들이 징계를 먹기 때문이다.[2]

두 대원의 야간 호출에 2소대 의경들 29명은 난파선의 쥐처럼 잠들지 못한 채 긴장했다. 유신역과 심소남은 중대장실 바깥에서 열중쉬어를 한 채 서 있었다. 먼저 소남이 불려 들어갔다.

---

2 의경 부대의 소대장 부소대장은 육군과 달리 병역 의무의 군인이 아니라 경찰공무원 중에서 차출된다. 이후 이들을 의경 대원과 구분해 기간요원이라고 한다.

중대장실 안에 중대장, 소대장, 부소대장이 앉아 있는 걸 본 소남은 가슴이 철렁했다. 소대장이 물었다.

"소남아, 평소 소대원 중에 널 때리거나 괴롭힌 사람이 있니?"

"아닙니다! 그런 적 없습니다!"

소남은 땀을 흘리며 우렁차게 답했다.

"목소리는 죽이고, 윗옷 벗어봐."

소남이 옷을 벗었다. 구타 흔적은 없었다. 이빨도 멀쩡했다.

"너 어깨에 그 흔적은 뭐니?"

소대장이 소남의 어깨에 나 있는 화상의 흔적을 가리켰다. 고2 때 계부 동자장군이 불로 지진 자국이었다.

"어릴 때…… 다친 상처입니다."

"웬 땀을 그리 흘려? 어디 아파?"

"아닙니다! 더워서 그렇습니다……."

"몸도 떨고 있잖아? 바지 벗어봐."

소남이 주저했다. 부소대장이 엉덩이에 멍자국을 기대하기라도 하는 것처럼 재촉했다.

"빨리!"

소남이 마지못해 기동복 바지를 벗는데 주머니에서 접힌 종이 하나가 떨어졌다. 소남이 다급한 동작으로 주웠다.

"그게 뭐냐?"

"······."

"고참들이 뭐 사오라고 시킨 거 아냐? 펴봐."

부소대장의 지시에 소남은 울기 직전의 표정으로 노란 종이를 펼쳤다. 뿔이 붙고 위로 죽 찢어진 눈을 가진 도깨비와 한자를 새겨 넣은 부적이었다. 붉은 염료가 번진 흔적은 진짜 피로 쓴 듯 무서웠다.

"아이구, 잠이 다 깨네. 무슨 부적이 그리 끔찍해?"

"······."

"건강히 제대해 달라는 부적이냐? 부모님이 보내 준 거야?"

"예 그렇습니다!"

"됐다. 도로 넣어라."

소남이 부적을 접어 주머니에 넣었다. 중대장이 물었다.

"자, 솔직하게 얘기해봐. 널 도와주려는 거니까. 누가 널 괴롭힌 적 없어?"

"없습니다."

"군수님이 유신역이가 널 때리는 걸 봤다던데?"

"아닙니다. 그런 사실 없습니다."

"그럼 군수님이 거짓말을 한 건가?"

"······."

"말해 봐. 군수님이 왜 콕 찍어 대문 앞 키 큰 애와 구부정한 애를 지목했을까?"

소남은 고개를 들고 허공을 응시하다가 답했다.

"거긴 깜깜하고 가로등도 없었습니다."

세 직원이 흠칫 놀랐다. 이놈, 보기보단 바보가 아니네.

"너 혹시 훈련이 힘들거나, 요새 무슨 걱정이 있거나, 잠을 잘 못 자거나 그런 거 없니?"

"없습니다."

"알았다. 명심해, 니 입으로 분명 아무 문제도 없다 그랬어. 나가 봐. 무슨 일 있으면 혼자 끙끙 앓지 말고 우리한테 말해."

소남이 밖으로 나갔다. 부동자세로 서 있던 유신역은 여전히 미동도 없었다. 군수 집 앞에서와는 180도 다른 모습이다. 과연 그는 연기의 달인이었다. 소남이 유신역 옆에 열중쉬어 자세로 서자, 이번에는 유신역이 부름을 받고 들어갔다. 소대장과 부소대장이 차례를 바꿔가며 질문했다.

"유신역이, 너 혹시 다른 대원들 괴롭힌 적 있니?"

"이경 유신역! 아닙니다!"

"심소남이가 니 고참이지?"

"이경 유신역! 예, 그렇습니다!"

"군수님이 키 큰 애가 구부정한 애를 때리는 걸 봤대. 군수님 말대로라면 그거 하극상 아냐?"

잠시 침묵이 있고 나서 한층 큰 목소리가 터져나왔다.

"이경 유신역! 절대 아닙니다!"

"네가 왜 서울에서 섭주로 왔는지 알지?" 중대장이 물었다.

"예 그렇습니다!"

"여긴 군대지 바깥이 아니다. 명심해라."

"……."

"네가 여기서 또 시끄러운 일을 벌이면 네 아버지한테 폐를 끼치는 게 돼, 네 아버지한테! 네 이름도 신문에 오르내릴 거고. 무슨 말인지 알지?"

"잘 알고 있습니다."

"다른 애들은 정해진 시간에만 휴대폰 쓸 수 있는데 넌 24시간 쓸 수 있잖아. 꼭 세 개씩이나 필요한 거니? 들키지나 말든지."

"이경 유신역! 두 개는 반납했습니다."

"연예인이면 더욱 행동을 조심해야지. 애들한테 함부로 대하면 안 돼. 나중에 네 군생활이 인터넷에 미주알고주알 올라오면 그거 어떻게 막으려고 그러니?"

"시정하겠습니다."

"심소남이 때렸지?"

"아닙니다! 그런 사실 없습니다!"

"정말이지?"

"맹세코 없습니다. 군수님이 잘못 보셨을 겁니다."

가해자 피해자 둘이 완강히 부인하자 중대장은 환갑이 된 군수의 시력에 문제가 있을 수도 있겠다고 생각하기로 했다. 유신역이가 아무리 개차반이라도 설마 고참을 때렸으려고? 악성댓글 올라오면 지 연예 생활도 끝인데.

"좋아, 두 번 다시 오늘 같은 일은 내 귀에 들어오지 않기를 바란다. 참, 패션 잡지 〈룩오션〉 이달 거 보니까 아버님이 기업인인데도 모델로 나오셨대? 기회 되면 멋지게 나오셨다고 내가 그러더라고 말씀 좀 전해드려."

"이경 유신역! 감사합니다!"

소대장과 부소대장은 중대장의 아부에 아무런 내색도 하지 않았지만 속으로는 한마음이었다.

'명색이 중대장인 니가 그 지랄을 해대니까 애새끼가 저 꼴로 나대지.'

유신역이 세 기간요원을 둘러보고 말했다.

"저…… 대장님."

"왜?"

"심소남 이경님이 좀 이상한 행동을 합니다."

"무슨 행동을?"

"허공에 대고 혼잣말을 합니다. 그런데 일부러 그러는 것 같습니다."

"근무 조를 바꿔달라는 거냐?"

"아닙니다. 그저 알려드리는 겁니다."

"알았다. 그만 나가봐."

유신역이 경례를 하고 방을 나섰다. 중대장은 숨겨 뒀던 녹음기를 껐다. 소대장과 부소대장의 눈이 휘둥그레졌다. 중대장의 음성이 바뀌었다.

"들었지요? 분명히 때린 적도 맞은 적도 없다고 두 놈 다 얘기했어요."

"어떻게 녹음하실 생각을 다 하셨습니까?" 소대장이 물었다.

"유신역이 머리 하나가 우리 머리 세 개를 앞지르는데 만일을 위해 녹음이라도 해놔야지. 뒷통수 안 맞게. 저놈 나가면서 소남이 모함하는 거 봐요. 저놈 분명 소남이 때렸을 거야."

"소남이도 문제는 있습니다. 대원들이 개를 카이저 소제라고 부른답니다." 부소대장이 말했다.

"그게 누군데?"

"'유주얼 서스펙트'란 영화의 악역인데요. 어리숙한 놈인 줄 알았는데 알고 보니 이놈이 최고 악당, 뭐 이런 겁니다."

"허공에 하는 혼잣말이 귀신 보는 척이다, 이거지? 아까 보니까 부적도 일부러 떨어트린 것 같던데. 이상한 짓 못 하게 잘 지켜봐요. 폭탄이 터져도 우리한테까지 파편 튀면 안 되니."

"소남이도 소남이지만 다른 대원들이 걔를 안 보는 데서 괴롭힐까 봐 걱정입니다."

"그러니까 잘 지켜보라니까요. 무당 아들이란 걸 우리가 아니까 일부러 그러는 건지도 몰라."

"친아버지가 아닙니다."

소대장이 반박했지만 중대장은 듣지 않았다.

"젠장, 보호대원(육군의 관심병사) 무당 아들도, 꼴통 연예인도 다 우리 중대에 있다니……. 소남이는 정 안 되면 취사반으로 보내든지 하면 되고, 문제는 유신역이오. 그놈 아버지가 청장님하고 잘 아는 사이잖소? 몇 달만 잘 버팁시다. 일경 달면 서울경찰청이든 중앙경찰학교든 다시 전출 갈 놈이니까."

'잡지 모델 나왔다고 아양 떨 땐 언제고…….'

소대장이 머리를 긁적였다. 부소대장도 답하지 않았다. 중대장은 두 사람의 반응이 마음에 안 드는지 별안간 히스테릭하게 나왔다.

"똑바로들 하세요, 똑바로! 군수님이 크게 노하셨어요. 새벽 1시에 다들 이 무슨 생고생입니까? 이게 다 기강이 해이해져서 이런 거야. 한 놈만 사고 쳐도 모두가 개고생한다는 교훈을 줘야 해. 군수 사택 경비는 1, 3소대 맞교대로 가고, 2소대는 내일 운동장에 집합시켜 훈련시켜요. 자식들, 몸이 고단하면 내무반에서 괴롭힐 일도 사라지겠지."

8월 폭염에 훈련이라니! 소대장과 부소대장이 울상을 지었다.

"훈련 시기도 아닌데, 그것도 한 소대만 훈련을 시키다니 보기도 이상한데요?"

"하라면 해요! 두 분 통솔력이 그것밖에 안 되니 2소대만 이 꼴 아니오!"

4

"좆같네. 왜 우리 소대만 훈련이야?"

"아, 이 날씨에 훈련이라니."

"제대 석 달 놔두고 훈련 뛰라고?"

아침부터 무더운 날씨였다. 예정에 없던 훈련을 받아야 할 말년 수경들이 욕설을 주고받았다. 문이 굳게 닫힌 내무반에 소남이 빳빳하게 앉아 있었다. 그 외의 이경, 일경, 상경들은 원산폭격으로 머리를 박고 있었다. 선임 일경은 소대장과 부소대장이 오는지 망을 보았다.

유신역은 없었다. 그는 멀리 떨어진 부대 도서관에서 홀로 공부를 하는 중이었다. 소대장은 유신역을 따로 공부시키라는 중대장의 지시를 받았고 중대장은 유신역 아버지의 권력 앞에서 스스로 기었다. 유신역의 아버지는 자식을 많이 낳은 유명 기업회장의 아들 중 하나인데, 갑질 논란으로 여러 번 대중의 질타를 받아왔음에도 경찰청에 압력을 넣어 연예인 아들에게 혜택을 보게 했다.

군 복무 중에도 그는 한 달에 한 번씩 어린이 영어학습 방송 촬영을 했는데, 사고를 치고 지방 중대로 좌천되었음에도 프로그램은 폐지되지 않았다. 이 나홀로 공부에 '유신역 아저씨와 함께하는 생활영어'란 제목이 붙자 아무도 반발하지 못했다. 워낙 유신역 오빠의 어린이 팬이 많았기 때문이다. 주부들은 탈영도 마약 복용도 아닌데 한 번만 기회를 주자고 방송국 게시판에 글을 뿌렸고 방송국은 이를 받아들였다. 그 결과 유신역은 훈련도 열외, 노동도 열외, 청소도 열외, 다 열외였다. 그렇게 이경인 유신역이 홀로 도서관을 차지할 수 있었다.

머리를 박은 대원들은 3층에 있는 도서관을 향해 속으로 욕을 퍼부어댔다. 이 모든 일의 원인 제공자는 편한 곳에 있고, 힘없는 놈들만 머리를 박는구나. 의경 대원들은 강자에게 힘이 미치지 못하는 분을 쫄따구들에게 풀었다. 원래 폭력이란 강자가 약자에게 가하는 것이다. 약자가 더 약한 이를 괴롭히면 그 약자 또한 폭력을 행사하는 강자가 된다. 수경들이 먼저 "똑바로 해, 이 새끼들아"하며 상경들을 발로 찼다. 왕고참 수경들은 이달에 갓 수경 계급장을 단 수경 막내 김충실에게 뒤를 맡긴 후 밖으로 나갔다. 김충실은 고향인 안양에서 자기보다 싸움 잘하는 사람이 없다며 주먹 자랑이 대단한 청년이었다. 권투를 배웠다는 그는 올림픽 출전 경력의 모 선수가 직계 선배라고 떠벌리고 다녔는데 진짜인지 아닌지 확인은 불가능했다. 방어 없는 상황에서 후임들을 구타할 때 그의 주먹은 정말 아팠다.

"씨발놈들. 이 섭주 촌구석, 마음에 드는 게 하나도 없어. 내가 시험 합격하고 섭주놈들 단속만 걸려봐. 절대 안 봐줘. 갈아 마셔 버릴 촌 동네."

제대를 6개월 앞둔 김충실은 순경 채용시험 공부를 하고 있었는데, 이미 합격을 해서 자기가 경감이나 된 양 자부심이 대단했다. 그 역시 신병 때 당한 섭주에서의 고통을 잊지 못해 이 지역 자체에 원한을 품은 것처럼 보였다. 김충실은 똑바로 앉아 있는 소남을 가리켰다.

"너 때문에 새끼야, 고참들이 머리 박고 있잖아! 그렇게 앉아 있으니 편하냐?"

"……."

"관등성명 안 대?"

"이경 심소남! 똑바로 하겠습니다!"

"목소리 낮춰, 이 새끼야! 상경들 기상!"

머리 박고 있던 상경들이 일어났다. 김충실이 그들을 위해 자리를 피해 주었다. 폭력을 인계받은 상경들은 "좀 편해지려니 훈련이 뭐냐"며 일경 이경들을 구타했다. '한 따까리'를 마친 그들은 막내 상경인 진주 출신 정진무에게 뒤처리를 맡기고 바깥으로 나갔다. 정진무는 머리를 박아 구겨진 헤어스타일 때문에 대단히 화가 났다. 경남의 가장 큰 나이트클럽에서 기도를 하고 왔다는 그는 자동차에 관한 한 박사였고 포르쉐를 몰고 다닌다고 떠벌렸다. 하지만 포르쉐에 앉은 정진무를 사진으로라도 본 대원은 아무도 없었다. 차에 애착을 가진 삐끼이거나, 실력이 없어 쫓겨난 자동차 정비공이 아닌가 하는 말 없는 의심이 대원들 사이에서 돌았다.

"나가면 볼 일도 없는 찌질이 새끼들!"

옷이 구겨질까 봐 신경 쓰며 그는 쫄따구 사이를 발로 차며 걸어다녔다. 발로 찰 때마다 말은 뚝뚝 끊겼다.

"씨발 새끼들! 좆나게! 빠져 갖고! 왜! 니들만! 맨날! 사고 치냐? 나 때는! 안 그랬는데!"

그는 앉아 있는 소남을 손가락으로 가리켰다.

"야, 벌집!"

"이경 심소남!"

"너 때문에 우리 소대 자주 찍힌다. 너 가짜로 또라이 짓 하는 거 내 눈에 다 보인다! 내가 지켜보고 있어. 조심해! 일경들 기상!"

정진무가 머리를 쓸어 넘기며 바깥으로 나갔다. 이제 기회는 일경들에게 왔다. 일경들이 일어나 "이경들 기상!" 하고 소리쳤다. 이경들이 우루루 일어나 좌로 일렬로 섰다.

"너도 여기 서, 새끼야!"

가장 성질이 못된 일경 하용만이 소남에게 소리쳤다. 그는 섭주가 고향이었다. 소남이 벌떡 일어나 이경들 옆에 섰다. 하용만은 옆으로 걸어가면서 대원들을 주먹으로 때렸다. 이경들은 가슴팍을 맞을 때마다 관등성명을 대면서 나가떨어졌다. 마침내 소남에게도 폭력이 다가왔다.

"너 하나 때문에 고참들 전부가 뒈지도록 처맞았는데 보고만 있으니 좋지? 근데 이 새낀 기합도 안 받았는데 웬 땀을 이리 흘려? 뭘 벌벌 떨어?"

소남은 몸을 빳빳이 세웠지만 땀방울은 계속 떨어졌고 몸은 사시나무처럼 떨렸다.

"쇼하지 마, 지 밥그릇도 못 찾아먹는 새끼야! 너 허공에다가 말도 한다면서? 일부러 그러는 거지?"

하용만이 가슴을 때리자 소남이 관등성명을 대면서 넘어졌다.

"쫄따구한테도 잡아먹히는 병신새끼! 지 밥그릇도 못 찾아먹는 새끼!"

다른 이경들은 '그러는 너는 유신역이한테 함부로 할 수 있냐'고 말하고 싶었다. 하지만 그럴 수 없었다.

모두가 소남을 욕했다. 그가 있는 데서.

모두가 유신역을 욕했다. 그가 없는 데서만.

하용만이 이죽거렸다.

"내가 너 때렸냐?"

"이경 심소남! 그런 사실 없습니다!"

하용만은 이번엔 옆에 있던 이경 최진택의 뺨을 쳤다.

"야 최진택이! 내가 저 새끼 때리는 거 봤냐?"

"이경 최진택! 그런 사실 없습니다."

하용만은 자기가 건달 출신이라고 했다. 섭주의 조직폭력단에 몸담고 있다가 반대파와의 집단 폭력사태 일로 검거될 것 같아서 먼저 입대했다고 떠벌리고 다녔다. 그는 수시로 쫄따구들에게 '니가 제대하면 나를 안 만날 것 같냐'고 겁을 주었다. 그런데 그를 면회 오는 조폭은 아무도 없었다. 하용만은 내가 경찰복을 입고 있는데 어떤 조폭이 면회 오겠냐며 이유 같지도 않은 이유를 댔다. 하지만 머리를 박박 깎은 생김새만큼은 정말 조직폭력배처럼 생겼다.

"씨발놈들. 고참새끼들 제대할 때 날 조심해야 할 거야. 김충실이 니 주먹 얼마나 센지 한번 보자. 사시미칼로 포를 떠주마. 넌 안양에서 두 번 다시 섭주로 못 내려와. 섭주 땅 밟는 순간이

제삿날이야. 야 이 새끼들아, 똑바로 해! 알았어?"

"예! 알겠습니다!"

하용만마저 나가고 이경들만 남았다. 먼저 온 이경들이 심소남을 나무랐다.

"당하지만 말고 너도 유신역이 그 새끼하고 싸워! 니가 고참이잖아!"

"싸우다 얻어터져도 말 못 하고, 이겨도 말 못 하는 게 그 새끼야!"

"인터넷에 이름 올라가면 손해볼 새낀 그 새끼야, 괜찮으니까 당하지 말고 줘패버려."

자기들이 못 하는 일을 부추기던 그들은 이제 소남에게도 책임을 추궁했다.

"니 행동에도 문제가 있다는 건 알고 있지?"

"너 하나 찍히면 우리 다 찍힌다. 제발 협조 좀 해라."

"자꾸 두리번거리고 땀 흘리고 그러지 마라. 군기 든 것처럼 연기라도 하란 말이다. 왜 일부러 미운털 박히게 하냐?"

"아무리 또라이인 척해도 편한 데로 못 빠진다. 괜히 우리까지 고생한다고."

소남은 아무 대꾸도 하지 않았다. 모두가 자기 말만 했다. 당사자의 진심을 들어보려는 시도는 하지 않았다. 모두가 위하는 척하며 괴롭혔고, 괴롭힌 후 후환이 있을까 봐 위하는 척했다.

사람 좋은 고참 최진택만이 소남에게 미움 대신 관심을 가졌다.

"너 진짜로 어디 아프냐?"

"아닙니다. 괜찮습니다."

"땀이 비 오듯 하잖아?"

"더워서 그렇습니다."

"그러지 말고 소대장님한테 말해서 병원에라도……."

그때 스피커가 방송을 내보냈다.

"2소대 전 대원 훈련장에 집합!"

5

8월 한여름의 진압훈련은 기합이나 다름없었다. 대원들은 겨울 파카보다 두꺼운 방석복을 입은 채 뛰고 구르며 방패술, 봉술을 반복했다. 이들의 머리 위에선 태양이 가마솥 같은 고열을 내뿜었다. 방독면까지 썼기에 움직일 때마다 숨이 턱턱 막혔다. 고참들은 실전훈련이라는 미명하에 동작이 틀리거나 대오에서 처지는 대원들을 구타했다. 선착순 달리기, PT체조 등이 인정사정없이 펼쳐졌다. 한 명이 탈진해 반 실신하고 나서야 훈련은 끝이 났다. 소남이었다. 고참들이 쓰러진 소남에게 발길질을 가했다. 어차피 방석복을 입었으니 때려도 안 아플 것이고 훈련 중 구타는 허용이 된다고 그들은 배워왔다. 맞아본 사람만 알 수 있는 고통이다. 쓰러진 소남은 그대로 고통을 감수했다.

"쇼하지 마, 새끼야. 이거 뛰고 쓰러져? 중대 망신이다, 중대 망신."

온갖 욕설이 난무했다. 그늘에서 훈련을 지켜보던 중대장이 한마디 슬쩍 던졌다.

"또 심소남인가?"

고참들의 발길질은 아무래도 이 더운 날씨에 훈련을 하게 만든 이에 대한 분풀이 같았다. 실질적 장본인은 유신역이었으나 놈은 닿을 수 없는 곳에 있었다. 유신역과 같은 근무장소에 있었던 소남만 매를 맞았다. 소남은 어떤 면에서 성범죄 피해자의 억울한 처지와도 비슷했다. 어쨌든 니 행동에도 문제가 있지 않았냐는 비난의 억울함.

쓰러진 아이에게 발길질이 멈추지 않자 소대장이 쏜살같이 달려가 동작 그만하고 소리쳤다. 잘못 때리다가 실수로 사람이 죽을 수도 있다.

"소남이 헬멧 벗겨줘라."

최진택이 방석 헬멧을 벗겼다. 소남은 울고 있었다. 소대장은 아이가 안 다쳐 한숨을 내쉬었으나 안도는 곧 미움으로 바뀌었다.

"다 큰 놈이 우냐!"

소대장이 소남의 머리를 철썩 때렸다. 흑흑 흐느끼는 왜소한 아이가 좀 안쓰럽긴 했지만, 그보다는 뭐 하나 잘하는 것 없는 고문관에 대한 화가 더 컸다. 그때 소남이 눈을 들어 소대장을 처다보았다. 소내상은 그 시선에 움찔했다.

'왜 나만 갖고 그래요?'

실제로 그런 말을 들은 것처럼 소대장은 양심의 가책에 손을 내렸다. 소남이 다시 눈을 떨구었다. 소대장은 머리 때렸던 일을 후회했다. 왜 우냐는 질문도 하지 못한 채, 소남의 마음 상태도 묻지 않은 채 그는 이렇게 말했다.

"괜찮다. 괜찮다. 일어나자."

어떤 이들이 한 사람을 지속적으로 괴롭히면 그 한 사람의 창조적인 두뇌는 점차 제 기능을 상실한다. 창조적인 미래와 아무 상관 없는 증오와 원한, 광기와 혼돈만이 뇌를 새로이 잠식한다. 그 결과 인생은 망가지고 훼손된다. 살려고 태어난 사람이 본의 아니게 죽음과 가까운 쪽에 서게 된다. 가해자는 이 사실을 모른다. 안다 해도 나 혼자 그런 게 아니라는 기괴한 동질감으로 도망갈 구멍부터 찾는다.

소남은 아무 말도 하지 않았고 몸만 떨었다. 최진택이 용감하게 소남이가 아픈 것 같다고 얘기하려는 찰나 부소대장이 다가와 소대장의 어깨를 건드렸다.

"전 대원 10분간 휴식! 소남이 건드리지 말고 그늘에서 쉬게 해! 소대장님, 얘기 좀 하시죠."

두 사람이 대원들과 떨어진 구석으로 걸어갔다.

"소대장님, 풍선을 자꾸 누르다 보면 터질 수도 있습니다."

"누가 모른대? 중대장이 갈구라는데 어떡해?"

"소대장님이 말려도 모자랄 판에 애들하고 합심해 소남이를 괴롭히면 어떡합니까? 탈영이라도 하면 책임지실 수 있어요?"

"왜 내 책임이야?"

"소남이가 탈영하다 잡혀 '고참들이 훈련을 이용해 나를 때렸습니다. 소대장님은 방석모 벗긴 머리에 결정타를 가하셨습니다' 하면 어떡할래요?"

소대장은 정말 탈영 사건이 생긴 상황을 맞이한 것처럼 새파랗게 질렸다. 부소대장이 중대장을 가리켰다.

"저 새파란 새끼 괜히 배에 힘만 주지 좆도 아는 거 없어요. 굴릴 땐 빡세게 굴려도, 풀어줄 땐 확실하게 풀어줘야 해요. 괜히 수경, 상경 얄보면 우리 안 보는 데서 소남이 때리고 얼차려 주는 일 또 벌어집니다. 소남이가 잘못 맞아 죽거나, 혹은 밤중에 목이라도 매달면 어떡하실래요?"

"그러지 마, 이 사람아! 말이 씨 될라!"

편하게 시골 파출소 소장을 하다가 의경 중대로 온 소대장이 새파랗게 질렸다.

"따지고 보면 모든 게 유신역이 때문이에요. 그 녀석은 잘못한 게 없어도 귀족 아들이니까 손도 못 대잖아요."

"사실 얻어터질 놈은 그 새끼지. 무슨 방법이 없을까?"

"이러면 어떨까요?"

"무슨?"

"내일 대원들 바깥 구경 좀 시켜줍시다. 제가 중대장한테 건의할 테니 내일 우리 소대만 외출이라도 보내주자 이거에요. 1, 3소대 빼고, 유신역이도 빼고요."

"유신역이를 빼고?"

"어차피 방송 촬영 준비해야 할 놈이 무슨 반발을 하겠어요? 갑질하는 놈한테도 최소한의 불이익이란 걸 주면 다른 대원들에겐 보상받는 심리가 작용한다 이거지요."

"심리학 전공했나? 그거 괜찮은 아이디어인데? 내 당장 중대장한테 찾아가 얘길 하지!"

공을 빼앗긴 부소대장이 입을 떡 벌렸다. 소대장은 초스피드로 중대장을 찾은 뒤 자기가 기안한 것처럼 부소대장한테 들은 말을 복사해서 붙여넣기로 전달했다. "소남이가 목이라도 달면 어떡하실래요" 하고.

"말이 씨 되겠어요!"

중대장은 소대장이 그랬던 것처럼 새파랗게 질려 2소대만의 외출에 동의했다.

6

원래 휴일에만 허용된 외출은 평일임에도 2소대에 한해 특별히 시행되었다. 군수 저택의 경비 때문에 1소대와 3소대는 외출할 수 없었다. 2소대가 맡던 역할은 행정반, 취사반 등에서 인원을 뽑아 충당했다. 지옥 훈련을 겪은 2소대는 어제의 고통은 잊고 얼굴에 웃음꽃을 달았다. 아주 잠시라도 안보다는 바깥에 있고 싶어 하는 게 군인의 본능이다. 타 소대원들은 입이 닭부리처럼 튀어나왔지만 그들은 훈련을 면제받았기에 아무 불만도 제기할 수 없었다. 중대장은 벌도 확실히, 상도 확실히의 이 효과에 만족했다. 반면 유신역의 불만은 대단했다.

"같은 2소대인데 왜 저만 외출이 허용되지 않습니까?"

"넌 소대원들 훈련할 때 영어 공부했잖아."

"그거야 청장님이 허락하신 일 아닙니까? 저도 그런 거 하는 대신 훈련받고 싶지 말입니다."

"(웃기고 자빠졌네.) 군수님 사건, 네 아버지한테 전화할까?"

중대장의 한마디에 유신역은 입을 다물었다. 2소대원들은 이 처사에 또 한 번 만족해했다. 유신역은 대원들이 나를 왕따시킨 다고 따지려다가 참았다. 아버지가 또 사고를 쳤다간 지방이 아니라 해외파병을 보낸다고 했으니까.

부소대장이 제안한 특별외출 계획의 평판은 중대장이 고스란히 얻었다. 따지고 보면 소남이 덕에 외출을 나가게 된 것이었으나 소남에게 고마워하는 이는 아무도 없었다. 나쁜 건 다 소남이 몫이고 좋은 건 다 남의 몫이었다. 유신역은 소녀들을 매료시키던 그 눈에 독기를 품고 소남을 노려보았다. 갈아입을 사복을 관물대에서 꺼내는 소남은 지금도 허공을 두리번대며 땀을 흘려대고 있었다. 유신역은 저 '고문관'이 틈틈이 부적을 꺼내 단어암기장처럼 쳐다보는 것까지 알고 있었다.

'저 새끼 하는 짓은 다 쇼야. 허공에 지껄이는 것도 당근 쇼지! 저걸 어떻게 하면 엿 먹일 수 있을까?'

2소대원들이 중대 정문을 벗어났다. 그들은 시골 정류소에서 일제히 버스를 탄 뒤 시내까지 가서 뿔뿔이 흩어졌다. 자유의 영역으로 나오면 상하 관계에 있는 사람들과 떨어지려는 건 인간의 본능이다. PC방에 가는 대원들만 동기끼리 무리를 지어 움직였다.

쫄티를 입고 근육 자랑을 하는 김충실은 옷가게를 찾았다. 가을 가디건을 살피던 안양 남자 김충실은 신상품이 적은 걸 갖고도 섭주에 악의적인 욕을 퍼부어댔다. 그는 섭주의 여자들조차 혐오했는데, 안양 여자들만 한 매력 없다는 게 그 이유였다. 그는 5개월에 한 번씩 여자 친구를 바꾼다고 큰소리쳐 왔다. 하지만 실제로는 스무 살 평생 여자친구라곤 사귀어본 적도 없었고 어떤 여자도 그를 좋아하지 않았다.

할인 판매 의류를 들춰보던 그는 이쪽을 향한 따가운 시선에 신경이 쓰였다. 고개를 돌려보니 묘령의 여인이 자기를 쳐다보고 있었다. 그는 등 뒤를 돌아보았다. 뒤에는 아무도 없었다. 갑자기 그 여자가 김충실의 눈을 바라보며 다가왔다. 쫄따구들에게만 자신만만해하던 김충실이 당황했다.

"저기요, 섭주 의경중대에 계신 분 맞죠?"

'섭주 사과 축제' 경비 때 나를 봤나? 김충실은 근육이 두드러진 팔에 힘을 주며 평소와는 다른 음성으로 대답했다.

"예 아가씨, 그런데요?"

"아이돌 그룹 소블린의 유신역이 섭주로 왔다던데 정말이에요?"

유신역!

이 여자는 그놈에 관한 정보를 얻기 위해 나를 남자가 아닌 검색창으로 취급한 것이다. 안양 특별시민인 내가 섭주 읍면 단위 여자한테 개무시를 당하다니! 자존심 상한 김충실은 대답 없이 고개를 돌리며 '씨발, 골 빈 게……'라고 속삭였다. 그러자 그의 오른쪽 어깨를 잡는 손이 있었다. 김충실이 고개를 들자 자신보다 머리 하나는 더 큰 덩치가 그를 내려다보고 있었다.

"어이, 방금 뭐라 그랬어?"

"뭐래? 아저씨, 왜 이래요? 이거 놔!"

"내 여자친구한테 뭐라 그랬냐고!"

김충실은 남자의 손을 떨쳐내려 했다. 하지만 상대방의 손아귀 힘은 그가 해결할 수 있는 힘 이상이었다.

"아무 말 안 했어요."

"안 하긴 뭘 안 해? '씨발 골 빈 게' 그랬잖아?"

"안 그랬어요."

"너 낯이 익은데? 지난달에 '술을 받으라' 실내포장마차 앞에서 신호위반 했다고 나 스티커 끊은 교통 의경이지?"

"교통 의경은 무슨! 기동대지!"

말을 뱉고 아차 했던 김충실은 지능이 낮은 자신의 머리를 때리고 싶었다.

"이 새끼, 의경 맞네. 햐, 사복 입혀 놔도 니 군바리 머리 때문에 의경인 거 딱 알아보겠다. 얌마, 너 이리 와봐. 그때 나보고 뭐라 그랬어? 의경 새끼가 경찰서장처럼 가오 잡았지?"

남자가 힘을 주자 김충실의 팔이 꺾였다. 안양을 평정한 주먹 전설은 사라지고 없었다. 남자가 주먹을 쳐들자 잔뜩 겁에 질린, 비정한 현실만이 남았다.

"잠깐만요! 좀 놓고 얘기해요."

"너 뭐라 그랬어? '위반했으면 빨리빨리 대충 한 장 끊고 돌아가'라고? 좆만 한 새끼, 그 소리 또 해 봐."

김충실은 그가 누군지 기억났다. 자기가 신호위반 단속한 남자가 맞았다. 당시 파견 근무 나갔던 파출소의 소장이 스티커 20장만 끊어오면 피자를 사준대서 김충실은 노란불에 들어온 차도 신호위반으로 마구 단속했다. 사실은 훈방해야 할 상황이었으나 피자에 눈이 먼 김충실이 무리수를 두었던 것이다. 노란불 믿고 주행했다가 돈 잃고 벌점까지 맞아 분노한 남자가 팔에 힘을 주자 김충실은 어깨가 뽑히는 기분이었다. 한 팔이 제압당한 상태에서 김충실의 무릎이 땅에 닿았다.

멀리서 이 소동을 주시하던 가게 주인이 휴대폰을 꺼냈다. 남자의 여자친구가 끼어들었다.

"그만 가자. 사장이 경찰 부르는 거 같아."

"이 새끼가 경찰이잖아."

"이런 군바리들 말고."

남자가 김충실을 향해 윽박질렀다.

"사과해, 이 새끼야. 안 그러면 니 중대장 찾아갈 거야! 나 서울 기동단에 있다가 전역했어. 너보다 까마득한 고참이야. 너 데모는 막아봤어? 어디 시골 후방부대 주제에."

아무리 힘을 써도 손아귀를 벗어날 수 없었다. 남자가 등에 멘 운동용 가방이 눈에 들어오자 김충실에게 깨달음이 왔다. 이놈 격투기 선수구나! 잘못하다간 죽겠다!

"죄송합니다, 죄송합니다."

김충실이 사과했다. 카운터의 주인이 다가왔다. 그제야 남자도 뒤탈이 걱정되는지 김충실을 놓고 여자친구와 함께 가게를 나섰다. 그러나 최후의 한마디를 남기는 건 잊지 않았다.

"허수아비 같은 새끼들. 제복 입으면 뭐나 된 줄 알고……."

김충실은 보는 눈이 많은 데서 망신을 톡톡히 당했다. 땀으로 목욕한 그는 주인이 괜찮냐고 물어도 아랑곳없이 급히 가게를 나온 뒤 커플이 사라진 반대편 골목으로 달아났다.

"양아치 새끼! 내 순경 합격만 되면 두고 보자! 섭주 서장으로 와서 뭐든지 걸어 무기징역 살려 버린다!"

만약 안양의 청년 하나가 2, 3년 동안 타 지방에 묵게 되면 그는 그 지방을 대표하는 안양의 얼굴이 된다. 행실 하나에 안양이란 곳의 이미지가 좋아질 수도 나빠질 수도 있는 것이다. 타향의 후임들을 괴롭혀 아무 죄도 없는 고향을 욕되게 한 김충실은, 그러나 이제 세상이 얼마나 크고 무서운지를 깨닫게 되었다. 세상은 혈기로 통하는 곳이 아니었다. 군대의 갑 위치는 제대와 더불어 끝난다. 긴 숨을 토해낸 그는 외출만 안 나왔어도 이런 망신을 당하진 않았을 거라고 생각했다.

"심소남, 이 새끼……. 결국 너 때문에 외출 나온 거 맞지?"

멋쟁이 정진무는 돈을 좀 부쳐 달라고 집에 전화했다가 일언지하에 거절당하고 말았다. 엄마의 전화는 진주 호화 나이트클럽의 수석 기도를 하고 포르쉐를 타고 다니며 여자들을 거느렸다는 자랑을 무색케 했다.

"네 아버지 지난달에 2천만 원 날렸다. 네 동생 출소도 얼마 안 남았는데, 또 영치금 보내라고 전화한다. 아들이란 놈이 보이스피싱으로 빵에 들어갔는데, 애비가 어떻게 보이스피싱에 걸린대니? 그 아버지에 그 아들이지! 여기도 돈, 저기도 돈, 다 돈 들어가는 거뿐이다! 너라도 돈 좀 그만 달라고 해. 이 녀석아,

군대에선 밥 나오고 옷 나오고 다 나오는데 뭔 돈이 그리도 필요해? 그리고 너 삼화 정비소 그만둘 때 정말 거기 돈 손 안 댔지? 사장님이 또 전화왔어. 그 저화질 CCTV 화면 1년째 쳐다보고 있는데 아무리 봐도 현금 300만 원 든 봉투 들고 튄 게 너 같단다."

정진무는 전화를 끊었다. 포르쉐, 나이트클럽, 매력녀들과 전혀 관련 없는 이야기, 돈에 쫓기고 돈 때문에 교도소까지 가고 돈 때문에 웃을 날 없는 지긋지긋한 삶의 이야기였다. 아버지와 동생을 저주하며 전화기를 집어던질 뻔한 그는 왜 기분을 잡치게 됐는지 원인을 분석했다. 외출 나가기 전까진 집에 전화할 맘이 없었으나, 외출 나와 쇼핑 가게를 둘러보다 집에 전화하고만 것이었다.

"벌집! 그 사이비 무당 아들놈 아니었으면 훈련도 안 받고 외출도 안 나왔겠지."

그는 돌멩이를 걷어차다 발가락이 아파 욕을 내뱉었다.

섭주가 고향인 하용만 일경은 집에 가는 대신 이발소 같은 등이 돌아가는 어떤 가게 앞에 멈춰섰다. '피로 회복. 전신 안마 마

사지'라고 씌어 있었다. 그는 비밀첩보원처럼 주위를 살피다가
가게 안으로 들어갔다.

"어서 오세요."

어두컴컴한 가게 안 카운터에 얼굴이 큰 중년 남자가 나왔다.
하용만이 낮은 목소리로 물었다.

"이 시간에도 돼요?"

"예, 됩니다."

"아가씨 와꾸가 어떻게 되요? 서비스는?"

사장은 하용만을 뚫어져라 쳐다보더니 진지한 목소리로 말
했다.

"여긴 건전한 스포츠 마사지만 해요. 그런 거는 안 해요."

"정말 안 해요?"

"안 한다니까."

"그럼 좀 불러주면 안 돼요? 내 친구도 여기서 분명 했다
던데."

"누가?"

"그건 말할 수 없고요."

"너 지금 함정수사하는 거지?"

"예?"

"너 나 몰라?"

"무슨 말인데요?"

"너 지지난 주에 붕평마을 앞에서 음주단속한 놈이잖아. 너 의경이지?"

하용만은 깜짝 놀랐다. 마사지 업소 사장이 기억났기 때문이다. 지지난 주 금요일, 섭주 의경중대가 음주운전 일제단속에 동원되었다. 관광지인 붕평마을 앞에서 하용만이 세운 차창이 내려가면서 나타난, 술 냄새 풍기는 그 거대한 얼굴의 주인공이 지금 그의 앞에 서 있는 이 남자가 맞았다. 당시 그 큰 얼굴은 "같은 지역 사는데 한 번만 봐 줘. 오늘 어머니 제사라서 음복 한잔했어"라고 사정했고, 하용만은 "제사는 제사고 음주운전은 음주운전이지. 반말하지 마" 하고 스무 살이나 더 많을 남자에게 말했다.

"너 맞잖아. 나한테 반말지거리 한 놈."

"아니에요. 나 반말한 적 없어요, 아저씨."

"아니긴 뭐가 아냐? 너 때문에 나 면허정지됐어. 그리고 너 지금 성매매하러 온 거지? 음주는 단속하면서 성매매는 단속 안 하나? 얼른 네 부대 전화번호 대! 이 새끼, 영창 보내 버릴 거야. 저기 CCTV도 있어. 영창 가서 병역기록부에 빨간 줄 한번 그여 봐라. 앞으로 취직이나 될지."

심장이 쿵쿵 뛰었다. 멘붕 상태에 빠진 하용만은 CCTV가 영상만 저장할 뿐 음성은 저장하지 않는다는 사실조차 잊었다. 자기 때문에 단속당한 이 얼굴 큰 남자가 정말 경찰에 신고를 할 것 같았다.

"씨팔, 좆됐네……."

"뭐? 너 지금 씨팔이라고 그랬니?"

"예? 아닌데요."

"그랬잖아. 씨팔!"

"안 그랬어요."

"그랬어. 씨팔!"

"씨팔! 안 그랬다니까요!"

"이리 와 봐! 이 새끼야!"

거대한 얼굴이 다가왔다. 하용만은 구석에 쌓아놓은 정수기용 물통을 넘어뜨리며 도망쳤다. 벽에 걸린 아로마 마사지 사진이 너덜거렸다. 화가 난 그는 사진을 북 찢고 업소 사장의 욕설이 쫓아오는 가운데 "신고해라 신고해!" 하면서 도망쳤다.

안전한 곳까지 오니 참담한 심정이 찾아왔다. 나는 저런 업체에서 돈을 뜯어내고 똘마니들에게 형님 소릴 들을 조직 두목이 될 사람이야! 그런 내가 바지사장 따위를 겁내서 도망을 치다니! 근데 정말 영창을 가게 되면 어쩌지?

사실 그는 조직폭력배가 아니라 동네 양아치일 뿐이었다. 늘 화가 나 있었고 약한 대상에게 화풀이를 하는 양아치. 지금도 화가 난 그는 쓰레기 수거장소에 쌓인 비닐봉지를 발로 걷어찼다. 쓰레기들이 휘날리고 삼삼오오 모여 있던 고양이들도 흩어졌다.

'외출 안 나왔으면 이런 쪽팔리는 일도 안 당했지!'

아무리 생각해도 재수 없는 심소남이 때문이었다.

7

김충실은 씩씩거리며 버스 정류소를 찾았다. 124중대는 상당히 외진 시골에 있어서 버스 배차 간격이 꽤 길었고 정류소조차 적었다. 대원들이 외출 나갔다가 주로 이용하는 정류소는 일명 '무속촌'으로 불리는, 섭주 무속인들의 한옥이 줄지어 서 있는 동네 끄트머리에 있었다. 골목 한 켠에는 무속촌을 대표하는 '화랑 우물'이 있는데, 이 우물은 문화재 지정을 받진 못했지만 삼국 시대 유적으로 알려진 섭주의 유명한 기념물이었다. 무속인들이 이 우물에서 강한 영기를 받는다는 소문이 있었다.

우물 근처에는 아무도 없었다. 무속촌에도 사람이 보이지 않았다. 텅 빈 유령마을을 보는 것 같아 김충실의 마음은 한층 공허했다.

정류소까지 계속 걷던 김충실은 포르쉐 대신 고물버스를 기다리던 정진무를 만났고, 10분 후에는 얼굴에 수심이 낀 채 걸어오는 하용만을 만났다. 군대 안에서나 강했지 바깥에선 별 볼일 없는 이 세 패잔병이 같은 장소에서 만난 건 정말 우연이었다. 단체 얼차려 때 각 계급을 대표한 이 악당들이 하나같이 외출에서 망신을 당한 것도 우연인데, 일찍 부대에 복귀하려다가 만난 것도 우연, 앞으로 벌어질 일도 우연으로, 그야말로 우연의 향연이었다.

세 명이 모이자 잊고 있던 서열체계가 다시 확립되었다. 구겨진 자존심 때문에 셋은 부대 밖에서 당한 봉변을 서로에게 숨겼다. 하지만 보이지 않는 이심전심이 흘렀는지 그들은 상처받은 서로의 얼굴을 알아보았고 급기야 편의점 파라솔에 앉았다가 맥주까지 마시게 되었다. 외출 시 술은 엄연한 금지였지만 책임질 테니 나만 믿으라는 김충실의 허언에 두 명이 넘어갔다. 각자가 겪은 망신살을 치유할 약은 술밖에 없었다.

"아니 여친이 보는 데서 팔을 꺾었단 말입니까?"

정진무와 하용만이 동시에 물었다. 김충실이 자랑스럽게 알통을 드러냈다.

"그 여친 아니었으면 그 새긴 죽었어. 팔을 부러뜨리려다 내가 참았지. 옷가게 주인이 경찰까지 부르려 했거든."

"순경 시험 준비하는 마당에 사고 치면 큰일나시지 말입니다."

"안 그래도 영창갈까 봐 좆나게 튀었잖아?"

"근데 왠 식은땀을 그렇게 흘립니까?"

정진무가 묻자 김충실은 뭐가 부끄러운지 갑자기 눈을 아래로 깔더니 꽉 감아 버렸다. 그 모습은 맥주가 준 청량감인지 다른 원인이 준 모멸감인지 구분할 수 없었다.

"자유자재로 땀 흘릴 수 있는 놈이 우리 소대에 있지. 어떻게 보면 그 고문관 때문에 오늘 우린 외출을 나온 거야."

정진무와 하용만이 크게 고개를 끄덕여 동의했다.

김충실이 두 사람의 만류를 뿌리치고 술을 더 시켰다. 이미 그들의 발치에는 많은 맥주캔이 쌓였다. 빨리 마셔야만 복귀하기 전에 술이 깬다는 게 김충실의 생각이었다. 그들은 어느새 될 대로 되라며 소주까지 섞어 마셨다. 하용만이 물었다.

"정 상경님은 어디 다녀오셨습니까?"

"아, 나는 자동차 튜닝샵이 있나 좀 알아봤어. 하여튼 이 촌구석에는 내 포르쉐를……."

답하던 정진무의 휴대폰 벨이 울렸다. 정진무는 누가 걸었는지 확인도 안 하고 전화를 받았는데 수화기 너머로 앙칼진 목소리가 전해져 왔다.

"엄마다. 이놈 자식아! 돈 달란 소리 좀 그만해라! 돈이 없어, 돈이! 일단 5만원 보낼 테니 그거라도 받아. 아끼고 또 아껴서

배가 되게 고플 때만 편의점 가서……."

"보험 안 든다니까요!"

정진무가 좌우를 두리번거리며 전화를 탁 끊었다. 그러나 김충실과 하용만은 스피커 너머로 들려오는 "엄마다, 돈 소리 그만, 일단 5만원"을 고스란히 들었다. 그 짧은 말은 정진무를 포르쉐가 아닌 리어카와 어울리게 했다.

"뭔 전화를 그렇게 두리번거리면서 받냐?"

김충실이 놀리자 정진무의 얼굴이 오븐처럼 달아올랐다. 그는 약 10초 후에 이렇게 대답했다.

"우리 소대에 진짜 두리번거리는 놈은 따로 있죠. 벌집! 그 새끼 때문에 훈련 뛰었고 그 새끼 아니었으면 오늘 외출 나올 일도 없었을 텐데."

"동감이야. 건배!"

김충실과 정진무가 건배를 했다.

"용만이, 넌 주머니에 튀어나온 게 뭐냐? 부적이냐?"

"아, 이것 말입니까? 아로마 마사지 광고지지 말입니다."

"그걸 왜 갖고 있어?"

"여기 사장이 제가 지지난 주에 음주 단속한 사람이었는데 길가다 우연히 절 알아보고 공격해왔지 말입니다. 바로 다리 걸어 넘어뜨리고 이걸 찢어 도망쳤지 말입니다."

"거긴 건전한 스포츠 마사지 업소야. 나도 가 봤는데 그 사진은 가게 안에 붙어 있어. 길 가다 사장 넘어뜨린 니가 어떻게 가게 안의 사진을 찢고 도망쳤냐? 분신술 썼냐?"

"스파이더맨처럼 실을 쏴서 잡아당겼냐?"

두 고참이 하용만을 놀렸다. 하용만의 얼굴이 달아올랐고 고참들의 놀림은 계속되었다.

"어때? 괜찮은 여자 만났냐?"

"여대생 마사지 만났지 말입니다." 하용만은 어떻게든 자존심을 회복하려 했다.

"노인대학?"

김충실과 성진무가 맥주캔을 넘어뜨리며 웃어댔다. '소맥'을 원샷한 하용만이 재떨이를 안주로 씹을 듯한 기세로 말했다.

"이런 종이 대신 진짜 부적을 갖고 다니는 놈을 알고 있습니다. 그 고문관 새끼지 말입니다. 오늘 우리를 외출 나오게 한 놈."

화살이 심소남에게 쏠리자 두 고참도 웃음을 거두고 악의를 회복했다.

"부적 얘긴 나도 알아. 일부러 미친 척해서 편한 데로 빠지려는 수작이야."

"그 새끼 눈알 굴리는 거 보면 머릿속에 쥐가 돌아다니는 것 같아. 대답도 뭐든지 눈치 봐 가면서 하잖아. 머릿속에 든 쥐가 이것저것 명령하는 놈이야."

"조만간 귀신이 머리 위에 올라탔단 소리까지 할 거지 말입니다. 정신병원에 입원하려고."

태양이 몹시 뜨거웠다. 취기가 오른 세 명은 《이방인》의 뫼르소처럼 살기를 느꼈다.

"가만두지 않겠어! 이 벌집 새끼, 잡히면 가만두지 않겠어!"

"고문관 한 놈이 우리 전부를 훈련시켰지 말입니다."

"외출도 나오게 했지! 나무늘보 새끼!"

"만나기만 해 봐! 궁뎅이 골 사이에 번개탄을 꽂아 불을 붙일 거야! 그러면 아이언맨처럼 움직이겠지!"

"그 새끼 절대 바보 아닙니다. 바보처럼 연기하는 거지 말입니다."

"반전을 갖춘 놈이야. 카이저 소제처럼."

"식스센스지!"

술에 잠식되어 가는 쓰레기들의 분노는 약자에게로 몰렸다. 악의 가득한 그 분노를 피해당사자가 안다면 얼마나 무서워할까. 자신에게 고통을 주려고 모의까지 하는 걸 안다면 얼마나 괴로워할까. 당할 고통을 상상하다 보면 정신의 방어벽은 점차 무너진다. 무너지고 망가짐이 극한까지 치닫다 보면 결국 극단적인 선택을 할 수도 있다. 이 거짓말 같은 현실이 지금도 사회 곳곳에서 벌어지고 있다.

셋의 대화는 점점 외출이 없었더라면 좋았을 것이라는 결론으로 나아가고 있었다. 이 결론은 '결국 심소남 때문에 모든 일이 벌어졌다'는 악의적인 대결론으로 뭉쳐졌다. 유신역도 욕을 얻어들었지만 "욕은 배를 따고 들어가지 않는다"는 말처럼, 유신역은 이들의 뒷담화조차 알지 못함은 물론 안다 해도 신경 쓰지 않을 것이다. 왜냐하면 유신역은 신병임에도 고참보다 우월한 위치에 있었기 때문이다. 폭력보다 더 센 힘이 권력이라는 힘이다. 모든 비극의 원인은 사실 유신역인데 힘 없고 빽 없다는 이유로 만만한 심소남이 걸려들었다. 이는 엄연한 마녀사냥의 한 변형이었다. 그들은 소남에게 화가 난 게 아니었다. 사실 그들은 스스로에게 화가 나 있었으나 결코 그 사실을 인정하지 않았다.

이 위험한 감정들이 소용돌이치는 순간, 비극을 담은 최후의 우연이 그들 앞에 벌어졌다.

"저기, 용만아."

"일경 하용만."

부르는 정진무의 혀도, 대답하는 하용만의 혀도 약간 꼬였다.

"어떻게 이런 조화가 벌어졌는지는 모르겠다만 저기 지 새끼,

벌집 아니냐?"

　술에 취한 세 사람의 눈이 일제히 한 곳으로 몰렸다. 허공을
두리번거리며 버스 정류장 쪽으로 구부정하게 걸음을 옮기는
이는 분명 심소남이었다.

8

무속촌에 등장한 소남은 지쳐보였다. 젊은이답지 않은 기운
이 에워싸고 있었기에 그는 노인처럼 보였다. 불안과 절망이라
는 기운이었다. 하늘을 두리번거리며 걷던 그는 '화랑 우물' 앞
에 멈춰서서 안내용 현판을 바라보았다.

대간리 목조우물
경상북도 기념물 제 112호

1970년대 섭주 새마을 환경개발사업 때 발굴된 이 목조 우물
은 5~6세기 신라 시대에 조성된 것으로 추정된다. 고고학자
이한부 박사가 붙인 이름 <화랑 우물>이 오늘날까지도 통용
되고 있다. 깊이 5m가 넘고 내부는 80×80cm 내외의 방형으
로 되어 있는 이 우물은 발굴 당시 정(井) 자 모양의 나무 뚜껑
이 덮여 있었으며, 현재의 뚜껑은 보존 문제로 1999년에 원

형 그대로 복원한 것이다. 우물 내부에서 왕관과 칼, 방울과 토우 등 신라문화유산이 다수 출토되었다. 이로 미루어 보면 <화랑 우물>은 단순 식수 용도가 아닌 왕가의 귀중품 지정 저장고이거나, 아니면 전란을 만나 임시로 귀중품 은닉처의 역할을 맡은 곳, 혹은 고대의 무속신앙을 엿볼 수 있는 장소였다고 추측된다.

소남은 쇠 울타리 밖에서 우물을 멍하니 바라보았다. 남들이 보지 못하는 것을 보는 것 같기도 하고, 할 일 없는 사람의 모습 같기도 했다. 화가 나 있는 세 고참의 눈에는 당연히 후자로 보였다. 신병임에도 주위 풍경이 너무나 눈에 잘 들어오는 새끼, 일거수일투족 군기 바짝 든 신병과는 거리가 먼 새끼.

"야, 거기서 뭐 해?"

소남이 뒤돌아본 순간, 슬픔에 찬 두 눈이 잊고 있던 공포의 기억으로 확 커졌다. 외출이 끝나면 그가 가야 할 곳은 부대였고 그가 만나야 할 사람은 고참들이었다. 술 냄새를 풍기며 다가온 세 고참은 순식간에 소남을 에워쌌다.

"외출 시간 멀었는데 벌써 들어가려고?"

소남은 너무나도 놀라 대답조차 할 수 없었다. 하용만이 소남의 어깨를 밀었다.

"이 새끼 봐라, 고참이 부르는데 관등성명도 안 대?"

"이경 심소남!"

"너 여기 왜 왔어?"

"이경 심소남! 점집에 다녀왔습니다."

"부대 들어가는 버스 타러 왔습니다"를 기대한 세 악당은 뜻밖의 대답에 어리둥절해졌다. 김충실이 흥미를 느꼈다.

"점집엔 왜?"

"좀 물어볼 게 있었습니다."

정진무의 머리털이 곤두섰다. 역시 바보가 아니야! 내용을 말하지 않는 것도 그렇고, 지가 점집 다녀왔다는 사실에 우리를 증인으로 삼고 있잖아. 중대장님, 제 눈에 귀신이 보입니다. 부적도 갖고 다녔고 허공의 귀신에게 말을 걸기도 했습니다. 우물가에 귀신이 있었습니다. 세 고참이 증인입니다. 저는 위험한 사람이어서 현장 근무를 못합니다. 행정반이나 취사반으로 빠져야 합니다.

"좀 물어볼 게 있었다고? 점집에 왜 갔다 왔냐고 묻잖아, 벌집. 고참이 니 친구냐?"

정진무가 소남의 뺨을 꼬집어 비틀었다.

"이경 심소남! 아닙니다!"

"그럼 점집에 왜 갔어?"

"제…… 제가……."

"빨랑 말 안 해?"

"제가 부적을 갖고 있는데 그게 어떤 부적인지 물었습니다!"

소남의 음성은 겁에 질려 있었다.

"그 부적 누가 준 건데?"

"아버지가 줬습니다."

"그럼 아버지한테 안 묻고 왜 다른 무당한테 물어?"

"……."

"네 아버지 무당 맞잖아! 대답 안 해?"

"이경 심소남……. 아버지가 부적을 잘못 준 것 같았기 때문입니다."

"뭔 동문서답이야! 그럼 아버지한테 전화해야지 다른 무당부터 찾냐? 하여간 요상한 새끼야. 너 지금 훈련 빠지려고 구라치는 거지?"

말할 틈도 주지 않는 악당들의 공세가 이어졌다.

"또라이 행세 하는 거지? 너 같은 놈 한두 번 겪은 내가 아니야."

"너 같은 고문관하고 엮이다 보면 꼭 주변 사람만 다쳐."

"지가 고참되면 고문관 과거는 세탁하고 쫄따구들 좆나 갈굴걸?"

악마의 얼굴들이 눈앞에서 빙빙 돌았다. 소남은 그들의 숨결에서 술 냄새를 맡았다. 술에 취한 계부한테 두들겨 맞던 기억이 되살아났다. 호흡이 거칠어지고 저절로 눈알이 굴렀다. 폭력을 피해 여기까지 왔지만 폭력은 어디에나 있었다. 결코 그것에서 도망칠 수는 없었다.

"김충실 수경님, 이 새끼 또 눈알 돌리는데요?"

"신병이 요리조리 눈알이나 돌리고, 빠져 갖고!"

"이경 심소남! 허공에 귀신이 있습니다! 저를 따라다닙니다! 그래서 보는 것입니다!"

소남의 음성이 다급했다.

"쇼하지 마, 새까! 세상에 귀신이 어딨어?"

"있습니다!"

"그럼 내 눈에도 보이게 해봐!"

김충실이 소남의 복숭아뼈를 발로 툭툭 차댔다. 관등성명을 대는 소남이 뒤로 밀려났다. 우물가 쇠 울타리가 등에 닿았다. 하용만은 근처에 보는 사람이 없는지를 살폈다. 발길질은 점점 세졌다.

"내가 너 쳤냐? 너 친 적 없지? 사회생활 가르치는 거 맞지? 대답 안 하냐?"

김충실이 주먹으로 가슴을 치자 소남의 몸이 "억!" 하면서 쇠 울타리 너머로 벌렁 넘어갔다. 김충실은 간이 철렁했으나 소남이 벌떡 일어서자 안도의 한숨을 내쉬었다. 하지만 소남은 더 이상 다가오려 하지 않았다. 이 순간 소남이 느낀 건 죽음에 대한 공포였다. 그건 군법조차 무시할 수 있을 만큼 충분하고도 위급한 인간의 감정이었다. 반면 세 악당이 느낀 것은 낯선 상황에 대한 놀라움이었다.

"0.5초 내로 울타리 넘어온다, 실시!"

김충실이 명령했다.

"당장 넘어온다, 실시!"

김충실이 거듭 명하자 소남이 쥐어짜는 목소리로 답했다.

"왜 나한테만 그러십니까?"

"뭐? 뭐라고! 니들 들었냐? 이 새끼가 지금 뭐라 씨부리는 거야?"

"잘못은 유신역이가 했는데 왜 나한테만 그럽니까?"

겁에 질려 벌벌 떨면서도 소남은 대꾸했다. 도망만 다니다가 구석까지 몰린 쥐의 연약한 울부짖음이었다. 소남이 울면서 소리쳤다.

"다 똑같은 사람인데 유신역이한텐 아무 말도 못하면서 왜 모두 나만 괴롭힙니까?"

"이 새끼 봐라, 돌아가서 중대장한테 이른다는 협박으로 들리네? 당장 울타리 넘어온다. 실시!"

소남은 손등으로 눈물을 훔칠 뿐 울타리를 넘어오려 하지 않
았다. 문득 하용만은 그 모습에서 어린 시절 동생을 두들겨 팼
을 때의 기억을 떠올렸다. 얄미움 다음에 찾아온 후회. 그러나
이어지는 김충실의 고함은 과거의 기억마저도 잊게 했다.

"유신역이는 금수저고 넌 개돼지잖아? 우리하고 똑같은 개돼
지! 또 우냐? 이리 와, 안 와? 안 와?"

"부르시잖아, 벌집!"

정진무가 소남의 머리채를 쥐려 팔을 확 뻗쳤다. 소남이 뒤로
한 걸음 물러서자 정진무가 헛손질을 했다.

"어쭈, 피헤?"

그 순간 김충실이 울타리를 두 손으로 짚고 몸을 풀쩍 날렸
다. 홍콩 무술영화 같은 장면이었다. 체중과 스피드가 실린 날아
차기에 무방비 상태의 소남이 정통으로 가슴을 얻어맞았다. 악!
하는 비명과 함께 소남이 균형을 잃고 나동그라지려 했다. 눈
깜짝할 새의 일이었다. 세 악당들이 어, 어, 어 하는 사이 소남의
몸은 커다란 정(井) 자의 틈새인 우물 뚜껑 사이로 빠졌다.

하용만이 다급히 달려가 안을 쳐다보았으나 소남은 보이지
않았다. 어두컴컴한 우물 속은 깊이조차 알 수 없었다.

"야, 임마! 심소남! 소남아!"

"소남아, 대답해라! 큰일났네!"

"스톱! 소리 지르지 마!"

김충실이 으르렁거렸다. 정진무가 목소리를 낮춰 물었다.

"어쩌지요? 119 불러야 됩니까?"

"좆됐다!"

김충실은 술이 깬 얼굴로 우물을, 그 다음에 주위를 둘러보다가 말했다.

"튀자."

"튀자고요?"

"이 우물 안 깊어. 시간 지나면 그놈 올라올 거야."

"무슨 말도 안 되는 소립니까!"

"셋 다 감옥 갈래?"

감옥! 그 소리에 정진무와 하용만은 얼어붙었다.

"소남이를 빠트린 건 김 수경님이잖아요!"

김충실의 얼굴에서 땀이 비 오듯 쏟아졌다.

"셋이 술 처먹고 집단 폭행했는데 빠져나갈 수 있을 것 같냐? 형량은 차이 있어도 감옥 가는 건 똑같다. 우린 한 배 탄 거라고."

두 사람이 답하지 못했다. 김충실이 여기저기를 둘러보았다.

"여기 봐. 어디에도 CCTV가 없어. 나 작년에 이 마을에 근무와 봐서 알아. 문화재가 아니라서 CCTV 없다 그랬어. 우리가 지금 좀 놀라서 그러는 건데, 소남이 돌아온다. 내 말 믿어라. 그때 군장 메고 가벼운 처벌 좀 받으면 돼. 하지만 지금 자수하면 조사까지 들어가고 우린 바로 영창 간다. 제대하고 취업도 못 한다고. 난 이번 순경 시험 꼭 봐야 해."

골목 저 멀리에서 목욕 가방을 든 여자들이 걸어왔다.

"씨팔, 누가 오네. 빨리 튀자니까."

김충실이 먼저 튀자 정진무와 하용만도 생각이란 걸 할 겨를조차 없이 따라 뛰었다. 우물 안에선 살려달라는 소리나 신음소리조차 들려오지 않았다. 그러나 우물 곁에는 부적이 하나 떨어져 있었다. 소남이가 가지고 다니던 부적이었다. 주인 잃은 종잇조각이 불어오는 바람에 힘 없이 파르르 떨렸다.

9

저녁이 되자 중대가 발칵 뒤집혔다. 모든 대원이 외출에서 복귀했지만 소남만 돌아오지 않았다. 항상 소남을 걱정하던 최진택의 표정이 어두웠다. 소대장과 부소대장은 사라진 '보호대원'의 행방을 알아내려 방방 뛰었다.

"심소남이 본 사람 없어?"

"왜 애를 혼자 뒀어?"

"보호대원인데 니들이 안 챙기고 뭐했어?"

"만약 잘못되면 니들한테도 책임 돌아갈 거야. 금년 외박이고 휴가고 싹 다 정지야."

모든 대원이 집합당했다. 유신역도 예외는 아니었다. 김충실, 정진무, 하용만은 원산폭격을 당했다. 술을 마시고 복귀했기 때문이다. 머리를 박고도 그들은 고통을 느끼지 못했다. 하용만은 몇 번이고 소대장한테 자백하려 했지만 그럴 때마다 거꾸로 처박힌 김충실의 얼굴이 입 다물라는 협박을 보내왔다.

부소대장은 소남의 신상명세서를 들추느라 정신이 없었다. 친구도 친척도 없는 소남의 연락처는 단 하나밖에 없었다. 부소대장은 즉시 그 번호로 전화를 걸었다.

"여보세요?"

"안녕하십니까, 소남이 아버님 되십니까?"

"그런데요?"

"예, 여긴 소남이가 복무하는 섭주 경찰서 124의경중대입니다. 저는 부소대장 김원식이라고 합니다."

"소남이한테 무슨 일이 생겼소?"

몹시도 둔명스런 쇳소리였다. 방송에서 보던 위압적인 무속인 음성과 비슷했다.

"오늘 소남이가 소속된 소대가 단체로 포상 외출을 나갔거든요. 그런데 복귀시간이 넘도록 애가 돌아오질 않고 있어서요. 전화를 아무리 해도 받지 않습니다. 혹시 소남이가 거기 가 있거나 아버님께 전화하진 않았습니까?"

"여기 안 왔고 전화온 적도 없어요."

부소대장은 안도의 한숨을 내쉬었다. 소남이가 가혹행위를 당하고 있다고 집에 전화라도 했을까 봐서였다. 전화 안 한 걸 보니 극단적 선택의 시도도 아니리라.

"혹시 연락할 만한 가까운 친구는 없나요?"

"없어요. 늘 혼자서 지낸 놈이오."

"갈만한 친척이라든가 누구 아는 사람이라도 없습니까?"

"없소. 휴대폰도 없는 놈인데 군대 간다길래 겨우 장만해준 거요."

"알겠습니다. 저희가 찾아보고 소식 들어오는 대로 아버님께 다시 연락드리겠습니다."

"잠깐만! 혹시 누가 소남일 괴롭혔소?"

"괴롭히다뇨! 그런 사실 없습니다."

"그럼 왜 애가 부대로 안 돌아가?"

"이런 일은 자주 있습니다. 신병 때 주로 겪는 일이죠. 아버님이 생각하시는 일 같은 건 결코 없습니다. 어디 찜질방에서 잠을 자고 있을지도 모르고……."

"사고를 당했을 수도 있지."

"하여튼 새로운 소식 있으면 연락드리겠습니다."

"걔가 원래 몸이 아픈 아이요. 지금쯤 더 아플 거요. 꼭 찾아내요. 무슨 일이 생기면 가만있지 않을 거요."

앞에 있으면 사람 치겠네 싶었다. 부적까지 써준 애지중지 자식이라서 그런가?

부소대장은 전화를 끊고 소대장에게 보고했다. 소대장이 다시 한번 통화를 시도했으나 소남은 전화를 받지 않았다. 그때 머뭇거리던 최진택이 일어섰다.

"소대장님, 드릴 말씀이 있습니다."

"진택이! 소남이에 관한 거냐?"

"그렇습니다. 지금 어딨는지는 몰라도 오늘 소남이가 어딜 갔는지는 대강 압니다."

"너한텐 얘길 한 모양이구나. 어딜 갔대?"

"무속촌 점집에 다녀오겠다고 했습니다."

원산폭격 자세의 3인방은 최진택의 목소리를 들었다. 점집!

"점집에는 왜?"

소대상이 물었지만 최진택은 모르겠다고 답했다. 그러나 머리 좋은 부소대장은 달랐다.

"걔가 부적을 들고 다녔잖아요. 아버지도 무속인이고요. 아버지가 뭔가 시켰을 수도 있죠. 야, 하용만. 니네 집 섭주지? '화랑 우물' 근처가 무당들이 모여 사는 동네 맞지?"

하용만은 번갯불에 맞은 것처럼 움찔거리다가 간신히 그렇다고 답했다. 내무반을 왔다 갔다 하던 소대장이 결심했다는 듯 고개를 끄덕였다.

"더 이상은 안 되겠다. 중대장한테 사실대로 보고하고 수색 나가자. 부소대장, 2인 1조로 수색조 꾸려라. 어이, 대한주류협

회 이사장 세 놈! 니들도 일단 일어나."

세 명이 일어났다. 그들의 얼굴은 어두웠고 하용만은 자꾸 입을 열려고 했다. 그럴 때마다 김충실이 살인적으로 눈알을 부라렸다. 유신역도 수색조에 편성되었다. 그는 답답한 도서관에서 해방된 사실이 기뻐 싱글벙글이었다. 소남이가 사라진 사실보다 잠시라도 밖으로 나가게 된 사실에 더 기뻐하는 것처럼 보였다.

'제발 어디서 자살 기도나 하고 있다가 나한테 딱 걸려라, 소남아. 덕분에 포상휴가라도 나가보게.'

10

날이 어두워지고 있었다. 섭주 군내 PC방 위주로 수색이 벌어졌다. 김충실과 하용만은 무속촌 골목 수색에 투입되었다. 김충실은 자백이라도 할까 봐 일부러 하용만을 같은 조로 끌어들였다.

"김 수경님. 소남이가 죽었으면 어쩌지 말입니까?"

"재수 없는 소리 마라. 안 깊은 우물이야."

"표지판에는 5미터 깊이라던데……."

"5미터 좋아하네. 깊어봤자 2미터야. 거기서 잠들었을지도 모르지. 혹시 모르니 다시 한번 가 보자."

두 사람은 '화랑 우물' 근처까지 갔다. 김충실은 여전히 CCTV가 있는지부터 살폈다. 울타리를 넘은 하용만이 우물 안을 서치라이트로 비춰 보았다. 아무것도 보이지 않았다. 2미터 좋아하네. 끝이 안 보이는데.

요상한 기운이 지하로부터 올라오는 듯했다. 뭐 좀 발견했냐는 소대장의 무전이 날아왔고 김충실은 즉시 특이사항 없다고 보고했다. 하용만은 죄책감에 고개를 숙였는데 그 바람에 우물 근처에 떨어진 접힌 종이를 발견할 수 있었다. 펴보니 무서운 도깨비 그림이 나타났다. 소남의 부적임을 알자마자 공포에 질렸다. 우물 안으로 던지려다가 누가 본다면 의심을 살 수도 있었기에 일단 주머니에 넣었다. 증거인멸인 셈이었다.

"김충실 수경님! 기분이 찜찜합니다!"

"왜? 소남이 죽었을까 봐?"

"그게 아니라 소남이가 살아 돌아와 기관총이라도 난사할 것 같아서 말입니다."

"너 머리에 총 맞았냐? 우리가 육군이야? 의경한테 총이 어딨고 실탄이 어딨어?"

소대장과 부소대장은 직접 초인종을 눌러 무속인 집을 하나하나 탐방했다. 문을 열어주는 사람마다 부소대장이 소남의 사진을 들이밀었다.

"오늘 이런 애가 온 적 없었습니까?"

모두가 고개를 저었지만 여섯 번째 집 '약사도량 밀본'의 주인이 소남을 기억했다. 밀본 법사는 남자 승려였는데 점을 치고 사주를 보았다. 승려의 모습을 가장한 무속인이었다.

"알아요. 오전에 왔던 젊은이네요."

"무슨 일로 왔던가요? 스님한테 뭘 묻던가요?"

"녹음을 했으니 직접 들어보세요."

"녹음요? 오는 사람마다 녹음을 하나요?"

"내가 진짜 중이 아니라고 뒤통수치는 사람이 많아서 가끔 녹음을 합니다."

"그 젊은이도 뒤통수칠 것처럼 보였나요?"

"그렇진 않았어요."

"그럼 왜 녹음을 했지요?"

"그 젊은이 눈에서 살기가 보였거든."

소대장과 부소대장은 밀본 법사가 재생시킨 녹음 파일을 들었다.

소남 : 법사님이 이 동네에서 가장 용한 무속인이라면서요?

법사 : 법사님? 젊은 분이 이쪽에 대해 좀 알고 있는 것 같은데……. 그래, 무슨 일로 오셨나?

소남 : 이 부적이 뭔지 알아봐 주실 수 있어요?

법사 : 이게 뭐야? 이렇게 무섭게 그린 부적도 있나? 얼핏 보기만 해선 잘 모르겠는데 왜 그걸 묻지?

소남 : 이걸 지니고 다니면 너무 몸이 아파요. 몸살이 멈추지

않고 헛것이 보여요.

법사 : 무슨 헛것이?

소남 : 허공에 떠다니는 옷자락들이요. 발도 보여요.

법사 : 그래서 눈을 그렇게 돌리는 건가?

소남 : 예.

법사 : 지금 식은땀을 흘리는 건 그 몸살 때문이야?

소남 : 예.

법사 : 다른 사람들도 그 사실을 알고 있어?

소남 : 제가 쇼한다고 믿고 있어요.

법사 : 그렇게 아프면 버리지 그래?

소남 : 그럴 수 없어요. 아버지가 늘 가지고 있으라고 한걸요.

법사 : 아버지가 무속인인가?

소남 : 예.

법사 : 자네가 본 허공의 옷자락은 귀신들이야. 이 부적은 좋
지 않은 물건이야. 그런데 왜 아버지가 아들한테 이런
부적을 줬지?

소남 : 이걸 갖고 있으면 빨리 제대할 수 있다 했거든요.

법사 : 군인인가?

소남 : 예.

법사 : 자네를 시름시름 앓게 해서 일찍 제대시키려는 것 같

은데. 좋지 않은 방법이야. 군대 가기 싫다고 이런 방법까지 쓰면 안 돼.

소남 : 내가 돌아가지 않으면 아버지가 동생을 괴롭힐 거예요. 동생을 지켜줄 사람이 아무도 없어요. 그런데 더 큰 문제는 아버지 뜻대로 이 부적이 발휘되지 않는다는 거예요. 나는 정말로 아픈데 아무도 믿어 주질 않거든요. 병원에 데려갈 생각도 안 하고 꾀병 부리지 말라고 해요. 이렇게 아파 죽겠는데.

법사 : 날이 지날수록 자네 몸살하고 환각이 심해질 거야. 그럼 병원에 데려가겠지. 하지만 그때쯤 자넨 목숨을 잃을 수도 있어.

소남 : 지금도 충분히 아파요. 거울 보면 내 얼굴이 아닌 것 같아요. 그런데도 모두가 나를 괴롭히기만 해요.

법사 : 그러니까 군대지. 이런 말은 좀 그렇지만 나도 30년 전에 강원도 최전방에서 엄청 고생했어. 귀신도 무서워할 장소가 있다면 그건 바로 군대야.

소남 : **다 죽여버리고 싶어요! 그놈들 다 죽여버리고 싶어요!** 나는 죽을 것 같은데 나를 더 못살게 굴어요.

법사 : 정신 차리고 내 말 잘 들어. 이 부적은 귀신을 불러들이는 부적이야. 현대의 어떤 무속인도 이런 걸 쓰지 않

아. 악한 목적을 가진 악한 사람만이 쓰는 방법이지. 자네의 내면도 이 부적에 영향을 받을 수 있어. 자네 아버지의 의도는 알겠지만 빨리 이걸 없애 버려야 해. 가장 중요한 건 자네 목숨이니까. 친아버지 아니지?

소남 : 계부예요.

법사 : 그럴 줄 알았어. 자네한테 좋은 의도로 준 것 같지는 않아. 자네는 물론 남의 손에 들어가게 해서도 안 돼. 그렇게 되면 큰일 날 수도 있어. 불에 태워 버리는 게 제일 좋아.

소남 : 이걸 없애 버리면 몸이 원래대로 돌아오나요?

법사 : 시간은 걸리겠지만 그리 될 거야.

소남 : 안 돼요. 난 빨리 집에 가야 해요. 동생이 걱정돼요.

법사 : 남 걱정할 때가 아니야. 군대를 이런 방법으로 회피해 선 안 돼.

소남 : 너무 무서워요. 어서 빨리 해방되고 싶어요.

법사 : 귀신이?

소남 : 아니요! 고참들이요! 고참들이 너무 무서워요! 귀신보 다 훨씬 무섭고 악한 게 그 사람들이에요. 어떻게 남은 생활을 버틸지 지옥 같아요.

법사 : 너무 좌절하지 마. 다른 군인들도 다 견디잖아.

소남 : 힘 있고 빽 있는 놈은 큰 잘못을 해도 다 넘어가요. 그런데 나는, 나는 잘못한 게 없는데도 미워해요. 쇼한다고 미워하고, 못한다고 미워하고, 느리다고 미워하고, 밥그릇 못 찾아먹는다고 미워해요. **죽여버리고 싶어요! 다 죽여버리고 싶어요!** 지금 이런 마음이 정상인가요? 아버지가 어떤 술법을 걸어서 고참들이 날 괴롭히게 만든 건지도 모르겠어요. 다시 사회로 돌아가도 걱정이에요. 모두가 아버지 같은 사람밖에 없다면 이 세상은 살 이유가 없어요. 법사님이 날 살려 줄 부적을 새로 써 주면 안 돼요?

법사 : 미안하지만 자네를 살릴 부적 같은 건 없어. 그 부적을 태우는 것만이 방법이야. 태워 버리면 다시 몸도 돌아오고 정신도 맑아질 거야. 어떤 무당도 군대 일까지 개입할 수는 없어. 난 올바른 스님은 아니야. 결혼을 했고 아들이 있거든. 그 아이도 지금 군대에 가 있지. 힘들겠지만 이겨내고 참아야 해. 난 그 말밖에 해줄 수 없어.

소남 : 전부 똑같은 말이네요. 참아라, 참아라. 난 지금껏 참아 왔어요! 더는 참을 수 있을지 모르겠어요. 안녕히 계세요.

법사 : 짐깐만! 지금 나가면 안 돼.

소남 : 왜요?

법사 : 자네한테 흉살의 기운이 보여. 지금 나갔다간 큰 봉변을 당할 수도 있어. 여기 더 있게.

소남 : 안 돼요! 시간 내로 돌아가야 해요! 지금 안 돌아가면 또 어떤 구실로 날 때리고 괴롭힐지 몰라요!

녹음이 끝났다. 소대장과 부소대장은 밀본 법사의 집을 나섰다.

"저, 소대장님. 우리가 생각하는 것 이상으로 소남이가 대원들에게 괴롭힘당한 것 같지 않습니까?"

"소남이 집안부터가 정상이 아닌 것 같아. 저 지경으로 어딘들 쉽게 적응할까?"

"세상에, 시름시름 앓게 하는 부적이라니. 소남이 음성 들었어요? 걔 목소리가 아닌 거 같았어요. 소남이 아버지가 '원래 아픈 앤데 더 아플 거요' 하던 말이 무슨 말인지 이제 이해되네. 걔 아버진 대체 어떤 사람일까요?"

"정말 빨리 제대시켜 버리고 싶다. 저런 애는 1초라도 더 데리고 있고 싶지 않아."

"시한폭탄이죠."

"정말 무서운 게 뭔지 알아? 소남이가 진짜로 앓았잖아. 그 부적이 효과가 있단 말이 아니고 뭐겠어? 아니면 실제로 아프다고 여기는 정신병이거나!"

"소남인 대체 어디 있을까요?"

그들이 무속촌 주위를 살피며 걷는데 모두 복귀하라는 화난 중대장의 음성이 무전으로 날아왔다. 젠장, 하고 소대장은 중대장과 통화했다.

"아직도 못 찾았어요? 거, 내가 그만큼 심소남이 잘 보라고 그랬는데 이게 뭡니까! 이 부대 오고 나서 되는 일이 하나도 없어, 하나도! 하여튼 오늘은 너무 늦었으니 모두 복귀하고 내일 또 찾아봐요. 나 승진 못 하면 그땐 각오들 해요!"

전화를 끊은 소대장은 침을 뱉었다.

"망할 놈의 새끼! 애들 외출 보낼 때 잘했다고 칭찬할 땐 언제고……."

소대장과 부소대장은 '화랑 우물' 앞에까지 와서 멈춰섰다. 그곳에 소남이 빠진 줄도 모르고 두 사람은 대화를 나누었다.

"부대 들어가는 버스 정류장이 이 근처에 있잖아. 소남인 저 점집을 나와 버스를 안 탄 거야. 그 법사하고 대화한 거 들어보니 쉽사리 복귀할 음성이 아녔어."

"섭주 밖으로 나갔을까요?"

"아니, 어디 구석진 PC방에서 돌아갈까 말까 머리 쥐어뜯고 있겠지. 어차피 오늘은 시간이 너무 늦었어. 운이 좋아 소남이가 새벽에라도 자진 복귀하면 그보다 좋을 일은 없겠지. 쉬쉬해버릴 수 있으니까. 만약 안 돌아오면 내일부턴 제대로 수색해야겠지. 고참들 무서워 복귀 안 한 게 판명났으니 문제 커지기 전에 우리가 빨리 잡아야 해. 징계가 최소화되도록 서둘러야 한다구. 보안 유지 알지? 전 소대원들 내무반에 다 처박아 놓고 일절 못 나오게 가둬. 휴대폰도 다 압수하고."

복귀 지령을 받은 소대원들이 닭장버스에 올랐다. 하나같이 우울한 얼굴이었다. 누가 자기를 괴롭혀 왔다는 심소남의 투서라도 발견되면 무사할 수 없었기 때문이다. 하용만은 몸을 벌벌 떨었다. 머리 위에서 뭔가가 날아다니는 느낌이 멈추질 않았다. 눈에 보이지는 않았지만 움직거림이 분명 느껴졌다. 유신역이 겪었던 것처럼, 움직거림이 스쳐 지나갈 때마다 머리털이 곤두서고 팔뚝에 소름이 돋아났다. 어떤 할머니의 웃음소리도 들려오는 듯해, 실체를 찾기 위해 하용만의 눈동자는 이리저리로 굴렀다. 식은땀이 물처럼 흘러내렸다. 견딜 수 없는 몸살이 온몸을 때렸다. 그러나 그의 눈에 보이는 건 아무것도 없었다.

"왜 그래? 어디 아파?"

정진무가 물었지만 하용만은 답하지 않았다. 김충실의 성난 눈동자가 그에게 못 박혀 있었다. 그 눈동자는 하용만이 심소남과 비슷한 행태를 보이고 있다는 점에서 경악으로 바뀌고 있었다. 하용만은 원인을 알아냈다.

'부적 때문이구나!'

소남은 바로 부적을 갖고 있었기에 몸 상태가 급변했고 진짜로 아팠던 것이다. 소남의 그간 행동이 쇼가 아님을 그제야 깨달았다. 하지만 늦었다. 악당 3인조는 자신들만의 추궁으로 이미 당사자를 우물에 빠트린 뒤였다. 하용만은 고개를 흔들어 정신을 차렸다. 그놈이야 어찌 됐든 자신이라도 살아야 했다. 이 세상에서 제일 중요한 건 뭐니뭐니 해도 타인이 아닌 자신이니까. 부적을 어서 빨리 버려야만 했다. 다시 정신이 어지러워진 하용만은 창틀에 옷걸이로 걸어 놓은 고참들의 기동복을 보았다. 의경버스 안에서 고참들은 다림질이 망가질까 봐 관례적으로 상의를 벗어 걸었다. 될 대로 되라는 심정으로 그중 한 벌의 윗주머니에 몰래 부적을 꽂아 넣었는데 수경 임유호의 상의였다.

잠시 후 수색을 마친 대원들이 하나둘 자기 자리에 앉았다. 임유호도 들어왔다. 그는 옷걸이에서 상의를 조심스럽게 빼 입는 듯하다가 느닷없이 이제 막 복귀한 유신역에게 건넸다. 걸그룹 여자 연예인의 친필 사인이 담긴 사진을 받은 대가였다. 이 거래로 유신역은 '경력'을 얻었다. 물이 빠질 대로 빠지고 다림질이 칼처럼 잘 된 이 오래된 기동복을 입고 있으면, 그리고 사진을 찍어 놓으면, 훈련 한번 안 했던 그도 고된 특수 훈련을 견딘 거짓 경력을 선보일 수 있는 것이다. 새 기동복을 입고 만족스런 웃음을 짓는 유신역에게서 소남에 대한 걱정은 찾아볼 수 없었다.

대원들은 돌아오자마자 내무반에 갇혔다. 점잖은 소대장이 욕설까지 해가며 그렇게 지시했다. 공포 분위기가 조성되었다. 밤이 깊었지만 대원들은 잠들지 못하고 모두 기동복을 입은 채 비상대기 상태를 명받았다. 고참 수경들은 이번 일이 끝나면 상경부터 이경까지 본때를 보이겠다고 이를 갈았다.

자정부터 유신역의 몸에 몸살이 시작되었다. 주머니에 부적이 든 줄 모르는 그의 눈에 헛것이 보이기 시작했다. 내무반 침상은 2층 침대인데, 2층에 앉은 수경들은 난간 아래로 다리를 내리고 앉아 있었다. 분명 다섯 명인데 발은 열두 개가 보였다. 그 발이 사라지더니 갑옷 입은 장군의 모습이 왼쪽에 나타났다. 급히 고개 돌려보았으나 아무것도 없었다. 유신역이 눈을 비빌 때 오른쪽에서 붉은 한복을 입고 눈가가 검은 할머니가 나타났다. 다시 고개를 돌리니 할머니도 사라지고 없었다. 온몸에서 식은땀이 쏟아졌다. 그의 눈은 잠시 보았던 귀신을 찾기 위해 두리번거렸으며 등에는 뭐가 올라탄 듯 통증이 묵직했다. 하용만이 못 본 것을 유신역은 분명히 보았다.

고참들이 그를 보고 뭐라 지껄였지만 유신역은 무시하고 부소대장을 찾아갔다. 몸이 아파 다른 대원들한테 누가 되니 혼자 있게 해달라고 반 명령조로 청했다.

"전우애라곤 눈곱만큼도 없는 새끼!"

화를 참지 못한 부소대장이 귀싸대기를 올렸고 유신역은 바로 중대장에게로 뛰어갔다. 몇 번 언성이 오가고 나서 중대장은 부소대장을 불렀다.

"신역이는 도서관에서 혼자 자라고 하세요."

"소남이가 아직 행방불명인데다 남은 대원들은 바짝 군기가 들어 내무반에 모여 있습니다. 이 상황에 그놈한테만 또 특혜입니까?"

"다른 애들도 대기 종료하고 그만 취침하라고 하세요. 내일 일찍 전 중대원이 수색에 나서야 할 테니."

"따지고 보면 유신역이 때문에 이 모든 사단이 난 건 아세요, 중대장님?"

"화난 건 알지만 자중하세요, 부소대장. 소남이가 안 돌아온 건 부소대장이 애들 관리를 제대로 못해서잖아요. 그리고."

중대장이 부소대장의 눈을 똑바로 바라보았다.

"몰랐어요? 신역이는 우리보다 고참입니다."

11

새벽 1시, 막 잠에 빠져든 중대장은 고함 가득한 군수의 전화를 받았다.

"어이, 중대장! 우리 마을 중요 문화재에 사람이 빠졌는데 당신 알고 있어?"

"그게 무슨 소립니까?"

"시민들이 시체를 건져냈어! 우물 안에서 전화기 진동 소리가 들린다고!"

군수의 목소리는 분노에 차 있었다.

"주머니 뒤져 보니 의경 수첩이 있다던데."

잠이 달아나며 영혼이 빠져나가는 충격이 엄습했다. 소남이로구나! 우물 안에서 발견됐다면 극단적 선택? 이거 큰일났다!

"유서도 나왔습니까, 군수님?"

군수는 중대장의 빠져나가는 영혼을 붙잡고 얼차려를 시키듯

목청을 높였다.

"거긴 무속촌의 표지판 격인 장소라구! 무속 마을 섭주군의 상징이란 말야! 거기에 의경 시체가 나오게 해? 니가 감히 날 엿을 먹여?"

"제가 왜 선배님을 엿 먹입니까?"

"선배라고 부르지 마! 의경들 관리감독자가 바로 너 아냐? 목격자도 나왔어. 무속촌 아줌마 하나가 세 명이 한 놈을 패다가 날아차기로 '화랑 우물'에 빠트리는 걸 봤다는구만. 사복 입었지만 머리 깎은 거 보니 군인 같더라던데?"

"우, 우리 중대가 아닐지도 모르잖습니까?"

"사진 보내줄 테니 확인부터 해봐."

휴대폰으로 사진이 왔다. 소방대원들이 밧줄을 이용해 우물에서 누군가를 들어 올리는 사진이었다. 거꾸로 처박힌 사람은 군중들에 가려져 하반신밖에 안 보였는데 청바지를 입은 다리가 Y자 형태로 굳어 있었다. 한쪽 신발은 벗겨진 상태인데 양말은 훈련소에서 주는 보급품 양말이었다. 중대장은 침대에서 떨어질 듯 휘청거렸다. 떨리는 손으로 옷을 갈아입은 그는 소대장과 부소대장에게 전화를 한 뒤 자택을 나와 중대로 차를 몰았다.

연락을 받은 소대장, 부소대장이 중대장의 사진을 보고는 가

숨에 손을 올렸다. 세 사람은 당장 신원을 확인하러 가자고 귓
속말을 나누었다. 내무반에 잠든 대원 누구도 이 사실을 몰랐다.

무거운 마음을 안고 세 기간요원은 무속촌 화랑 우물로 출발
했다. 떠나기 전 중대장은 당직자인 3소대 부소대장을 몰래 불
러 아무래도 심소남이 죽은 것 같고 가해자들이 2소대 안에 있
는 것 같으니 아무도 도망가지 못하도록 불침번에 신경 써달라
고 속삭였다.

12

대원들은 모두 취침 중이었다. 새벽 2시의 불침번을 선 이는 3소대 일경 윤상태였다. 2소대 내무반에 들어온 그는 손전등 빛을 약하게 해 침상 위를 훑었다. 대원 29명은 모두 잠에 빠져 있었다. 심소남과 유신역이 있었으면 31명이었을 소대원이었다. 넘치는 땀 냄새 사이로 코 고는 소리가 가득했다. 순찰표에 사인을 한 윤상태는 복도로 나가 3소대로 갔다. 몇 분간의 침묵이 떠다니는 사이 온 세상은 정지된 듯했다. 눈으로 보이지 않는 움직거림 같은 것이 바람처럼 불어왔다. 커튼이 저절로 춤을 추고 모기향이 꺼졌다. 열려 있던 2소대 문이 저절로 움직이더니 서서히 닫혔다. 완전히 닫힌 문 안쪽에서 방독면을 쓰고 그 위에 헬멧을 걸치고 방석복까지 입은 완전 진압무장의 대원이 나타났다. 그의 발치에는 휘발유통이 있고, 그 옆엔 살충제와 라이터가 놓여 있고, 그 뒤엔 진압용 방패가 벽에 기대져 있다. 어깨에 최루탄을 발사하는 SY-44 장총을 멘 그는 〈스타워즈〉의 다스베이더처럼 쉬익쉬익 숨을 내쉬며 잠든 대원들을 둘러보았다. 잠시 후 휘발유가 잠든 대원들이 덮은 이불 위로 뿌려졌다. 아무도 깨어나지 않았다. 이어서 살충제가 이불 위로 발사되었다.

치이이익!

라이터가 액화가스 앞에 켜지자 살충제는 화염방사기가 되었다. 휘발유 먹은 이불에 거대한 불기둥이 솟아올랐다. 그러나 아직까지 곤한 잠에서 깨어난 이는 아무도 없었다.

문의 잠금장치가 저절로 작동되어 폐쇄되었다. 29명의 대원들은 완전히 갇혔다.

하용만은 목이 졸렸는데도 도망가지 못하는 악몽에 시달리고 있었다. 그는 어딘가로부터 도망치려 하는데 뒤에서 뻗어온 손이 목을 잡아 움직이질 못했다. 간신히 눈동자를 굴리니 〈화랑 우물〉 안에서 튀어나온 팔이 그를 붙잡고 있었다. 하얀 피부의 팔에는 부적에서 봤던 것과 흡사한 도깨비와 한자가 가득했다. 소름끼치는 음성이 우물 안에서 나왔다.

"나를 건져다오. 나는 기구한 인생을 살아왔다. 이렇게는 죽기 싫다. 너무 억울해……. 나는 할 일이 많다. 어흐흐흑……. 너희들한테 죽어야 할 내가 아니야. 나도 꿈이란 게 있어……. 나도 미래가 있어……. 나를 건져라. 제발 나를 건져줘……."

"놔! 이거 놔!"

하용만은 겁에 질려 손을 떨치려 했다. 그러나 목을 잡은 손은 더욱 강한 힘으로 그를 놓아주지 않았다. 하용만은 손톱으로 할퀴고 이빨로도 깨물어 손등에서 피를 뽑아냈다. 그러자 점차 목이 자유로워졌다. 그러나 우물 안의 존재가 손을 놓았기 때문은 아니었다. 손에 잡힌 머리만 두고 하용만의 몸통이 도망을 갔기 때문이었다. 완전히 머리가 붙잡힌 하용만의 눈에 목부터 떨어진 자신의 신체가 네 발로 기어 도망가는 광경이 보였다. 그렇게 기는 것도 잠시, 머리를 잃은 몸은 축 늘어져 우물 경계선의 쇠 울타리에 걸렸다. 머리만 남은 그는 우물 속으로 끌려 들어가 귀청을 찢는 심소남의 울음과 합류했다.

하용만이 비명을 지르며 눈을 떴다. 꿈인지 생신지 구별할 수 없는 내무반은 거대한 화염에 휩싸여 있었다. 가지런하게 누운 침구 위의 형상들이 맹렬히 타올랐다. 요동을 치거나 움직거리는 자는 하나도 없었다. 단체 화장터에 온 것 같았다. 불길은 커튼에도 침상 계단에도 번졌다. 시커먼 그을음이 쉴 새 없이 천장으로 솟구쳤다.

"불! 불이야!"

하용만이 불붙은 이불을 밀치고 일어났을 때 그의 앞에 놓인 관물대의 문이 벌컥 열렸다. 그 안에서 떨어질 때의 충격으로 깨지고 부풀어 오른 심소남의 머리가 나타났다. 소남이 눈을 북 뜨더니 허공을 두리번거리다가 말했다.

"니 눈엔 이게 쇼처럼 보여?"

"으아아……. 잘못했어! 제발 살려줘!"

하용만이 도망치려 할 때 방석복으로 무장한 괴인이 앞을 가로막았다. 어깨에 둘러멘 장총은 어느새 손에 쥐여 있었다. 그는 최루탄을 발사하지 않고 개머리판으로 하용만의 얼굴을 찍어대기 시작했다. 푹, 팍 때리는 소리가 리듬을 타면서 피가 튀었다. 한 대가 두 대가 되고, 열 대가 백 대가 되도록 내리찍고 뼈를 부수는 공격은 멎지 않았다. 하용만의 살점이 찢어지고 이빨이 박살나고 뼈가 드러날 때마다 관물대 안 소남의 깨진 얼굴은 펑크 난 타이어에 바람을 넣는 것처럼 정상으로 돌아왔다. 그러나 표정은 후련해 보이지 않았다. 하용만의 얼굴이 알아볼 수 없을 지경으로 함몰되어서야 개머리판 공격은 중지되었다. 피를 뒤집어쓴 채로 방독면의 괴인은 관물대를 향해 거수경례를 붙였다.

정진무는 한 달 전에 겪은 일을 꿈에서 다시 보았다. 그들 중대가 농촌일손돕기 활동을 갔을 때였다. 수낭면 공무원 연수원 근처의 농가였는데 정진무가 모감주나무 큰 가지에 둥그렇게 붙어있는 말벌집을 발견했다. 등을 돌린 채 풀을 뽑는 다른 대원들은 이를 알아채지 못했다. 장난기가 발동한 정진무가 심소남을 불러 돌멩이를 쥐어주었다.

"최루탄 던지기 연습이다. 이걸로 저 벌집을 저격한다, 실시!"

심소남이 침을 꿀꺽 삼키며 답했다.

"이경 심소남! 벌집이 떨어지면 위험합니다!"

뜻밖의 대답이 정진무의 분노를 일깨웠다. 그가 기대한 대답은 "예 알겠습니다"였지 말대꾸가 아니었다. 일개 쫄따구 주제에 자기 안전을 생각하다니! 일부러 다른 데 던져 못 맞힌 척하면 될 것을, 떨어지면 위험하다고? 니가 감히 날 훈계해? 하늘 같은 고참의 지시를 무시해? 역시 놈은 바보가 아니야! 악마의 분노는 작은 장난조차 악마적으로 업그레이드시켰다.

"명령 거부라 이거지? 너 이 새끼, 5분 동안 부동자세로 서 있어. 무슨 일이 생겨도 움직이면 안 돼. 움직이면 죽여 버릴 거야, 알았어?"

그리고 직접 돌멩이를 던졌다. 세 번만에 돌이 명중했다. 정진무는 바로 도망쳤지만 소남은 움직이지 않았다. 돌 맞은 벌집이 크게 흔들거렸고 윙윙거리던 보초병 말벌들이 아래로 내려왔다. 수십 마리 말벌의 하강을 본 정진무가 "말벌이다!" 소리치며 뛰었다. 풀 뽑던 대원들이 일어나 "어어어어!" 하면서 도망쳤다. 소남을 신경 쓰는 이는 아무도 없었다. 정진무는 웃으면서 뛰었다. 그러나 소남은 결코 움직이지 않았다. 그는 가까이 다가온 벌들의 소리를 들었다. 헬리콥터 같은 그 굉음은 단순한 곤충의 날갯소리가 아니라, 죽음이 결코 멀리 있지 않다는 현실적인 공포였다.

얼어붙은 소남을 빙빙 맴돌긴 했지만 단 한 마리의 벌도 침을 찌르지 않았음은 진정 하늘이 도운 일이었다. 하지만 소남은 바지에 오줌을 쌌다. 먼 거리에서 "뛰어 이 바보야!", "엎드려 이 등신아!" 소리만 질러대던 대원들은 벌이 완전히 흩어진 뒤에야 우두커니 서 있는 소남을 데려올 수 있었다. 소남은 정신줄 놓은 사람처럼 이끄는 대로 겨우 걸음을 옮겼다. 최진택은 "집에 가고 싶어요"라는 소남의 울음 섞인 속삭임을 들었으나 자신 역시 졸병이라 아무런 위로도 해 주지 못했다. 정진무는 소대장의 야단을 맞았을 뿐 어떤 벌도 받지 않았다.

그날 밤 잠을 자던 소남이 경기를 일으켰는데 자지 않고 지켜보던 정진무가 정신 차리라며 뺨을 쳤다.

"머리 굴리지 마, 벌집! 일 커지면 너 죽고 나 죽는 거야."

꿈속에서 정진무는 나무 앞에 구부정히 서 있는 소남을 보았다. 소남의 얼굴은 균열이 가 있고 상의에는 흙과 피가 묻어 있었다. 바지는 여기저기가 찢겨졌고 한쪽 발은 운동화 없는 양말바람이었다.

"야, 거기서 뭐해? 너 우물에서 기어나온 거야?"

소남이 등을 돌려 나무를 타기 시작했다. 거미처럼 나무를 기어 올라간 그가 팔을 뻗친 곳에 농구공만 한 벌집이 있었다. 경비병 말벌들이 소남을 에워싸 마구 쏘아댔다. 윙윙거리는 소리가 귀청을 찢었다. 소남은 독침에 얼굴이 부풀어가면서도 벌집을 따내 나무 아래로 뛰어내렸다. 정진무는 도망치려 했지만 공포로 얼어붙어 발이 떨어지지 않았다.

"가까이 오지 마! 잠깐만, 소남아! 기다려봐!"

눈물 자국이 있는 소남의 얼굴은 분노로 차 있었다. 그가 무수한 벌이 맴을 도는 벌집을 집어던지자 벌집은 정진무의 입안으로 정확하게 들어갔다. 뱃속에서 찌르는 고통이 수십 수백 수천으로 확산되다가 폭발했다.

정진무가 눈을 떴다. 비몽사몽의 한가운데 그는 불바다로 변하는 온 사방을 알아보았다. 놀라 일어나려는 순간 방독면과 방석헬멧을 이중으로 쓴 얼굴이 시야를 가렸다. 쉬익쉬익 하는 숨소리는 분노와 살의의 상징이었다. 정진무는 그자가 손에 쥔 것을 보았다. 막 안전핀을 뽑아 가스를 내뿜기 시작한 최루탄이었다. 미처 피할 겨를도 없었다. 내려꽂기 일격에 작은 벌집처럼 생긴 최루탄은 정진무의 목구멍 깊숙이까지 박혀 터져 버렸다.

모든 내무반을 다 돌고 행정반으로 돌아온 불침번 윤상태는 10분쯤 후 타는 냄새를 맡았다. 당직인 3소대 부소대장은 졸고 있었다. 윤상태는 복도로 나오다가 큰 기세로 번지는 뜨거운 연기에 팔로 얼굴을 가렸다. 저 멀리 2소대의 닫힌 내무반 문틈으로 연기가 새어나오고 있었다. 달려가 문손잡이를 잡다가 뜨거워 손을 놓았다. 그는 안에서 잠겨진 문을 두들기고 발로 차다가 행정반으로 돌아와 화재 비상벨을 눌렀다. 3소대 부소대장이 화들짝 깨어났다. 사이렌이 울려 퍼지면서 1소대 3소대 본부소대 내무반에도 하나둘 불이 켜졌다.

김충실도 꿈을 꾸고 있었다. 그는 경찰공무원 학원에서 강의를 듣고 있었는데 옆자리의 학생이 계속 휴대폰을 두드려댔다. 그게 집중에 방해가 됐다.

'개새끼, 여기가 군대였으면 넌 벌써 죽었어.'

그러자 그 사람이 김충실에게로 고개를 돌렸다.

"여긴 군대가 아니야, 병신아. 그 생각, 말로 꺼냈으면 넌 벌써 죽었어."

김충실은 소스라치게 놀랐다. 옆 사람의 얼굴이 소남이었던 것이다. 이번엔 앞자리의 소남이 뒤를 돌아보았다.

"제대한 지가 언젠데 의경 티셔츠는 뭐 하러 입고 다니냐, 병신아? 너도 사회에선 좆도 아니면서 군대 말년 때가 인생 전성기인 찌질이 새끼지?"

놀랄 새도 없이 이번엔 뒷자리의 여학생이 말을 걸어왔다. 그녀는 치마를 입고 있었는데 얼굴은 소남이었다.

"사람 죽여 놓고 공부가 눈에 들어오냐?"

강의실에 가득한 사람들이 전부 소남의 얼굴로 돌아보았다. 부어오르고 깨지고 함몰된 소남의 얼굴들이 김충실 하나만을 노려보았다. 피를 흘리는 강사 소남이 분필을 집어던졌다.

"니가 어떻게 그 자리에 앉아 경찰이 될 생각을 해? 자살이나 하지?"

패딩 점퍼를 입은 소남이 얼굴을 들이밀었다. 그는 울고 있었다.

"내 인생 물어내. 내가 왜 하필 너라는 놈을 만나 내 인생을 빼앗겨야 했니?"

청소부 아줌마가 들어왔는데 역시 소남의 얼굴이었다.

"네겐 잊어버리는 게 쉬울 어떤 일이 다른 누군가에게는 절대로 잊지 못하는 일일 수도 있어. 그런 것도 깨우치지 못하면서 이런 공부는 해서 뭘 해?"

수백 명의 소남 얼굴이 김충실에게로 들이밀어졌다. 그것은 다시는 이쪽으로 넘어올 수 없는 죽음의 얼굴이었다. 물을 주어도 두 번 다시 피지 못할 꽃이었고, 바람을 불어줘도 영원히 붙지 못하는 불씨였다. 소남의 청춘이라는 꽃은 그렇게 이유다운 이유도 없이 꺾여버렸다. 그러나 김충실은 결코 진지한 사과를 하지 않았다.

"너 지금 어딨어? PC방에 있지? 내 피 말리려고 안 나타나는 거지? 오전엔 미안했다. 안 때릴 테니 빨리 부대 복귀해라."

섬광과 함께 꿈이 사라졌다. 문을 두들기는 소리가 쾅쾅쾅 들려왔다. 엄청난 뜨거움이 사방에서 몰려왔다. 비명소리, 창문 깨는 소리가 있었다. 누군가 창문으로 뛰어내리기도 했다. 잠에서 갓 깬 김충실은 정신이 없었다. 완전진압복장으로 앞에 서 있는 그림자를 봤을 때 그는 '13일의 금요일' 같은 공포영화를 떠올렸다. 그자가 손에 쥔 방패로 머리를 찍자 김충실은 정신을 잃었다.

관물대 문이 벌컥 열렸다. 방패를 내던진 진압복은 김충실을 번쩍 안아들더니 관물대에 우악스럽게 구겨넣었다. 그리고 발길질을 하기 시작했다. 김충실은 피하지도 못하고 군화발에 가슴이고 머리고 할 것 없이 얻어맞았다. 타오르는 불길이 진압복 괴인의 등 뒤를 장식해 그를 지옥에서 온 악마로 보이게끔 했다. 김충실이 빌었다.

"아파…… . 용서해줘…… . 그만 때려…… . 소남아…… . 제가 잘못했습니다…… . 살려주세요…… . 심소남 씨…… ."

발길질은 더 가차 없어지고 더 빨라졌다. 작은 관물대에 김충실의 커다란 몸이 구겨지고 접혀져 처박혔다. 그래도 멈추지 않는 혹독한 발길질에 김충실의 뼈가 튀어나오고 혓바닥, 눈알까지 돌출되었다. 으지직거리며 관물대가 팽창되었다. 죽기 직전, 김충실은 진실을 깨달았다.

"나도 너처럼 우물에 처박힌 꼴이 되라 이거지? 소남아……?"

방독면 쓴 얼굴은 거친 숨을 쉬익쉬익 내뿜을 뿐 아무런 답도 하지 않았다. 어느새 그의 몸에도 불이 붙었다. 깨친 창문 틈으로 의경들이 마구 뛰어내렸다. 광기에 사로잡혀 우는 대원도 있었고 엄마를 부르는 대원도 있었다. 쾅쾅 두드리는 소리가 끊임없이 이어지다가 마침내 2소대 내무반 문이 박살났다. 진입하려던 타 소대 대원들은 사건의 참혹함에 질려 주저앉고 말았다.

현장은 아비규환이었다. 무참하게 폭행당해 죽은 세 명 말고도 연기에 질식한 대원도 열두 명이나 되었다. 완전진압 무장을 갖춘 채 불꽃과 불꽃 사이에 서 있는 괴인은 저승사자처럼 보였다. 그는 갓 죽인 세 대원을 뚫어져라 쳐다보며 석고상처럼 서 있었다. 달려온 대원들은 난생처음 겪는 생지옥의 한복판에서 뭘 어떻게 해야 좋을지 몰랐다. 하지만 3소대 당직사관은 달랐다. 야간의 책임자인 부소대장은 중징계가 목전에 처하자 안으로 진입해 멀거니 서 있는 방화살인마의 다리를 걸어 쓰러트렸다. 그리고 소리쳤다.

"불을 꺼라! 소화기 사용법 배운 사람은 모두 소화기 뿌려! 119에도 신고해!"

몇몇 대원들이 화재 진압과 신고에 나섰고 일부는 부소대장을 도왔다. 팔다리가 붙들린 괴한의 얼굴에서 방석헬멧과 방독면이 벗겨졌다. 검댕투성이, 재투성이, 땀투성이 얼굴이 나타났다.

"유신역이! 이 개새끼!"

천장으로 눈알을 굴리는 유신역의 얼굴은 딱딱하고 공허했다. 제정신이 아닌 그 모습은 혼이 빠졌다기보다 어딘가 혼을 빼앗겼다는 표현이 어울렸다.

"금수저, 너 이 새끼! 무슨 짓을 한 거야, 이 또라이 새끼야!"

"이경 심소남! 죄송합니다!"

"뭐라고?"

"이경 심소남! 참을 만치 참았지 말입니다."

"이 새끼가 약했나? 아! 이놈 옷 벗겨!"

대원들이 달려와 유신역의 방석복을 벗겼다. 탁탁거리는 소리와 함께 불꽃이 튀었다. 소화기가 허연 가루를 뿜었다. 유신역의 기동복 주머니에서 노란 종이가 빠져나와 불바람에 날아갔다. 대원 일부가 종이 위에 새겨진 도깨비 얼굴을 알아보고 경악했다. 그것은 이 진실을 알 수 없는 희대의 살인방화에 미신적이면서 영화적인 개연성을 부여했기 때문이다. 그들은 고문관 심소남이 무당의 아들이란 사실을 알고 있었다. 날아다니는 부적 위의 도깨비는 그들을 비웃는 것 같았다. 그것도 잠시, 거센 불길에 부적은 땅에 내려앉지도 못 한 채 허공에서 타버려

한 줌의 재가 되었다. 그와 동시에 유신역의 얼굴이 정상으로 돌아왔다. 천장을 맴돌던 눈알이 자신의 두 손과 몸 이곳저곳을 바라보았다.

"제가 왜 여기 있습니까?"

"닥쳐, 이 개새끼야!"

불침번 윤상태가 주먹을 날렸다. 유신역은 얻어맞으면서도 어리둥절한 표정이었다. 윤상태가 부소대장에게 소리질렀다.

"이 새끼 휴대폰 세 개 쓴다고 제가 투서까지 넣었습니다. 그런데도 처벌 안 하고 황제 대접해 주니까 이런 또라이 짓까지 하는 것 아닙니까?"

사이렌 소리가 들려오고 소방대원들이 달려왔다. 살아남은 2소대 대원들은 서로를 부둥켜안고 울었다. 뛰어내리다 다리가 부러진 최진택은 아직도 불길이 치솟는 내무반을 바라보았다. 그는 돌아오지 않는 소남이 생각을 했다.

13

유신역이 유명 연예인 출신 의경이라 안 그래도 대서특필될 이 사건은 특대서특필이 되었다. 왜 그가 소대원들을 학살하려 했는지 마약, 정신질환, 따돌림, 묻지 마 범죄 등 전문가부터 네티즌까지 온갖 추측을 내놓았다. 그러나 체포된 유신역은 이렇게 답했을 뿐이다.

"그건 제가 아니었습니다. 심소남 이경님이었습니다."

기자들은 심소남이란 인물이 사건 당일 죽은 2소대원인 것을 금세 파악했다. 그가 왜 죽었는지, 유신역과 어떤 연결고리가 있는지 온갖 추측이 쏟아졌다. 음모론에 가짜 뉴스까지 난무하던 와중에, 모자이크 처리된 어떤 여성이 그날 오전 세 명의 청년이 죽은 청년을 '화랑 우물' 근처에서 괴롭힌 걸 봤다는 제보영상이 한 언론을 통해 나왔다. 기자들이 편의점과 근처 CCTV를 샅샅이 뒤져보니 그들은 과연 김충실, 정진무, 하용만이었다. 하기민 이를 3인방은 내무반에서 끔찍한 형태의 시신으로 발견되어 정황을 캘 수 없었다.

불을 지른 후 왜 그 세 명만 골라 폭행해 죽였냐는 질문에 유신역은 또 이렇게 답했다.

"그건 제가 아니었습니다. 심소남 이경님이었습니다."

소남의 시신을 확인해 충격받았던 중대장, 소대장, 부소대장은 방화 소식을 듣고 급히 돌아왔다가 사망한 대원들과 타버린 내무반을 보고 더 큰 충격에 휩싸였다.

유신역의 팬들이 싸이코패스와는 손절하겠다는 댓글을 꾸준히 올려 소속사를 침몰시키고 있을 때, 전담 변호인단이 섭주 경찰서로 몰려왔다. 그들은 수사와 재판에 관여했다. 그러자 얼마 후 "집단 괴롭힘을 당해온 고참 심소남을 안타깝게 지켜보던 유신역이 의분을 참지 못하고 가해자들을 직접 처단한 비극이 초래되었다"는 수사 결과가 나왔다. 동시에 그의 심신미약과 군대부조리가 그가 저지른 행위보다 더 크게 기사화되었다. 유신역의 아버지는 대국민사과를 하면서 아들의 벌 받아 마땅한 행동의 일부는 그러나 불의를 못 참은 거룩한 피 끓음에서 비롯되었다고 망언하다가 거센 비난을 받았다. 유신역은 감옥에 가는 대신 정신병원에 수용되었다. 폭력보다 더 큰 힘은 역시 권력이었다.

소남은 너무나도 쉽게 잊혀졌다.

방화사건으로 죽은 2소대 대원들은 우물에 떠밀려 죽은 소남과 함께 합동 영결식으로 마지막 가는 길을 맞이했다. 방송을 보던 시청자들이 눈물을 흘렸지만 최진택은 주먹을 불끈 쥐고 이렇게 말했다.

"그날 소대원들을 죽이려 한 건 신역이가 아니라 소남이야. 난 알아. 합동영결식이라니 말도 안 돼! 그렇게나 벗어나고 싶어한 고참들을 죽어서도 소남이 옆에 두게 하다니……."

소남에 대한 가혹행위가 알려지고 불행한 과거까지 알려지면서 일부 동정여론이 유튜브에 올라왔지만, 소남 아버지는 국가에 대해 어떠한 보상도 사후대책도 요구하지 않았다.

시간이 흐르면서 중대장 소대장 부소대장은 각기 먼 곳으로 좌천되어 갔고, 섭주 군수는 뇌물 수수가 인정되어 구속되었다. 책임을 피하려고 고심한 모든 이들이 책임을 지게 되었다.

가을이 오면서 '화랑 우물' 곁에는 소나무처럼 줄기가 구부정한 꽃이 한 송이 피어났다. 밀본 법사는 이 꽃을 화분으로 옮겨 저절로 시들 때까지 정성껏 키웠다.

에필로그

제대한 최진택이 충북 진천을 찾았다. 네비게이션으로 '동자 장군' 간판을 찾는 데는 별로 시간이 걸리지 않았다. 흰 머리가 희끗희끗한 동자장군은 손님을 안방으로 모셨다.

"그래, 뭘 알아보고 싶어 오셨소? 사주? 결혼?"

"저는 소남이와 함께 의경중대에 있던 사람입니다."

소남이란 이름을 듣는 순간 동자장군은 쌀과 엽전이 놓인 검은 소반 위로 시선을 돌렸다. 진택이 그 위로 두 장의 사진을 던졌다.

"소남이가 첫 외박을 나갔을 때 휴대폰으로 찍은 사진을 제가 뽑아준 거예요. 소남이가 관물대에 항상 붙여놓고 바라보고 싶댔거든요. 화재 때도 이건 안 탔어요."

동자장군은 사진을 손에 쥐고 보았다. 한 장은 아기를 안고 있는 어린 소남의 사진이었다. 또 한 장은 그보다 나중의 사진

206

으로 소남이 몰래 찍은 것이었다. 사진 속에서 맨손의 동자장군이 산을 올라가는데 그 뒤를 어린 소년이 힘겹게 따르고 있었다. 소년의 등에는 어른이 져도 감당 못 할 보따리가 얹혀 있었다. 무구와 장구까지 들어있는 커다란 보따리였다.

"소남이한테 다 들었어요. 당신은 소남이를 신당에 가두고 신을 받으라 했어요. 열아홉 살이 되도록 때리고 윽박질러 강제로 무업을 잇게 하려 했어요. 소남이는 그래서 군대로 도피를 한 거예요. 그런데 첫 외박을 나가보니 아홉 살밖에 안 된 어린 동생이 자기 역할을 대신하고 있는 걸 본 거예요. 그 앤 당신의 친아들이라서 그런 일이 벌어지지 않을 줄 알았지만 아니었어요. 소남이는 인질이 된 동생을 보고 말로 다 못 할 충격을 받았어요. 피가 안 섞여도 제 동생을 그만큼 아꼈던 거예요. 동생을 보호하려고 하루 빨리 제대하고 싶어 했죠. 그래서 당신과 거래를 했어요. 당신이 바로 소남이한테 그 무서운 부적을 준 거잖아요? 안 그래요?"

"소남이 말고 다른 누구에게도 얘길 들었군. 누구야?"

"섭주에는 영험한 무속인들이 많아요."

"잘못했다고 싹싹 빌더군."

동자장군이 씩 웃었다.

"다시 아버지가 하라는 대로 할 테니 제발 동생한테까지 그러지 말라고 하더군. 돌아오는 대로 아버지 일을 이을 테니 제발 제대 전까지 안전하게 군 생활을 할 수 있게만 해달라고 했지. 거기서 난 진실을 알았어. 소남이가 정말 겁을 내는 건 내가 아니라 군대 고참들이라는 걸."

"무슨 소리예요? 소남인 입대해서도 늘 주눅들어 있었어요. 당신 때문에."

"니가 소남이에 대해 다 안다고 생각해? 그놈 바보 아냐. 항상 눈동자 휘휘 돌리며 상대방을 관찰하는 놈이지. 그런 놈이 '아버지를 피해 용감히 입대했는데 군대가 더 무서워요'라고 순순히 말할 것 같아? 내게 약점 잡힐 일을 하지 않는 놈이야. 지 동생을 들먹인 것도 절반은 쇼야. 2년 동안 참고 견뎌야 할 이유를 하나 정도는 갖고 있어야 했기 때문이지. 그놈이 가족이 있어, 친구가 있어? 일종의 동기부여란 말이지. 소남인 불안증이 있었어. 괴롭힘 때문에 제대 전에 죽지 않을까 하는 불안증 말이야. 내가 아닌 군대 고참들의 괴롭힘! 그래서 그걸 해결하는 부적을 써 달랬고 난 써준 거야."

"아무리 무속인이라도 그런 엉터리 행위는 하지 말았어야죠! 그 부적을 갖고 다니면서 소남인 시름시름 앓았어요. 아마 잘못된 믿음이 마음의 병을 만든 건지도 모르죠. 당신 책임이 커요. 고참들은 몸살, 식은땀, 불안을 보이는 소남일 오히려 꼴통 취급했으니까요."

"뭘 착각하고 있네. 그게 병을 앓게 하는 부적인 줄 알아? 그건 귀신을 부르는 부적이야."

"뭐라고요?"

진택의 표정이 굳어졌다.

"군대 고참들의 괴롭힘을 해결시켜 줄 귀신."

"무슨 말이에요?"

"너무 위험해서 잘 부르지 않는 신격(神格)이 있지. 하지만 제대로 들리기만 하면 영험과 수호가 극치를 달리는 장군신이 있어. 이 신을 기어이 내리게 하려고 부적을 피로 쓴 거야. 소남이의 피로 말이야!"

동자장군이 고함을 치자 진택이 움찔거렸다. 장군이 긴 손가락을 들어 진택의 뒤를 가리켰다.

"저기가 소남이 갇혀 있던 신당이다. 그놈은 외박기간 동안저 안에만 있었어. 스스로 원해서 말이지. 문이 열렸으니 봐라. 여기서도 탱화가 보이지? 바로 언월도를 지닌 저 신이야. 벽력신장(霹靂神將)! 음지의 요괴들을 처치하는 호법신인데 무엇이든 죽이고 보는 흉악한 성격을 지녔다고 하지."

술 장식이 붙은 투구를 쓰고 숯 같은 눈썹을 꿈틀거리는 장군의 모습이 여기서도 보였다. 부리부리한 눈알이 유신역을 연상

시켰다. 그 옆에는 장군을 보좌하는 검은 눈가의 할머니도 있었는데 그림이 살아 있는 듯 무서워 쳐다보기도 힘들었다. 소남의 마지막을 지키지 못해 나름의 죄의식으로 따지러 온 진택의 음성이 새로운 진실을 알게 된 경악으로 떨렸다.

"어찌된 이유인진 몰라도 유신역이 옷에 그 부적이 들어갔어요. 그러자 유신역이는 소남이가 되었어요."

"유신역? 연예인?"

"예. 유신역은 그 귀신을 직접 봤다고 했어요. 장군 차림이었다고 했지요. 눈이 검은 할머니도 있었고요. 물론 사람들은 정신병으로 보고 있지만."

"아니, 유신역은 벽력신장과 성모할미를 직접 본 게 맞을 거야. 다른 사람은 부적을 갖고 있어도 그 신을 못 보겠지만."

"어째서죠?"

"소남이가 그때 이런 말을 하더군. '유신역은 따로 관리받는 귀족이라서 내가 신당 안에 있는 것처럼 도서관으로 사용되는 공간을 홀로 배정받아 생활한다'고. 거기서 그놈은 땀을 뻘뻘 흘리며 혼자 춤을 추고, 혼자 노래도 하고, 혼자 연기 연습도 했다지? 관중이 있는 것처럼 혼자 열광하고, 공연이 끝나면 득도한 성취감에 혼자 기뻐했다지? 그 모든 행위가 어떤 직업과 비슷하지 않나?"

"굿……? 무당!"

"무당과 예능인에게 비슷한 면이 있다면 신을 받는 능력도 비슷하지 않을까?"

"아냐! 믿을 수 없어요!"

"유신역이 그놈도 소남이와 같이 죽어야 했어."

진택은 충격에 빠졌다.

동자장군은 떠나간 소남을 다시 맞아들이길 거부했다. 의가 사 제대를 시켜주려고 무속행위를 한 것이 아니라 파멸시키기 위해 무속행위를 한 것이다. 그의 주장에 의하면 소남에게 붙여 안긴 건 칼부림으로 모두를 죽이는 무속 장군이었다. 진택은 그 와 관련한 참사를 직접 겪은 사람이다. 밀본 법사가 들려준 녹 음에서 들은 '다 죽여 버리고 싶다'는 고함, 그건 소남의 음성일 까, 죽음의 신의 음성일까…….

소남을 버렸다는 또 다른 증거는 이제 막 문을 열고 등장한 아이의 모습에서도 찾을 수 있었다. 열한두 살쯤 되어 보이는 아이였지만 표정이 밝았고 눈이 신비로웠다. 동자장군과 매우 닮은 그 용모는 왕의 세자, 혹은 늙은 회장 아래의 젊은 사장을 떠올리게 했다. 완벽한 후계자의 모습이었다. 동자장군이 아이 의 머리를 쓰다듬으며 말했다.

"소남이가 앓았다 그랬지? 시름시름 앓는 거야 완전한 접신

을 향한 당연한 수순이야. 우물에 빠져 죽지만 않았어도 소남이
는 '직접' 소대원들을 다 처치했을 거야."

"그만해요! 난 이런 미신 따윈 믿지 않아······."

진택의 말을 부정하듯 동자장군의 음성에 힘이 묻어났다.

"내가 써 준 부적을 갖고 있을 동안 유신역이가 소남이의 관
등성명을 댔다면서? 우물에 처박혀서도 빙의까지 보였고 게다
가 그 잘나가는 연예인을 결국 파멸시켰으니 소남이도 장래가
촉망되긴 했어. 허나 이 아비는 물론 산신령에게조차 너무 쇼를
하고 눈알도 굴리고 잔머리도 굴려왔어. 그놈은 모두의 고문관
이야. 고문관에겐 매가 약이지."

동자장군이 큰 소리로 웃었다.

"소현이가 내 뒤를 잇고 있다. 내 친아들 소현이. 날 배신하고
떠난 순간부터 소남이는 필요 없어졌거든."

진택이 평정심을 잃었다.

"당신이 때리고 학대해서 떠난 거잖아요! 눈알 굴리고 쇼한
다고 함부로 말하지 말아요! 어쩌면 그건 도와줄 사람 하나 없
는 세상에서 소남이가 할 수 있었던 유일한 대처방식인지도 몰
라요! 소남이 주변엔 온통 폭력뿐이었으니까."

"인정해. 하지만 나한테 와서 아버지보다 군대고참이 더 무섭
다고 실토했어. 난 그나마 한가닥 남은 정 때문에 소남이의 소

원을 들어준 거야. 걔가 그랬거든. '고참 새끼들 다 죽이고 싶어요, 아버지!'라고. 난 정확히 그렇게 만들어 준 거야. 의가사 제대를 하게 병을 앓게 해준 게 아니라. 그래도 자네는 죽지 않고 이렇게 날 만났으니 운이 좋은가 보네. 아니면 소남이한테 친절한 고참이었거나."

진택은 더 이상 앉아 있을 수 없었다. 자리를 박차듯 일어난 그는 허탈한 마음을 안고 고향인 전주로 돌아갈 수밖에 없었다. 그는 소남을 찾기라도 하듯 밤하늘을 향해 눈물 글썽한 눈을 이리저리로 돌렸다.

"진정 네가 왜 그리 힘들어했는지 알겠구나. 네겐 갈 곳이 없었어. 모두가 네 자리를 허락하지 않았어. 이제 하늘에서라도 편히 쉬어라, 소남아."

불청객이 올 무렵

문화류씨

1

박종운은 시궁창 같은 삶에서도 꽃이 피어난다는 걸 깨달았다. 자신에게도 대운이 찾아왔기 때문이다. 지금까지 겪은 고난과 불행을 보상받은 기분이랄까. 어느 것 하나 원하는 대로 이루어지지 않을 줄 알았는데 꿈만 같았다.

학창시절부터 패배자였다. 초등학생 3학년이 될 무렵, 부모의 이혼으로 동심은 파탄 났고 쓴맛 인생이 시작됐다. 동생이 엄마를 택하자, 측은한 마음에 아버지를 따랐다. 실수였다. 아버지가 술에 취할 때면 매질을 멈추지 않았다. 이유는 엄마를 닮았기 때문이라지만 거울 속 자신의 모습은 영락없이 아버지를 닮았다. 사과와 폭력이 반복되자 뛰쳐나갔다. 엄마 집에서도 살게 됐지만 안도감은 오래가지 않았다.

남자가 생긴 엄마는 박종운이 고등학생이 되자 독립을 권유했다. 불러오는 엄마의 배를 발견한 날, 동생 손을 잡고 나왔다.

어느 날, 학교 다닐 때까지 지원하기로 했던 집세와 학비가 끊겨 전화를 걸었다. 전화번호는 바뀌어 있었고 다시는 찾을 수 없게 이사까지 가 버렸다. 하늘이 원망스러웠으나, 어쩔 도리가 없었다. 먹고 사는 문제로 하루하루 지옥일 무렵, 작은아버지가 찾아왔다.

"네 동생은 나한테 맡기고, 넌 고등학교 졸업했으니 군대나 가라. 공짜로 먹여 주고 재워 주고 얼마나 좋냐? 군대 일찍 다녀오면 좋다. 내 말 틀린 거 하나 없으니까, 자원입대해."

작은아버지 말대로 입대부터 해 버렸다. 고된 훈련을 거쳐, 자대에 배치되고 작대기 하나를 더 달기 전까지 사회로 나가고 싶은 마음뿐이었다. 그곳에서 할 수 있는 선택은 버티기와 죽음 둘이었다. 적응하고 순응될 무렵, 뭔가 느껴졌다.

'군대란 아무 생각 없이 시키는 대로만 하면 문제될 것 하나 없다.'

눈치껏 행동하니 처음으로 사회생활 잘한다는 칭찬을 받기도 했다. 병장 됐을 무렵은 제대가 두려울 정도였다. 제대를 3주 앞둔 날이었다. 박종운은 담배를 연거푸 들이키며, 후임들에게 푸념을 늘어놨다.

"나가면 좋을 것 같지? 하나도 안 좋다고⋯⋯. 내가 대학을 다니냐, 기술이 있냐? 뭐 먹고 살지 갑갑하다, 갑갑해. 그렇다고 말뚝 박는 건 더 싫은데 말이야. 어이 허정민이, 너 서울대 철학과라고 했나? 그래, 내가 전역하면 뭐 했으면 좋겠냐? 어째 내 미래 좀 봐줘."

"일병 허정민, 그게 저…… 요, 요즘에는 이, 인터넷 방송 BJ가 인기라고 합니다. 지, 지금은 모르겠지만 아, 앞으로 전도유망할 것 같습니다. 그쪽으로 한번 알아보시는 게……."

"그러니까 나보고 딴따라가 되란 거냐? 간장 원샷하고, 불닭소스 라면 열 개 끓여 먹고, 형광등 씹어 먹으라고? 하하하하……."

그때까지만 해도 박종운은 비웃었다. 제아무리 서울대를 나와도 폐급 2호의 말은 듣고 싶지 않았다. 하지만 제대 후 처음으로 스마트폰을 산 날, 장난삼아 우스갯소리를 찍어 SNS에 올린 것이 기적을 일으킬 줄이야. 박종운이 올린 영상은 조회수와 댓글이 기하급수적으로 늘어났다. 인터넷 커뮤니티 사이트마다 박종운의 영상으로 도배됐다. 박종운은 가슴이 뛰었다.

"이게 말로만 듣던 인기란 건가?"

그들의 기대에 부응하고자 영상 몇 개를 더 찍어 올렸다. 하루아침에 스타란 말을 체감했다. 인기에 힘입어 인터넷 방송을 시작했고 스트리머란 직업도 가졌다. 전성기가 시작됐다. 시대를 선두하는 젊은 창작인이라며 온갖 예능·방송 섭외 1순위가 뇌었고, 쏟아지는 강연과 광고 일정에 정신이 없었다. 박종운이 하는 말은 내일의 유행어가 됐다.

"성공을 꿈꾸는 잼민이 친구들아. 인생은 한방이란다. 세상을 향해 어퍼컷 날릴 준비 되어 있니?"

통장에는 나날이 돈이 쌓였고, 현관문 앞에는 팬들 선물이 쌓였다. 외제 차부터 근사한 집까지 무에서 풀소유 인생을 이루었다. 남부러울 것 없는 삶이라 생각하겠지만 박종운의 마음은 날이 갈수록 공허했다. 어린 시절이 떠올랐다. 가난과 멸시에 시달리는 인생이었어도 가족이 곁에 있었더라면 어땠을까? 성공 가도를 달려도 함께 좋아해 줄 사람이 없으니 허탈했다.

오래전부터 원대한 꿈이 있다면 행복한 가정을 갖는 것이었다. 과거에는 가질 수 없다고 생각했지만, 지금은 충분하지 않은가. 자신의 부모처럼 서로에게 칼을 겨누는 사이가 아닌, 서로를 위하는 가족이 생긴다면 커다란 마음속 구멍이 메워질 것 같았다.

간절히 원하면 이루어진다고 했던가. 고등학교 시절, 짝사랑하던 그녀를 동네 카페에서 만났다. 같은 서예 동아리였지만 감히 넘볼 수 없었던 그녀, 구시은이었다. 사슴 같은 맑은 눈에 하얀 피부, 윤이 나는 검은 머리칼의 그녀는 무척 아름다웠다. 모범생에 마음도 따뜻했기에 모든 남학생의 첫사랑이었다. 그런 그녀가 변함없는 모습으로 자신에게 먼저 말을 걸 줄이야.

"낙종 고등학교 종운이 아니니?"

박종운의 동공이 커졌다. 그녀가 눈앞에서 미소짓고 있다니, 믿을 수 없었다.

"나 서예 동아리였던 구시은이야. 생각나니? 몇 번 대화도 했었는데 말이야. 기억 안 나지? 요즘 너 방송 잘 보고 있어. 이렇게 하는 거 맞니? '성공을 꿈꾸는 잼민이 친구들아.' 너무 재밌더라! 네가 이렇게 유명해질 줄이야. 너무 잘돼서 보기 좋아."

당황한 나머지 박종운은 진땀을 흘리며 고개만 끄덕였다. 무슨 말을 해야 할지 떠오르지 않았다. 다만 이대로 그녀를 놓쳐버리면 다시 기회는 오지 않을 것만 같았다.

"기억나지 않을 리가 없잖아, 구시은! 어떻게 기억하지 않을 수가 있겠어. 우리 학교에서 여신이었는데……. 혹시 바쁘지 않으면 같이 식사하지 않을래? 나, 나 오늘 방송도 없어……, 하하하."

그녀가 맑은 눈망울로 미소 지으며 고개를 끄덕였다. 박종운은 하늘이 자신의 편이라는 걸 직감했다. 말하는 대로 생각한 대로 모든 일이 이루어지다니 신기했다. 그녀가 팬이라며 핸드폰으로 보던 방송을 보여주자, 박종운은 기뻤다.

"시은아, 사실 오래전부터 너를 좋아했어. 이렇게 만날 줄이야……. 꿈에서도 이루어지지 않을 것 같았는데, 가슴이 뛰네."

그녀는 하얀 앞니를 드러내며 미소를 지었다.

"정말? 스타가 나를 좋아했다니 영광이네. 같은 동아리였을 때 말이야. 너한테 말을 걸고 싶어도 네가 인상을 늘 쓰고 있거나, 자고 있어서 조심스러웠어. 그때 말이라도 걸어주지 그랬어."

그녀에게 마음을 전하고 싶어서였을까. 누구에게도 하지 않았던 가정사나 힘들게 살았던 이야기도 꺼내었다. 거기에 호감을 사기 위한 거짓말도 몇 스푼도 넣었다.

"그때 말이야, 삐딱선 타려고 했었어. 시은이 널 보면서 다시 생각하게 되더라. 언젠가는 나도 뭔가를 할 수 있지 않을까 했어. 너 같은 사람은 못 되어도 노력은 해보고 싶었거든. 그래서 여기까지 온 것 같아. 이렇게 널 만나다니 운명 같아. 너무 설렌다."

모든 일이 우연으로 시작되었다고 말할 수 없었다. 오로지 그녀 마음을 잡고 싶었다. 몇 번의 만남과 대화 끝에 그녀가 마음을 받아줬다. 박종운은 감격의 울음을 터뜨렸다.

"내게도 이런 날이 오다니……."

박종운에게는 오로지 구시은뿐이었다. 그녀의 말이라면 죽을 수도 있었다. 결혼을 약속한 사이도 아닌데, 자신이 가진 모든 걸 공유했다. 그녀로 인해 구멍 난 마음이 채워졌다. 언제나 옆에서 열렬이 응원하는 그녀 덕분에 태어나 안정감이란 걸 처음 느껴봤다. 사귄 지 일 년이 되던 날, 박종운은 청혼을 결심했다. 세상에서 가장 행복하게 해 주겠다는 마음으로 다이아몬드 반지를 준비하고 최고급 레스토랑을 통째로 빌렸다.

구시은이 문을 열고 들어오자, 화려한 조명이 켜졌다. 박종운은 한 달간 연습한 유리상자의 '사랑해도 될까요'를 피아노 연주하며 노래했다. 그러곤 눈물을 흘리는 구시은에게 다가가 반지를 꺼내어 무릎 꿇었다.

"시은아, 나랑 결혼해 줄래?"

그녀는 울기만 했다. 한참이 지나도 반지를 받아주지 않자, 박종운은 당황했다.

"시…… 시은아? 나, 나랑 결혼해 줄래?"

구시은이 애처로운 눈으로 박종운을 봤다.

"종운아, 나 자신이 없어. 너를 좋아하는데, 결혼은 아직 모르겠어. 내게 시간을 줄 수 있겠니?"

예상을 빗나간 대답에 박종운의 동공이 흔들렸다. 지금 청혼을 받아주지 않는다면 이후에도 기회는 오지 않을 것만 같았다.

"시은아, 내가 정말 행복하게 해 줄게. 세상에서 가장 행복한 여자로 만들어 줄 테니까, 제발 나랑 결혼해 줄래? 약속할게!"

박종운은 머뭇거리는 구시은에게 반지를 쥐여 줬다. 혹여 반지를 뿌리칠까 봐 손으로 그녀의 손을 감쌌다. 한참을 망설이던 그녀는 고개를 끄덕였다. 박종운은 웃고 있지만 기쁘지 않았다. 구시은이 자신에게 확신이 없다고 생각했다. 불안감에 휩싸인 박종운은 결혼 소식을 기자들에게 알렸다.

"최 기자님, 아주 크게 터뜨려 주세요."

인기 스트리머의 결혼 소식에 온라인은 들끓었다. 잡지며 신문이며 웹 사이트에 도배됐다. 소속사 동료부터 팬까지 축하 연락이 끊이지 않았다. 가장 반가웠던 건 군대 후임들이었다. 후임들이 단체 대화방을 만들어 박종운을 초대했다.

이정후 : 박뱀 축하드립니다! 군대도 우리 중에 제일 먼저 들어오더니, 결혼도 먼저 하시네요?

박종운 : 정후야, 고맙다!

허정민 : 박뱀, 결혼 축하합니다! 그런데 진짜 인터넷 방송 BJ가 될 줄 몰랐어요. ㅋㅋㅋ

박종운 : 그래, 그때 정민이 네가 말한 대로 될 줄이야. 신기하다. 고맙다.

황춘효 : 박뱀, 그러지 말고 무적의 서부 해안경계부대 용사들이 모여야 하지 않습니까?

형수님도 보고 싶습니다!!!

박종운 : 좋다, 너희들이 날짜만 잡아. 근사한 곳에서 식사나
한끼 하자!

다행이었다. 가족도 친구도 없던 자신의 결혼식에 그들이 하
객으로 참석할 수 있기 때문이었다. 그들을 만난 김에 대화방에
없는 사람들에게도 결혼 소식을 전해 달라고 할 참이었다. 문제
는 구시은이었다. 박종운의 전우들과 만나는 자리가 부담스럽
다며 가지 않으려 했다.

"어려운 자리 아니야. 전부 군대 후임들이야. 애들 참 착해.
부담스러워할 필요 전혀 없어."

"갑자기 만나려 하니까, 쑥스럽고 부끄러워서 그렇지."

"에이, 어차피 결혼식에서도 볼 사람들인데, 미리 인사하면
좋지. 나도 애들한테 시은이 자랑도 좀 하고 말이야. 오랜만에
보는 자리라 그런지 나도 떨리네?"

부담스러운 자리라고 했으나, 결혼식 하객으로 온다니 아침
부터 분주하게 움직이는 구시은이었다. 입을 옷이 없다며 푸념
을 늘어놓자 박종운은 당장 그녀를 데리고 백화점으로 출발했
다. 그녀가 흥미롭게 보는 것들을 고민 없이 결제했다. 옷이며,
구두며, 목걸이며 명품으로 치장한 그녀가 탈의실에서 나왔다.
쑥스러워하는 모습이었지만 아름다운 그녀의 모습에 박종운은

정신을 차리시 못했다.

"이럴 필요까진 없는데, 잘 입을게요."

"시은아, 정말 예쁘다. 웨딩드레스 입은 모습은 더 예쁘겠지?"

"예쁘긴……. 서둘러야 하는 것 아니야? 차 막힐 시간이야. 일곱 시까지 도착할 수 있겠어?"

기분이 한껏 밝아진 박종운이 핸들을 잡았으나, 고속도로에 늘어선 차들은 움직일 생각이 없었다.

"사고라도 난 건가? 시은아, 도로상황 좀 봐줄래?"

"사고는 안 난 것 같아. 어딜 가나 막힌다고 나오네? 옷 고르느라 시간이 너무 걸렸나 봐. 명절에도 이렇게까지 안 막히는데, 이상하네."

박종운은 장난기 어린 표정으로 한쪽 눈을 찡긋 감으며 라디오를 켰다.

"…… 다음 뉴스입니다. 오늘 오전 8시경, 서부 해안경계부대 인근 절벽에서 염 모 상사의 시신이 발견됐습니다. 군에 의하면 정비 중 추락에 의한 사고로 추정하고 있으나, 시신을 국방과학연구소에 넘겨 부검할 예정입니다."

박종운은 귀를 의심했다. 근무했던 부대였기 때문이다. 염 모

상사라면 자신이 군 시절 알고 있는 염기철 중사일지도 모른단 생각이 들었다. 희한했다. 상사가 해안 절벽에서 정비할 게 뭐가 있나? 추락했는데 국과소(국방과학연구소)로 시신을 보내는 이유도 이해되지 않았다. 더욱이 군대 후임들 만나는 날에 괴이한 소식이라니 기분이 묘했다.

2

다행이었다. 후임들이 오기 전 일식집에 도착했다. 평소 사람이 많은 곳이었으나 이상하게 한적하고 조용했다.

"오늘은 손님이 하나도 없네요?"

"요즘 불경기이기도 하고 시국이 시국인지라 장사가 잘되지 않습니다."

직원이 방으로 안내했다. 방에는 커다란 직사각형 식탁이 있었고 식탁 아래에는 앉기 편하도록 공간이 비어 있었다. 박종운은 음식을 주문했고 구시은은 서둘러 화장을 고쳤다. 시계가 정확히 일곱 시를 가리키자, 문이 스르르 열렸다. 다섯 사내가 나란히 서 있었다. 박종운의 입가에 미소가 번졌다. "충성"이란 소리가 울리자, 박종운이 일어나 경례했다. 웃음소리와 함께 다섯 명이 방으로 들어왔다. 6년 만에 만난 전우를 만나니 알 수 없는 감정이 북받쳐 올랐다. 지난날의 고난이 추억처럼 느껴졌고 영광스럽기까지 했다.

"정후, 춘효, 동기, 정민이, 민구야. 시간 내어 와 줘서 반갑고 고맙다. 앉아, 앉아서 이야기나 실컷 하자."

박종운이 병장이던 시절 서정후, 황춘효는 상병이었고 그의 좌정후, 우춘효라 불렸다. 그 아래로 조동기, 허정민은 일병, 김민구는 이병이었다. 그들은 제대한 지 오랜 시간이 지났으나 그때로 돌아간 것처럼 행동했다. 당시 그들 중 계급이 가장 높았던 서정후가 대표로 선물을 건넸다.

"박 뱀, 거창한 건 아니고 와인입니다. 저희가 아직 자리를 잡지 못해서 각출해서 샀습니다. 신혼여행 때 드십시오. 진심으로 축하드립니다!"

"에이, 빈손으로 와도 되는데……. 애들아, 이런 데에 돈 쓰지 말고 축의금에 좀 더 넣어."

박종운의 농담에 웃음바다가 됐다. 때마침 음식이 들어왔고 후임들은 고급 일식 코스요리에 눈이 휘둥그레졌다. 신선한 도미회와 청주가 나오자, 서정후가 술병을 들었다. 그러곤 박종운과 구시은에게 공손하게 따른 뒤 자리에서 일어났다.

"자랑스런 서부 해안경계부대 용사들과 박종운 병장님의 행복한 결혼을 위하여!"

"위하여!"

숟이 들어가자, 분위기는 순식간에 시끌벅적했다. 부담스러워하던 구시은도 분위기에 익숙해지는 듯 앞자리에 있는 김민구에게 말을 걸었다.

"민구 씨라고 하셨나요? 군대 시절, 종운 씨는 어떤 사람이었어요?"

구시은의 질문에 모두가 주목했다. 김민구는 당황한 듯 눈을 깜박였다. 육중한 몸을 서정후를 향해 돌렸다.

"하하하 형수님, 이 친구가 원래 좀 느립니다. 군대에서도 이것 때문에 고생했는데도 고쳐지지 않네요. 민구야, 네가 이렇게 뜸 들이면 형수님이 박 뱀을 뭐라고 생각하겠냐? 제가 말씀드리자면 박 뱀은 카리스마 있는 리더였습니다. 특히 윗사람들이 아주 박 뱀을 좋아했어요. 박 뱀에게 일을 맡기면 안 되는 일이 없었거든요. 그죠, 박 뱀?"

구시은은 흥미로운 눈으로 박종운을 봤다.

"지금 이미지와 다르지만, 이해는 할 것 같아요. 종운 씨와 고등학교 동창이었는데요. 그 시절 눈빛이 장난 아니었거든요. 그때 카리스마가 군대까지 이어졌군요?"

박종운의 얼굴이 붉어졌다.

"전부 옛날얘기야, 옛날얘기! 제대할 때 뭐라고 했냐? 군대에서 있었던 거 모두 털자고 했지 않았냐? 카리스마는 무슨······.

야야, 한잔 더 하자. 군대 이야기는 나중에 따로 하고 말이야. 오늘은 시은이도 있으니까 사는 이야기나 하자."

박종운의 말과 반대로 군 시절 이야기는 멈추지 않았다. 모두가 잔을 부딪치며 술을 들이켰다. 약간 취기가 오른 구시은이 사람들 얼굴을 번갈아 가며 봤다. 박종운은 그런 모습이 귀여웠다.

"왜? 누가 제일 못생겼나 보고 있었어?"

구시은이 미소를 지으며 고개를 저었다.

"아니……. 뭔가 좀 이상해서."

서정후가 허정민과 김민구를 손가락으로 가리켰다.

"형수님, 뭐가 이상해요? 혹시 쟤랑 쟤가 이상하게 생기셨단 말씀이세요?"

자기들끼리 실컷 웃었지만 그녀가 고개를 저었다.

"그게 아니라, 민구 씨와 정민 씨는 아무리 봐도 나이가 많으신 것 같은데, 제대하고 나서도 계급 관계가 지속이 되나 싶어서요."

잠시 정적이 흘렀다. 박종운은 어색한 분위기를 무마하고자 멋쩍은 웃음소리를 냈다.

"하하하, 우리 짝꿍 말이 맞는 것 같은데? 너희들이 너무 자연스럽게 군대 호칭으로 부르는 바람에 나도 생각을 못 했었는데 말이야. 제대한 지……."

황순효가 박종운의 말을 끊고 끼어들었다.

"죄송합니다, 박 뱀. 형수님, 남자들의 세계에서는 군번 빠른 게 장땡입니다. 해병대 아시죠? 해병대는 나이가 중요치 않습니다. 기수 빠른 사람이 어른이고 형님입니다. 멀리서 눈만 마주쳐도 기수 낮은 사람이 인사하는 게 법칙이죠. 이해 안 가시겠지만, 이게 남자들의 세계입니다. 저희 부대가 후방이지만 군기가 해병대 못지않게 세기로 알아주거든요. 여기 계신 박종운 병장님은 저희보다 한 살 어리지만. 우리의 영원한 병장님이 아니겠습니까? 허허허."

짜기라도 한 듯 다른 조동기, 허정민, 김민구가 "맞습니다"를 연발했다. 구시은은 이해할 수 없다는 듯 고개를 갸우뚱거렸다.

"남자의 세계는 알 수 없는 곳이네요. 사회에 나와서까지 군대 시절 계급이 통용되다니……. 그래도 기분 나쁠 것 같아요."

이번에는 서정후가 끼어들었다.

"형수님, 쉽게 설명해 드리겠습니다. 학교에서 나이가 많아도 학번이 느리면 후배 대우받는 거고요. 직장에서도 직급이 우선입니다. 나이는 중요하지 않습니다. 다른 부대 사람들은 사회에 나오면 형, 동생 한다고 하지만 그게 쉽겠습니까? 2년간 함께 생활한 것이 쉽게 바뀌기 힘듭니다. 민구랑 정민이도 그게 편하고 동의했고요. 안 그러냐?"

"그렇습니다!"

박종운은 부담스러웠다. 자신도 형이라 부르고 싶지 않았기에 군 시절 계급으로 부르는 것이 싫지는 않았다. 하지만 서정후와 황춘효가 이렇게까지 꽉 막힌 녀석들일 줄이야. 사회에서 군대놀이가 무슨 소용이 있는지 의문이었다. 묘한 불쾌감이 들었다. 특히 조동기의 표정이 심상치 않았다. 군 시절, 하극상으로 영창까지 갔다 온 녀석 아닌가? 서정후나 황춘효가 말할 때마다 혼자서 술을 따라 마셨는데, 상기된 눈을 볼 때마다 불안했다.

"에이, 이제 군대 이야기 그만하자. 군대 계급을 여기까지 와서 들먹이는 건 좀 그렇다고 생각해. 그냥 편하게 먹자고!"

애써 분위기를 풀어 보려는 박종운이었지만 쉽지 않았다. 김민구가 술을 쏟은 것이었다. 그 바람에 옆에 있던 구시은의 옷이 젖었다. 당황한 그가 커다란 덩치로 움직일수록 식탁 위에 있는 컵이며 접시가 떨어졌다.

"이 새끼가 미쳤나? 이렇게 좋은 날에……."

순식간에 허정민이 일어나 김민구의 멱살을 잡고 밖으로 끌고 나가려고 일어섰다. 순한 녀석이 화를 내자 당황스러운 박종운이었다. 구시은이 불안해하며 안절부절못하자, 재빨리 일어나 허정민의 팔을 붙잡았다.

"정민아, 아니 허정민 씨. 이러면 안 되지……."

진땀 흘리는 박종운을 보자, 허정민의 입꼬리가 서서히 올라갔다.

"박 뱀, 몰래카메라였습니다!"

김민구도 새어 나오는 웃음을 손으로 막았다. 나머지도 배를 잡고 깔깔댔다. 허정민과 김민구가 아무 일도 없다는 듯 자리에 앉았다.

"박 뺌, 놀라셨습니까? 오랜만에 몰래카메라 한번 해봤습니다. 박 뺌도 당황하시네요. 크흐흐흐……. 허정민 씨라니요? 안 그러셔도 되는데 말입니다. 형수님, 저희가 군 시절 때 이렇게 놀았습니다. 박 뺌이 카리스마만 있는 것이 아니라, 재밌는 몰래카메라도 많이 했다니까요? 저도 박 뺌한테 많이 당했는데, 복수할 수 있어서 기쁘네요."

박종운은 6년 만에 화를 낼 뻔했으나 웃어넘겼다. 오히려 다행이라 생각했다. 구시은에게 좋지 않은 상황을 보여주는 것보다 유치한 장난이 났다고 생각했다.

"그래 참 재미있다. 하긴 명문대 출신 허정민이가 사람을 때릴 위인이 못 되는데 말이지."

3

박종운은 오로지 구시은만 눈에 들어왔다. 그녀가 불편하지
않을까 걱정이었다.

"시은아, 괜찮아? 군대에서 만난 전우들이라 좀 과격하지? 이
해 좀 해줘."

그녀는 흥미로운 듯 재밌어했다.

"뭐가? 재밌기만 한데?"

"그럼 다행이다. 정말 불편하지 않지?"

"전혀! 군대 이야기가 이렇게 재밌는 줄 몰랐어. 히히히
히……."

구시은이 괜찮다니 다행이었지만 박종운은 일어나고 싶었다.
알 수 없었지만 묘하게 일식집의 공기가 어린 시절 부모가 이혼
했을 무렵의 공기와 묘하게 닮았기 때문이었다. 식사가 빨리 끝
나길 바랐다. 박종운의 말수는 줄어들었고 구시은은 뭐가 그렇

세 재밌는지 알지도 못하는 군대 이야기에 웃어댔다. 황춘효는 한껏 기분이 올라 이야기를 멈추지 않았다.

"형수님, 손말영이란 녀석이 있었습니다. 앞에 있는 허정민이랑 동기였는데요. 손말영이 이놈은 항상 얼빠진 상태로 군 생활하는 겁니다. 고참들 말을 귀담아듣지도 않고 나중에는 이병이 이래라저래라 명령까지 하는 겁니다. 그것 때문에 박 뱀 뚜껑이 열렸지 뭡니까?"

박종운은 난생처음 듣는 소리였다.

"내가 손말영이한테 뚜껑이 왜 열려? 손말영이 착한 애였다. 허약하고 겁이 많아서 정신 좀 차리라고 했을 뿐이야. 뚜껑은 무슨 뚜껑이야. 그리고 다쳐서 제대한 녀석 이야기는 웃음거리로 이야기하지 말자. 개도 잘 살고 있어야 할텐데……."

황춘효는 반달 같은 눈을 흘겼다.

"에이 박 뱀, 잊으셨습니까? 정신머리 빠진 손말영이 우리한테 한 짓 말입니다. 멍청한 자식, 한치 앞은 못 보고 현성문이랑 붙어먹더니, 쯧……. 서 뱀은 기억나죠?"

서정후는 입술에 검지를 댔다.

"춘효야, 쉿! 오늘 혀가 너무 길다."

황춘효가 서정후를 노려보자, 서정후가 멱살을 잡았다. 다시 침묵이 흘렀다. 분위기가 이상해진 걸 직감한 박종운이었다.

"이것도 몰래카메라지?"

때마침 디저트 요리가 나왔다. 이것을 먹고 나면 후임들과의 피곤한 식사가 끝이 난다고 생각했다. 박종운은 콩가루가 뿌려진 푸딩을 한입에 털어 넣어 버렸다. 기분 탓일까? 다른 이들은 맛을 음미하는지 탁구공 크기의 그것을 아주 천천히 먹었다. 디저트만 먹으면 끝인데 이번에는 허정민이 입을 뗐다.

"뉴스 보셨어요? 염 중사 죽었대요. 절벽에서 떨어졌다고 하던데요. 눈 감고도 절벽을 오르는 양반인데 죽다니요."

흥미로운 이야기였지만 박종운은 말을 섞지 않았다. 다만 다른 이들에게는 도화선에 불이 붙은 격이었다. 황춘효가 제일 신나했다.

"기철이 형, 도대체 왜 죽은 걸까요?"

구시은이 염기철이 누구냐며 물었으나, 박종운은 입꼬리만 살짝 올렸다.

"자, 이제 그만. 그 이야기는 집에 가면서 해줄게. 전우들아, 이렇게 오랜만에 보게 돼서 너무 반갑다. 청첩장은 대화방으로 보낼게. 일 때문에 이만 일어나야겠어."

황춘효가 아쉬운 눈빛을 보내며 박종운의 팔을 붙잡았다.

"아쉽습니다. 형수님 보내시고 우리끼리 하지 못한 이야기 좀 더 하면 안 되겠습니까? 딱 한 잔만 더 하시죠. 박 뺌!"

"미안하다, 춘효야. 내일 스케줄이 너무 많아서 말이지. 결혼식 끝나고 보자. 오늘 오지 못한 전우들도 다 함께 보자."

이젠 모두 끝났다는 마음에 박종운이 일어나려는 순간, 조동기의 핸드폰 벨소리가 요란하게 울렸다.

"여, 여보세요? 네, 네……. 알겠습니다. 잠, 잠시만요!"

서정후가 무슨 일이냐며 묻자, 축하해 주러 먼 곳에서 손님이 올 예정이라 했다. 박종운은 반갑지 않았다. 다음에 보자며 나가려 했으나, 조동기가 박종운을 끌어내렸다.

"박 병장님, 그분이 결혼식에는 못 가니까 꼭 오늘 보고 싶다 해서요. 조금만 기다려 주시겠어요?"

"동기야, 누군데 그러냐?"

"보면 아실 겁니다."

"나, 참……."

구시은은 괜찮다며 박종운에게 귀띔했다. 박종운은 애써 미소지었으나 마음속에 뱀 한 마리가 들어앉은 것처럼 불안했다. 다른 이들은 박종운의 마음도 모른 채 앉아서 떠들어 댔다. 5분 뒤 방문이 열렸고 일제히 문을 봤다. 커다란 덩치에 덥수룩한 수염을 한 남자가 머리를 내밀며 웃었다. 그는 어디에서 한잔 걸치고 왔는지 비틀대며 들어왔다. 쿰쿰하고 역겨운 냄새가 방 안에 진동했다.

"어허, 취한다. 여기가 박종운 씨 결혼 축하 자리가 맞지요? 꺼어어억!"

남자는 박종운과 구시은이 앉은 자리 맞은 편에 능청스럽게 앉았다. 그러곤 옆에 있는 서정후의 술잔을 뺏어 남은 술을 따라 마셨다. 당황스러웠지만 사내의 양팔에 휘감겨 있는 도깨비 문신이 위협적이라 말도 꺼내지 못했다. 어딘가에서 분명 봤던 인물이지만, 떠오르지 않는 박종운이었다. 자신의 기억을 더듬고 더듬었다. 그의 눈빛에서 군 시절 폐급 1호인 손말영의 모습이 보였다. 박종운은 한숨을 내쉬며 조동기를 봤다.

"동기야, 네가 말하던 그분이 손말영이냐?"

사내는 기괴하게 웃었다.

"으흐흐흐흐흐. 이제야 사람을 알아보다니, 섭섭하다. 박종운이 잘 있었어? 옆에는 신부가 될 사람인가?"

박종운은 그의 무례한 행동에 그녀가 놀랐을까 걱정이었다. "괜찮아, 아무 일 없을 거야"라고 말했지만, 가슴에서 요동치는 불안함이 입 밖으로 튀어나올 것만 같았다. 손말영은 신경도 쓰지 않는 듯 식탁에 놓인 벨을 눌렀다. 직원이 문을 열었다.

"어이, 아저씨! 여기 이 집에서 가장 비싼 회 하나랑 사케 한 병이요!"

그는 입을 쩝쩝대며 사람들을 쳐다봤다. 서정후를 비롯한 서부 해안경계부대 출신들이 고개를 숙였다. 손말영은 그들의 반응이 재밌는지 억지로 얼굴을 들이밀며 눈을 마주쳤다.

"아니, 왜 그러시나? 부대에서는 못 잡아먹어 안달이던 양반들이 왜 눈을 못 마주치실까? ㅎㅎㅎㅎㅎ……. 서정후, 황춘효! 이 새끼들아, 귀신이라도 본 거야?"

떨고 있는 구시은을 보자, 박종운이 그녀의 손을 잡고 일어났다.

"그래, 말영아. 천천히 먹고 가. 계산은 내가 하고 나갈게. 바빠서 먼저 가볼게."

"크ㅎㅎㅎㅎㅎ……. 가기만 해봐. 어떻게 되는가 보자고. 내가 군 시절에 만났던 어떤 놈이 했던 말인데, 사람 잘되게 만드는 건 어려워도 좆되게 하는 건 쉽다고 하더라. 종운아, 그점에 대해서는 어떻게 생각하냐?"

손말영이 당최 자신에게 왜 그러는지 알 수 없는 박종운이었으나, 잃을 것 없는 놈의 눈빛에 섣불리 말할 수 없었다.

"말영아, 내가 너한테 뭘 어쨌기에 그러냐? 다음에 대화하면 안 되겠니?"

"뭘 어쨌기에 그러냐고? 호호홍……. 그러지 말고 거기 앉아봐."

"그러면 기다려 줘라. 여자친구부터 집에 보내고 다시 얘기하자."

박종운이 문을 열자, 손말영이 주먹으로 탁자를 내려쳤다.

"둘 다 앉아! 한 명이라도 가면 알아서 해. 박종운이 넌 잃을 게 많겠지만 난 잃을 게 없어. 좋은 말 할 때 둘 다 앉는 게 이로울 거야. 어이 박종운이, 너는 내가 왜 왔을 것 같냐? 허허허 허……."

손말영의 음흉한 웃음에 구시은이 몸을 떨었다.

"빨리, 앉아!"

둘이 자리에 다시 앉는 순간, 줄가자미 회와 술이 나왔다. 손말영이 손으로 회 몇 점을 집어 간장에 찍은 뒤 입에 넣었다.

"음, 맛이 정말 좋구만? 여기 잘하네, 잘해. 괜히 비싼 곳이 아니야. 그치?"

손말영은 술병을 구시은에게 건넸다.

"이름이 어떻게 됩니까?"

"구, 구, 구시은이요."

"그래요, 시은 씨? 술 한잔 따라 줘요. 전우의 아내가 될 사람이 따라 주는 술을 한 잔 마셔 보고 싶네요."

아무도 손말영에게 뭐라 하는 사람이 없었다. 박종운이 자신이 술을 따라 주겠다며 술병에 손을 댔다.

"쓰으읍! 손 치워."

구시은이 떨리는 손으로 술을 따랐다. 손말영은 야릇한 웃음을 짓더니 술을 털어 마셨다.

"캬, 술맛 좋다. 종운아, 너 어디서 저렇게 참한 신부를 구했냐?"

박종운은 대답하지 않았다.

"나는 네가 여자 안 좋아하는 줄 알았어. 너 이 새끼, 부대에서 남자 좋아하지 않았냐? 네 좆을 거쳐 간 애들이 몇 명이냐? 왜 개네는 안 왔을까? 군대 고참이 결혼한다는데 와서 총각파티 좀 오지게 해 주지?"

박종운은 당황해했다.

"야, 손말영! 지금 신부 될 사람 앞에서 그게 무슨 개소리야? 내가 언제 그런 짓 했어?"

"크ㅎㅎㅎㅎ……. 이 새끼 당황하네. 아니면 아닌 거지 왜 화를 내냐? 이제야 예전 성격 좀 나오네? 어이 구시은 씨, 뭐 하나 물어 봅시다."

구시은은 토끼처럼 눈을 동그랗게 떴다.

"네?"

"남편이 될 박종운이가 때리진 않나요?"

"때리지 않아요. 저에게 엄청 잘해주는 걸요."

"에이, 아니야. 결혼하기 전에 격투기나 호신술을 배워 놓는 것이 좋을 겁니다. ㅎㅎㅎㅎ. 박종운이가 손버릇이 아주 더러워요. 일이 안 풀리거나 화가 나면 언제 시은 씨에게 손을 댈지 모릅니다. 군 시절에 윗사람들한테 쿠사리 먹거나, 기분이 나쁜 일이 생기면 쉬는 애들을 2열 종대로 세워서 두들겨 팼어요. 정말 별것도 아닌데 꼬투리 하나는 잘 잡던걸요? 종운아, 내 말이 틀리냐?"

박종운은 고개를 저었다.

"시은아, 아니야. 저놈이 나를 모함하는 거야. 내가 너한테 손을 댄 적 있어? 화낸 적도 없잖아. 그냥 군 생활하면서 나한테 꼬인 게 있어서 심술이 나 그러는 거야. 애들아, 안 그러냐?"

손말영이 오기 전까지만 해도 선임 취급했던 후임들이 눈을 피했다. 박종운은 억울했다.

"아니야, 아니라고! 야, 손말영이 너 나와서 이야기 좀 하자."

4

　박종운은 일식집 뒤 인적이 드문 곳으로 간 후 그 자리에서 손말영에게 주먹을 날렸다. 주먹은 빗나갔고 손말영이 자세를 낮춰 박종운의 복부를 때렸다. 픽 소리와 동시에 박종운이 쓰러졌다. 태어나서 처음 느낀 고통이었다. 손말영은 아랑곳하지 않고 박종운의 오른쪽 갈비뼈를 찼다. 위부터 장까지 퍼지는 통증에 토사물을 쏟았다.

　"어이 박종운 병장님, 무모한 짓 하지 마세요. 기를 쓰고 칼을 들고 덤벼도 나 못 이겨요. 알겠냐, 이 씹새야?"

　"말영아, 도대체 나한테 왜 이러는 거냐고……. 원하는 거 있으면 해 줄게. 우리 시간을 가지고 천천히 이야기하자."

　손말영은 박종운 앞에 쭈그리고 앉아 담배에 불을 붙였다.

　"종운아, 내가 왜 나타났을 것 같아? 네가 알아내면 아무 일도 저지르지 않고 사라져 줄게."

손말영은 일식집으로 들어갔다. 박종운은 덫에 걸린 기분이었다. 차라리 전우들을 만나지 않았더라면 이런 일도 일어나지 않았을 텐데, 후회됐다. 무엇보다 구시은이 걱정이었다. 자리를 비운 사이 후임들이 보내 줬으면 하는 기대를 했으나, 모두 자리를 지키고 있었다. 송말영은 자리에 앉아 박종운에게 빨리 오라며 손짓했다.

"시은 씨, 제 소개가 늦었네요. 저는 손말영입니다. 보시다시피 좀 미친 것 같죠? 그렇습니다. 정신병으로 일병 때 제대했습니다. 그래도 이 사람들 전우죠. 흐흐흐흐……."

손말영이 땅을 짚고 기어가 구시은에게 손을 건넸다. 구시은은 차마 그의 눈을 보지 않고 손을 잡았다. 그가 누런 이를 드러내며 웃을 때마다 썩은 냄새가 풍겼다.

"이렇게 만나게 되어 영광입니다. 제가 박종운에 대해서 누구보다 잘 압니다. 낱낱이 가르쳐 드리죠."

손말영은 다시 자신의 자리로 갔다. 그러곤 손으로 회 몇 점을 집어 먹었다. 박종운은 구시은에게 왜 가지 않았냐며 속삭였다.

"너 혼자 두고 내가 어떻게 가……."

박종욱은 어디서부터 일이 꼬였는지 답답했다. 후임들은 왜 말이 없는 것인가?

244

"말엲아, 저기……."

갑자기 손말영이 젓가락을 집어 박종운에게 던졌다.

"이 새끼가, 내가 네 친구냐? 계속 말영이라 하네? 내가 너보다 세 살 위다, 씹새야."

손말영은 정신이상자가 틀림없다. 불같이 화를 내다가도 웃으며 "몰래카메라, 몰래카메라"라고 했다. 박종운은 아무 말도 할 수 없었다. 손말영은 전우들에게 술을 따랐다. 서정후부터 김민구까지 상기된 표정으로 잔을 받았다.

"우리 전우 아니냐? 참 좆 같은 전우. 때는 바야흐로 2013년이지? 내가 전방에 가지 않은 걸 아버지께서 다행으로 여겼는데 말이야. 서부 해안경계부대만큼 좆 같은 곳도 있을까 싶어? 일단 바닷바람 때문에 존나 추워요. 우리는 전투모 안 쓰고 방한모 쓰지 않았냐? 그런데 이등병은 선임 말을 들어야 하니까 방한모도 벗어야 해. 그때부터 내가 알아봤지. 여기 군생활 참 좆같구나! 정후야, 나한테 왜 그랬냐?"

서정후는 고개를 숙이며 "죄송합니다"라고 했다.

"아니, 씨발! 누가 너한테 사과받고 싶다고 했어? 나한테 왜 그랬냐고? 새끼야!"

서정후는 떨리는 목소리로 대답했다.

"부대 관례상 어쩔 수 없었습니다. 설명할 것도 많고 후임을 부대에 적응시키려면 많은 설명이 필요했습니다."

"서정후 상병님아, 좆 까세요. 씨발, 옛날이야기 꺼내니까 열 받네? 다음 황춘효 상병님아. 너는 새끼야 내가 신병일 때, 왜 A급은 네가 다 가져가고 폐급을 준 거냐? 혹시 내가 폐급1호라서?"

황춘효도 떨리는 목소리였다.

"저, 전투복과 전투화가 해, 해져서 관례상 사, 사이즈가 맞는 후임이 들어오면……, 죄, 죄송합니다."

"그래, 가져갈 수도 있지. 전투복이 떨어지거나 전투화가 해지면 후임 것이랑 바꿀 수 있지. 그런데 씹새야, 너는 귀가 먹었냐? 왜 계속 내 몸을 치는 거냐? 입이 닳도록 관등성명 크게 했는데, 왜 계속 몸을 치면서 관등성명 말하게 하냐고?"

황춘효는 눈물을 쏟았다.

"죄, 죄송합니다."

"아니, 씨발아. 왜 쳤냐고 묻잖아. 귓구멍에 좆 박아서 그런 거냐? 아니면 그냥 후임이니까 가지고 논 거냐? 말해봐!"

박종운은 등골이 오싹해졌다. 녀석들이 왜 이렇게 고분고분 말을 듣고 있는 걸까? 어쩌면 손말영에게 약점을 잡히거나 신변을 위협받고 있다는 생각이 들었다. 그렇다면 결국 자신도 손말영이 설치한 덫에 걸린 게 틀림없었다.

"하……, 존나 릴릴게 이등병 생활했지. 말도 못 해, 부정도 못 해, 기상나팔 울리면 불 켜고 선임들 모포까지 개 줘야 하지, 슬리퍼 정리에, 청소에……. 잘해보려고 했어. 솔직히 짝대기 하나 더 달면 나아지리라 생각했다. 그런데 저 좆 같은 박종운 새끼 때문에 인생이 꼬였어. 종운아, 네가 무슨 짓을 했는지 기억나냐?"

박종운은 떠오르지 않았다. 녀석의 예측 불가능한 행동이 무서웠다. 자신이 할 수 있는 건 잘못했다고 비는 수밖에 없었다.

"말영 씨, 미안합니다. 군 생활 중에 제가 마음 아프게 했다면 사과하겠습니다. 제발 넓은 아량으로 용서해 주십시오. 저는 이 친구와 행복하게 결혼해서 잘 살고 싶습니다. 제발 집에 좀 보내 주세요."

"크하하하……. 아이고 박 병장님아, 왜 울먹이십니까? 세월이 야속하네? 잃을 것 없던 박종운이는 어디 가고 나약한 폐급 새끼가 앉아 있는 거야? 갑자기 이 새끼한테 보일러실에 끌려가 맞았던 기억 나네. 박종운 씨, 겨울에 매복 작전 기억 안 나십니까? 스키파카, 방한바지, 방한장갑 사이즈 작다고 보일러실에서 개 패듯 때리지 않았습니까? 사이즈 가르쳐 준 적도 없으면서 내가 어떻게 알아? 흐흐흐흐……."

박종운은 손말영 앞으로 가 고개를 숙였다.

"그것 때문이라면 지금이라도 저를 때리시고 화를 푸세요."

"왜 그러세요, 박 병장님? 저 그것 때문에 온 거 아니에요. 정말 기억 못 하나 봐? 빨리 자리로 돌아가세요. 허허허허……."

손말영은 술잔을 허정민에게 내밀었다.

"갑자기 동기가 따라주는 술이 마시고 싶네? 허 형, 한 잔 따라줘요."

허정민도 손을 떨었다.

"왜 떠시나? 내가 고문관 1호고, 형이 2호 아니요? 크흐흐흐……. 배신자! 내가 박종운 저 새끼한테 한창 맞다가 못 참고 소원 수리를 썼지. 부대에서 박종운 병장이 가혹행위를 한다고 말이야. 그런데 염기철 그 씹새가 나랑 박종운을 같이 부르더라고. 그러더니 대뜸 화해하라고 하는 거야? 나는 박종운 저 새끼 영창을 가거나, 재판이라도 받는 줄 알았어. 고작 화해하고 끝이라니……. 당시 행정병이 허 형 아니었어? 어떻게 염기철이 나라는 걸 알았을까? 크흐흐흐……. 난 박종운 저 새끼가 부대에서 괴물이 된 건 염기철 때문이라고 봐. 재밌는 사실 하나 가르쳐 줄까? 염기철이 내가 죽였어."

박종운의 동공이 심하게 팽창됐다.

"어이, 박종운이 뭘 그렇게 놀라나? 염기철이 말이야. 말로는 적이 언제 급습할지 모르니까 언제나 긴장하고 전투태세를 갖

248

췄아 한다 말하지 않았냐? 새끼가 으슥한 곳에서 여자 신음 소리가 나니까 무방비 상태더라고. 냅다 대갈통을 깼지. 끼히히히……."

손말영은 다시 회를 집어 먹으며 쩝쩝 소리를 냈다. 그러곤 김민구를 빤히 쳐다보며 나오라는 눈치를 줬다. 김민구가 냅다 일어났고 그 자리에 손말영이 앉았다.

"시은 씨, 박종운 씨 사랑해요? 으흐흥?"

구시은은 울먹이며 고개만 숙였다. 박종운은 손말영이 그녀에게 해코지라도 할까, 조마조마했다.

"에이 박종운 씨, 나는 너처럼 그렇게 욕망 덩어리가 아니니까 걱정 마. 시은 씨는 저 새끼가 얼마나 더러운 놈인지 모르죠? 후임들에게 여자친구 벗은 사진을 찍어 오라던 놈이에요. 저런 새끼가 운이 좋아서 방송에도 나오고 잘나가는데……. 쓰레기야, 쓰레기!"

구시은이 의심의 눈으로 자신을 보자, 박종운은 고개를 저었다.

"아니야, 아니라고……."

"종운아, 네 신부 될 사람에게 거짓말하면 안 되지! 춘효야, 네가 잘 알잖아? 너 새끼 박종운 따까리 시절에 애무부장관 아니었냐? 내 말이 거짓말이냐? 박종운이 거짓말이냐?"

황춘효는 박종운을 흘겨봤다.

"손말영 형님 말이 맞습니다. 박종운이 후임들 여자친구들한 테 흑심 품었어요. 휴가 나가면 술 사 준다며 꼬셔서 같이 자기 까지 했습니다. 저 쓰레기 새끼가 사진까지 찍어서 후임한테 들 이밀면서 조롱했습니다. 그, 그리고……."

"그리고 뭐?"

"시은 씨 이야기도 했습니다. 정확히 기억이 납니다. 고등학 교 시절에 덮치고 싶은 여자애가 있었는데, 구시은이라고 했습 니다. 확실합니다. 밤마다 하고 싶다면서……."

구시은이 박종운을 노려봤으나, 박종운은 계속 고개를 저었다.

"동기야, 너는 박종운한테 당했잖아? 그때 네 여친을 저 새끼 가 어떻게 했냐고 크흐흐흐……."

조동기의 눈에 핏발이 섰다. 손말영은 말 몇 마디로 사람의 감정을 혼란케 했다.

"시은 씨, 화나지 않습니까? 당신 반려자가 될 사람이 저런 쓰레기예요. 그런데도 결혼하시겠습니까?"

손말영의 행동에서 박종운은 자신의 군생활이 떠올랐다.

5

2012년 조금이라도 편하게 살려면 상급자가 원하는 걸 이루어줘야 했다고 생각했다. 위에서 시키면 최선을 다했고 그것이 도덕적으로 문제가 있어도 상관없었다.

"이병, 박종운! 맡겨만 주십시오. 저는 잃을 것이 없습니다."

어차피 시간이 지나면 계급은 올라가고 자신에게도 권력이란 게 생긴다는 걸 알았다. 그때까지 상급자가 시키면 목숨까지 바치는 시늉도 했다. 나이도 어리니 귀여움받았고 사회생활 잘한다고 인정받으니 서로 자기 아래에 두고 싶어 했다. 계급 사회에서는 줄을 잘 타야 한다는 말에 염기철 중사가 아끼는 선임들 라인으로 들어갔다. 작대기가 하나씩 늘어날 때마다 권력은 강해졌다. 단체 기합에서도 열외, 힘든 건 모두 피해갔다.

염기철은 병사들이 위에서 다루기 쉬운 존재가 되어야 한다고 했다. 군기가 흩어지는 걸 누구보다 싫어했기에 늘 엄격했다.

박종운에게는 호재였다. 병사들의 행동을 통제하며 정신개조에 앞장섰다.

짬밥 좀 먹으니까 사람이 두 부류로 보였다. 다루기 쉬운 놈과 다루기 어려운 놈이다. 둘 다 다루기 쉬운 놈으로 만들어야 했다. 살다 보면 정의감이니, 희생이니 하는 위선자들을 만나게 되는데, 아주 짜증이 났다. 까라면 까는 것이 군 생활인데 말이 너무 많았다. 군대에 인권이 어디 있나? 위계질서가 무너지면 군대는 제 역할을 할 수 없다. 팔을 걷어 올렸다. 내리사랑이란 명목으로 후임이 실수하면 직속 선임을 폭행했고 개인적인 생각을 갖지 못하게 했다. 이등병은 맞선임 외에 대화를 걸 수 없게 했고 이등병끼리 대화도 금지했다. 그중 열심히 해 보려는 놈이 생기면 특별 대우해 주고 내 사람이란 인식을 심어 줬다. 결과는 대성공이었다. 사람은 일거수일투족 쪼아야 실수를 하지 않는다. 괜히 사회적 동물이 아니란 말이다.

문제는 자신보다 4개월 빠른 선임이었다. 이름은 현성문, 애들 좀 잡으려면 어느새 나타나 훼방을 놓는 놈이었다. 병장 달고 난 뒤부터 정의의 사도라도 되는 것처럼 애들 손도 못 대게 했다. 처음 들어왔을 때부터 고참들이 가장 싫어하는 인물로 타협이란 없었다. 우리 세대에는 가혹행위 없는 군 생활을 만들자며 박종운을 찾아왔으나 말도 안 되는 소리였다.

"에이 씨발, 좆까고 있네. 정후야!"

"상병 서정후!"

"현정문이 제대 얼마나 남았냐?"

"두 달 남았습니다!"

"씨발, 요즘 애새끼들이 현정문이 믿고 존나 뻐기지?"

"그렇습니다. 특히 폐급 새끼들이 현 병장을 신처럼 따르고 있습니다. 일을 시켜도 따박따박 말대꾸를 하니까 기가 찹니다. 오늘도 손말영이 새끼한테 빨래를 시켰는데 말입니다. 무시하는 겁니다. 현 병장 들먹이면서 말입니다. 훈련이라도 나가면 벌벌 떠는 새끼들이……. 저랑 춘효랑 애들 한번 잡게 해 주십쇼. 책임지고 진행하겠습니다."

"아냐, 아냐……. 지금은 잡지 마. 대신 새끼들한테 전해. 현성문이 나가면 누가 실세일 것 같냐고……. 기회 줄 때 줄 잘 서라고 전해! 그리고 현성문 새끼 자체가 폐급이라서 친한 놈이 없어서 잘해주는 거라고, 부대를 망치는 원흉이라고 가르쳐 줘라."

괜히 좌정후, 우춘효라 불리는 게 아니었다.

"너희들 누구랑 군 생활 더 오래 할 것 같냐? 박 뺌이냐, 현 병장이냐? 그거 아냐? 박 뺌 나가면 우리 둘이 실세다. 그렇게 따지면 누구 라인이랑 군 생활 오래 할 것 같냐고? 현 병장이 너희한테 왜 잘해 주는 것 같냐? 어이 허정민이 말해 봐."

"일병 허, 정, 민! 그, 그러니까, 모, 모두 구, 군 생활을 거, 건강하게 마, 마치기 위……."

"아주 지랄을 해라. 지랄을 해. 씨바 현 병장이 애새끼들 다 버려놨네. 정민아, 군대 왜 왔냐? 나라 지키려고 오지 않았냐? 군인이 나라를 생각해야지 개인을 생각하면 안 되지? 너희들 때문에 우리가 욕먹는 건 생각 안 하냐? 후임 새끼들 생겨봐서 알잖아? 그 새끼들 좆같이 굴면 너네들도 피 본 경우가 없냐? 너네도 상병 달고 병장을 단다. 우리를 이해할 때가 올 거야. 아무튼 잘 생각해라."

모든 것이 박종운의 뜻대로 됐다. 느슨했던 군 생활에 긴장감이 돌았다. 내무실에서 현성문의 존재감은 작아졌다. 병사들 대부분이 리더십도 없고 줏대도 없는 폐급 병장으로 인식했다. 그럼에도 손말영은 여전히 현성문 옆에 있었다. 손말영은 박종운의 눈엣가시였다. 매일 밤 손말영을 괴롭혔다.

"말영아, 너는 우리가 하는 말 못 들었냐? 현성문이가 너 군생활 책임질 것 같아?"

매일 밤 부르고 잠을 재우지 않아도 고집을 꺾지 않았다. 그럼에도 짜증나는 건 녀석도 현성문처럼 가르치려 했다.

"왜 이렇게까지 하십니까. 어떻게 처음부터 잘할 수 있겠습니까? 후임이 군 생활에 적응할 수 있도록 도와주는 게 선임의 역할 이ㅂ니까!"

"이제 일병밖에 안 된 새끼가 고참을 가르치네? 여기가 사회냐? 요즘에는 사회에서도 나이 필요 없어, 씨발아. 얘들아, 잡아라."

현성문이 제대하던 날, 지켜줄 사람 하나 없는 손말영은 매일 지옥이었다. 후임 관리를 소홀히 했다며 맞는 건 일수였고 그때부터 성희롱도 당했다. 이미 폭력에 순응한 녀석들이 박종운의 성 노리개가 되어 있었다.

"말영아, 그러니까 줄을 잘 서야지. 이제 현성문이는 없다. 너도 이 새끼들처럼 똥꼬라도 빨면 그땐 군 생활 편하게 해줄게. 어때?"

박종운이 바지를 벗어 엉덩이를 들이밀었다. 손말영은 얼굴을 돌렸지만 노리개 중 하나가 머리를 잡고 엉덩이로 들이밀었다. 보일러실 비웃음 소리가 머리를 어지럽게 했다. 견디지 못한 손말영은 박종운이 자신에게 했던 일을 적어 소원수리함에 넣었다. 박종운의 악행이 알려지고 처벌받을 줄 알았다.

"손말영이, 너 소원수리 썼냐? 소대장이랑 기철이 형이 부르더라? 흐흐흐……, 너 좆됐어!"

익명으로 썼는데, 어떻게 자신이 쓴 줄 알았을까? 손말영은 떨리는 손으로 행정반 문을 두드렸다. 소대장과 염기철, 그리고 박종운이 함께 있었다. 염기철은 사타구니를 긁어대며 말했다.

"내는 이 사안을 백 프로 종운이 탓으로 안 본다. 손뼉도 마주 쳐야 소리 난다 아이가? 손말영이 니한테도 어떤 이유가 있든 있을 끼다. 가뜩이나 부대 분위기 안 좋은데, 시끄럽게 하지 말 고 종운이 니가 사과하고 끝내라."

박종운이 손말영에게 먼저 손을 내밀었다.

"나는 우리 말영이가 군생활을 너무 재미없게 하는 것 같아서 몰래카메라 같은 걸 준비한 건데 많이 힘들었구나? 네가 힘들었 다면 사과한다."

손말영은 혼란스러웠다.

"뭐하노? 손말영이 퍼뜩 고참 손 안 잡나?"

죽기보다 싫었으나 박종운의 손을 잡았다.

"그래, 이만 나가봐라. 그리고 박종운이 몰래카메라 살살 해라!"

"충성!"

문을 닫은 박종운의 표정이 변했다.

"야 손말영이, 네 위로 내 밑으로 다 집합하라고 해라. 알 겠나?"

손말영은 피가 말랐다. 더 이상 박종운을 막을 힘이 없었다.

"박 병장님, 제가 전부 잘못했습니다. 한 번만 용서해 주십시오."

"이제 와서? 야 이 새끼야, 넌 사람 잘못 봤어. 넌 잃을 게 많아도 난 잃을 게 없는 놈이거든! 빨리 네 위로 내 밑으로 집합하라고 해!"

지옥이었다. 누가 요즘 군대가 좋아졌다고 했는가? 손말영이 보는 앞에서 고참들은 박종운에게 복부를 수없이 맞았다.

"춘효야, 내가 뭐하나 물어보자."

"상병 황, 춘, 효!"

"손말영이가 나한테 왜 이러는 것 같냐? 고참이 자기보다 어려서 얕보는 거 아니냐? 너네들도 내가 우습지? 씨발놈들이 말이야, 너네 사람 잘못 봤어!"

일제히 "아닙니다!"라고 외쳤지만 이미 박종운의 눈은 돌아갔다.

"손말영이가 저렇게 된 건 너희 때문이다. 저 새끼 버르장머리 단단히 고쳐놔라!"

박종운이 나가자, 모두가 손말영을 경멸의 눈으로 봤다. 죽고 싶었다. 그날 이후부터 현성문과 같은 취급을 받았다.

6

박종운은 두려웠다. 손말영이 자신을 살려둘 리 없었다. 그
때, 구시은이 박종운의 팔을 흔들며 속삭였다.

"나…… 화장실이 너무 가고 싶어. 어떡해?"

박종운은 구시은이 화장실 가는 척하며 경찰에게 신고 할 거
라 생각했다.

"저, 저기……. 죄송하지만 여자친구가 화장실을 가고 싶어
합니다……."

손말영이 히쭉이더니 허락했다.

"대신 핸드폰 놓고 가!"

박종운은 속으로 비웃었다. 핸드폰은 누군가에게 빌려도 되
고, 밖으로 나가서 경찰을 불러와도 이 상황은 끝이었다. 핸드폰
을 놓고 가라는 손말영이 멍청해 보였다. 구시은은 방을 나갔다.
박종운은 드디어 손말영의 손아귀에서 벗어날 수 있겠다며 좋

아했다. 더욱이 손말영도 졸음이 오는지 무거운 눈꺼풀을 억지로 뜨려 했다.

호재였다. 이참에 밖으로 나가서 구시은을 데리고 도망쳐도 될 것 같았다. 슬쩍 일어나려고 상황을 보던 참이었다. 문이 열렸다. 구시은이었다. 박종운의 생각과 달리 구시은의 안색이 어두웠다.

"저…… 저기요. 왜 문이 잠겨 있어요? 밖으로도 나갈 수 없고 직원도 아무도 없고 창문도 잠겨 있고……."

구시은이 울먹이자, 박종운은 앞이 캄캄했다. 송말영은 크게 웃었다.

"크ㅎㅎㅎㅎ……. 박종운이 내가 네놈한테 그냥 나타났을 것 같냐고?"

박종운은 좀 전에 밖에 나갔을 때가 기회였다는 생각이 들었다. 손말영이 자신을 죽일 거란 생각에 무서웠다. 서정후, 황춘효, 허정민, 김민구도 몸을 떨어댔다. 손말영은 자신이 앉은 자리 옆을 치며 구시은에게 앉으라고 했다. 구시은이 고개를 흔들자, 황춘효를 걷어찼다.

"뭘 보고만 있어? 당장 데려와!"

황춘효는 도망치는 구시은을 데려왔다. 박종운이 손말영에게 기어가 빌었다.

"말영 형님, 제가 전부 잘못했습니다. 제가 형님께 못된 짓 많이 했습니다. 보일러실에서 때리고, 내무반에서 따돌리고, 성희롱해서 죄송합니다. 이제 모두 기억이 났습니다. 형님, 제발 이렇게 빕니다. 제가 돈으로 모두 보상하겠습니다. 제발 이제 풀어주세요."

"크ㅎㅎㅎㅎ……. 종운아, 도대체 뭘 믿고 그런 거냐? 너 정말 사람 잘못 봤어. 넌 잃을 게 많아도 난 잃을 게 없어진 놈이거든! 춘효야, 어서 시은 씨 데려와라."

황춘효가 구시은을 데려와 손말영 옆에 앉혔다. 그녀가 눈물을 흘리자, 손말영이 어깨를 감쌌다.

"송운아, 아직 듣고 싶은 답이 안 나왔다. 더 생각해 봐. 너 이 새끼 사람 마음에 말뚝 박을 때 생각도 안 해 보고 그 짓거리를 했냐?"

박종운은 망연자실했다. 머리를 흔들어도 기억나지 않았다. 손말영은 조동기에게 구시은을 밀었다.

"동기야, 복수 안 하고 싶냐? 그때 박종운이 네 여자친구한테 어떻게 했냐?"

조동기의 눈이 상기되자, 박종운이 몸을 날려 구시은을 감쌌다.

"제…… 제발, 이러지 마세요. 제, 제발요……."

손말영은 회를 잘근잘근 씹었다.

"그러니까 이게 마지노선이라고 빨리 기억 좀 해라. 힌트 하나 줄까?"

박종운은 고개를 마구 흔들었다.

"네, 주십시오. 제가 반드시 기억해 내겠습니다."

"잘 들어, 한 번만 설명한다. 네가 나랑 정민이 형, 민구 형한테 별명을 지어줬어. 그게 뭘까?"

"폐급 1호, 폐급 2호, 폐급 3호입니다."

"거기서 두 명은 재활용 1호, 2호가 됐잖아? 그런데 난 왜 여전히 폐급 1호일까?"

전혀 기억나지 않았다. 박종운이 고개를 저었다. 손말영은 분노했다.

"야 이 개새끼야! 이 새끼, 정말 인간말종이네? 네가 그걸 기억 못 하면 어떡하냐?"

손말영은 박종운의 멱살을 잡아 얼굴을 내려쳤다. 박종운의 입술이 터지며 피가 흘러내렸다. 아무도 손말영을 말리지 않았다. 박종운은 짐승처럼 울부짖었다.

"제, 제발요. 이렇게 부탁할게요."

손말영은 술을 따라 마시며 미친 듯이 웃었다.

"끼히히히히. 아무도 살아서 못 돌아가겠는데? 얘들아, 어떡하나?"

서정후, 황춘효, 조동기, 허정민, 김민구가 일제히 박종운의 멱살을 잡았다.

"어서 기억해 내란 말이야. 이러다가 다 죽는다고!"

"시간이 없어, 빨리 기억해!"

박종운을 잡고 흔들었지만 이미 이성을 잃은 듯 눈이 풀려 있었다. 도대체 무엇 때문에 손말영이 괴물이 된 걸까? 허약하고 겁도 많은 녀석이 왜 나타났는지 박종운은 궁금했다. 불현듯 손말영의 제대가 떠올랐다. 다리가 부러져 의가사 제대를 했다. 누가 때리지도 않았고 밀지도 않았다. 자신이 발을 헛디뎌 넘어지며 생긴 일이었다. 그것마저 가혹행위였다면 말했을 것이다. 손말영은 그저 지난날의 가혹행위가 억울한 것일까? 박종운이 뿌리치며 손말영에게 갔다.

"혹시 착각하는 거 아니에요? 부대에서 다리 부러진 거 제가 한 것 아니에요. 그거 말영이 형님이 계단에서 구른 거잖아요. 그것 때문에 이러시는 거면 그만하세요. 지난 일은 제가 어떻게 해서든 보상하고 사과할 테니까요."

"지랄하네. 애들아 걍 뒤져야겠다. 이 새끼는 영원히 기억 못할 것 같아. 이제 30분도 안 남았어."

다섯 사내는 살려 달라고 빌었다. 박종운은 그들에게서 이상한 걸 발견했다. 오른쪽 발목마다 붉은빛이 깜박였고 동시에

"삑" 하고 소리가 울렸다. 그들은 울어댔다. 상식적으로 설명되지 않았으나, 손말영이라면 발목에 폭탄을 설치했을 것 같았다.

"운이 좋으면 살 수도 있을 거야. 대신 걷는 건 어렵겠다. 종운아, 아직도 기억이 나지 않니? 여기서 다 죽을래? 난 잃을 게 없다."

박종운이 머뭇거리는 사이, 구시은이 일어났다.

"야, 박종운! 이게 다 너 때문이잖아. 나, 너 같은 쓰레기랑 결혼 안 해. 죽게 생겼는데, 무슨 결혼이야? 내가 살아서 여길 나가도 너랑 끝이야."

박종운은 지금까지 쌓았던 모든 게 무너져 내려갔다. 구시은을 붙잡으려 했지만 소용없었다. 그녀는 재빨리 손말영 곁으로 갔다. 지금까지 박종운이 알던 그녀가 아니었다. 그녀는 살기 위해 손말영 무릎에 앉아 아양을 떨었다.

"말영 씨, 저런 폐급 새끼들은 그냥 죽게 놔둬 버리고 우리라도 살아요."

간드러진 그녀의 목소리에 손말영의 손이 허리를 감쌌다. 구시은은 자켓을 벗고 팔로 손말영의 목을 감쌌다. 박종운은 고함을 질렀다.

"제발 시은아, 정신 차려. 안 돼! 제발 안 돼! 씨발, 하지 마!"

소용없는 짓이었다. 손말영과 구시은은 뜨거운 포옹을 하며 입을 맞췄다. 박종운이 몸을 던지려 했지만 다섯 사내가 잡고 놓아 주지 않았다. 구시은은 박종운을 경멸의 눈으로 봤다.

"병신아, 애초에 너 따위 관심 없었어. 네가 가진 돈에 관심이 있었지. 어차피 결혼했어도 너랑 이혼해서 위자료 왕창 받아내려 했다고. 씨발, 불결해. 나 여기서 나가면 너한테 소송 걸 거야. 씨발놈아!"

손말영이 구시은이 가슴을 만졌고 구시은이 신음소리를 냈다. 박종운은 거품을 뿜으며 부르르 몸을 떨다가 기절했다. 조동기가 박종운의 몸을 흔들었지만 아무런 기척이 없었다.

"어, 어떻게 할까요?"

손말영이 싱긋이 웃었다.

"어떻게 하긴 어떻게 해. 그냥 차에 태워라. 이 새끼 운은 이제 끝났어. 정신을 차리면 세상이 달라졌음을 알게 될 거다. 구시은, 1년 동안 수고했다. 흐흐흐흐흐……."

구시은의 눈이 반달이 됐다.

"그런데 이 새끼, 정말 자기가 한 일을 모르는 것 같아. 오빠, 사과 못 받아서 아쉽지 않아?"

"전혀! 앞으로 이 새끼가 어떻게 살지 기대가 된다. 이히히히히!"

264

에필로그

2013년 그날도 죽고 싶은 날이었다. 정말 죽으려고 마음먹은 날, 아버지가 면회를 왔다. 불길한 꿈 때문에 찾아 왔다는데, 걱정 끼치기 싫었다. 아무 일 없고 건강하다고 했으나, 아버지는 불안하셨던 것 같다. 잠시 외출이 가능해 밖을 나갔는데, 내겐 카페에서 쉬고 있으라고 말 하시고는 어디론가 사라지셨다. 한참을 살아야 하나, 말아야 하나 고민하고 있는데, 아버지가 들어와서 웃으셨다.

아버지의 차 뒷좌석에는 치킨이 한가득 실려있었다. 족히 스무 마리 정도 있었다. 전우들이랑 나눠 먹으라는데, 기쁘지 않았다. 아버지께 다시 집에 들고 가서 지인들 나눠 주란 말은 차마 할 수 없었다. 치킨을 사 왔다고 해서 누가 좋아할까? 식도부터 장까지 꼬여 버린 기분에 구역질이 나왔지만 참았다. 아버지는 부대에 전화해서 치킨을 같이 들고 갈 사람들을 부르라며 핸드폰을 내게 주었다. 속으로 생각했다. 적어도 사람이라면 나쁘게 생각하지는 않겠지. 전화를 걸었다.

"충성, 해안경비부대 일병 손말며······."

말이 끝나기도 전에 욕부터 들었다.

"씨발, 귀 안 먹었다. 폐급 1호 새끼야. 무슨 일이냐?"

"일병 손말명, 저희 아버지께서 나눠 먹으라고 치킨을 너무 많이 사 주셨습니다. 손이 부족해서 그렇습니다만 도와주십시오!"

"야 이 씨발놈아, 네가 뭔데 선임한테 이래라저래라 명령이야? 너 미쳤어? 이 폐급새끼가 보자보자 하니까 보자기로 보이나? 씨발 군기가 빠져서 하늘을 날아다니네. 너 이 새끼야, 각오해라."

당황해서 전화기를 끊어 버렸다. 아버지의 얼굴을 봤다. 당황하고 놀라서 손을 떨고 계셨다. 어디로 도망치고 싶었지만 순식간에 부대에 도착했다. 앞에는 박종운과 김민구가 서 있었다. 박종운은 나를 보자마자 고함을 질렀다.

"손말명이 일루 와! 빨리 텨 와!"

아버지가 차를 세우기도 전에 내렸다. 박종운은 차렷과 열중쉬어를 반복해서 시켰다. 아버지는 어떻게든 오해를 풀어보려고 차에서 내렸다.

"안녕하세요. 저는 말영이 아버지입니다. 실례지만 말영이 선임⋯⋯."

박종운은 투명인간처럼 아버지를 대했다. 계속해서 내게 차렷과 열중쉬어를 반복해서 시켰다. 아버지가 박종운의 팔을 잡았다.

"아저씨, 뭐야?"

아버지는 말이 미세하게 떨림을 느낄 수 있었다.

"안녕하세요. 저는 말영이 아버지입니다⋯⋯."

"그래서요?"

박종운은 악인이다. 아니 악마다.

"손말영 일병, 너 군인 맞냐? 이게 진짜 폐급이네? 부대규칙을 준수하지 못해 군기확립 시키고 있는 선임에게 아버지를 데려오면 어쩌겠다는 거야? 난 이런 기분으로 너랑 군 생활 못 하겠다."

사람 속을 뒤집어 놓던 박종운은 들어갔다. 아버지가 걱정이었다. 아버지 눈에 눈물이 고여 있었는데, 나는 괜찮다고만 말했다. 아버지 차에서 김민구와 정신없이 치킨을 꺼낸 후 뒤도 돌아보지 않고 생활관으로 갔다. 처음으로 사람을 죽이고 싶은 마음이 들었다. 그때, 박종운의 목소리가 들렸다.

"어이, 김민구! 너는 그거 내려놓고 나 따라와!"

김민구가 치킨 박스를 건넸다. 손으로는 더 들지 못해 팔 위에 얹어야만 했다.

"민구야, 그러지 말고 좀 도와줘!"

"씨발, 폐급 새끼……. 너 같은 새끼 때문에 우리까지 힘들다. 난 널 선임으로 안 쳐, 개새끼야."

김민구는 경멸스러운 눈으로 본 뒤, 치킨 박스에 침을 뱉었다. 그걸 본 박종운이 환영하며 김민구를 띄워줬다. 치킨 스무 마리는 무거웠다. 무엇보다 시야가 보이지 않았다. 어떻게든 생활관으로 들어가려는데, 계속 아버지가 눈에 밟혀 혼란스러웠다. 주의를 둘러보지 못한 탓일까, 계단을 내려가던 중 발을 헛디뎌 구르고 밀았다.

"으아아아악!"

다리를 다쳤다. 십자인대파열이었다. 불명예 전역이라는 의가사 제대를 했다. 그걸로 군대와 영원히 이별이라 생각했다.

하지만 아버지는 아니셨다. 내가 걱정할까 봐 말을 아끼던 어머니는 조심스럽게 말을 꺼냈다. 부대에서 아들이 겪은 일을 보고 많이 힘드셨다고 했다. 매일 술로 밤을 지새웠으며 식사도 거르셨다. 제대 후 본 아버지의 모습에 놀랐다. 혼자서 세월을 모두 맞은 사람처럼 바싹 말라 있었다. 아버지는 나를 못 알아보셨다. 그렇게 하루하루 죽은 나무처럼 살아가다가 돌아가셨다. 아버지가 면회 온 날이 마지막 대화였다.

어느 날, 박종운이 텔레비전에 출연했다. 한 번이 아니라, 시대를 이끌어 갈 크리에이터라며 채널을 돌릴 때마다 나왔다. 광고도 찍고 프로그램도 진행하는 모습을 보니 괘씸했다. 나는 이렇게 망가져 사는데, 나를 학대한 저놈이 잘사는 걸 보니 용서할 수 없었다. 그때 일이 더욱 강렬하게 떠올랐다. 죽여야겠다고 마음먹었다. 비단 박종운뿐이겠는가? 놈을 그렇게 방치한 염기철과 놈에게 붙어서 순응한 녀석들에게 복수하고 싶었다.

계획을 세웠다. 어떻게 하면 분이 풀리는 복수할 수 있을까? 먼저 몸을 만들었다. 권투부터 주짓수를 하루도 빠지지 않았다. 놈이 인터뷰한 영상과 신문기사를 모두 찾아 분석했다. 이상한 점이 있었다. 유독 가족 이야기는 빠져 있으나, 가정을 만들고 싶다는 이야기는 넘쳤다. 녀석이 외롭다는 걸 알 수 있었다.

나는 보일러실에서 있었던 일을 기억해 냈다. 녀석이 성 노리개 놈들과 하던 이야기가 떠올랐다. 박종운은 고등학교 동창인 구시은이란 여자가 마음에 든다고 했다. 이름을 빨리 말하면 '귀신'이 되는 것 같아서 외울 수 있었다. 흥신소에 부탁하니 금세 찾을 수 있었다. 박종운의 설명과는 다르게 부산 연산동의 한 룸살롱에서 접대부를 하고 있었다. 그녀는 집안이 풍비박산 나는 바람에 돈이 필요했는데, 빚을 모두 갚고도 자의적으로 돌아가지 않았다고 했다. 나는 그녀에게 제안했다.

"박종운에게 복수를 해야 합니다. 저의 계획에 맞춰서 1년 동안 박종운과 사귀어 주시면 1억을 드리겠습니다."

"아니, 오빠 언제 봤다고 후불이야? 1억 먼저 줘요. 구미가 당기는 일이긴 한데, 활동비라는 게 또 있잖아? 내가 박종운이 가진 돈을 모두 갖게 되면 다시 1억 돌려줄게. 그런데 학창 시절 그 찐따한테 어떻게 그렇게 당했대?"

"찐따라니?"

"그 새끼 중2병으로 유명했어. 맨날 잃을 것 없다고 허세만 부리다가 일진 애들한테는 벌벌 기던 새끼야. 그런 별거 아닌 새끼한테 당했다니, 오빠도 참……."

별것 아닌 놈에게 당했다고 생각하니 화가 났다. 박종운을 나락으로 떨어뜨리겠다고 맹세했다. 구시은은 돈에 미쳐 어떻게 해서든 박종운이 가진 돈을 차지하겠다는 생각뿐이었다. 박종운이 자신을 청순가련한 첫사랑 이미지로 기억하고 있자, 치를 떨었다.

"아주 지 혼자 소설을 쓰고 있었구만? 하긴 그땐 그렇게 보였을지도 모르지. 집에 돈이 있었으니까……."

서정후, 황춘효, 조동기, 허정민, 김민구 주위를 돌면서 녀석들을 납치할 타이밍을 보고 있었다. 건장한 남자 하나를 납치한다는 게 쉽지 않았다. 옆에서 보고 있던 구시은은 어렵게 생각한다며 타박이었다.

"오빠 한 명당 500이야!"

그녀는 이 프로젝트에 진심이었다. 미인계로 다섯 놈을 유혹한 후 술에 약을 타 먹였다. 어둠의 경로로 폭탄제조 전문가를 만났다. 내가 겪은 이야기를 해 주니 '발목 폭탄'이라는 걸 추천해 줬다. 스마트폰 어플리케이션과 연동되어 사용자가 원하는 대로 폭탄을 터뜨릴 수 있었다.

"군대에서 그런 일을 겪으셨군요. 그 사람들 발목에 한번 채워 보세요. 순식간에 당신의 후임병이 될 것입니다. 그것도 아주 말을 잘 듣는 후임병이요. 설명을 잘해 주셔야 합니다. 억지로 끊거나 벗으려 하면 쥐도 새도 모르게 터진다고요. 핸드폰 주시겠습니까? 요걸 요렇게 누르면 폭탄이 터지면서 다리만 날아가게 될 겁니다."

다섯 놈이 눈을 뜨자, 난리를 쳤다. 상황 파악을 시키기 위해 마네킹으로 발목 폭탄의 위력을 보여줬다. 폭탄제조 전문가 설명과는 다르게 마네킹 몸통까지 산산조각이 났다. 녀석들은 울기 시작했다.

"울지 마, 새끼들아! 너희가 나를 이렇게 만든 거야. 너희들도 위에서 시켜서 어쩔 수 없다지만 즐겼잖아? 개새끼들……. 내가 시키는 대로만 해라. 한 명이라도 어기는 새끼들이 있다면 죽을 줄 알아.”

박종운에게 당한 그대로 갚아줄 거라는 말에 다섯 놈은 두려워 떨었다.

“게임을 제안하지. 놈이 나한테 반드시 사과할 일이 있다. 박종운 그 개자식이 내게 한 잘못을 알고 있으면 너희들 아무 조건 없이 살려줄게. 대신 모르면 너희들도 죽을 줄 알아. 너희는 놈을 만나면 박종운이 병장이던 시절처럼 행동해. 너희가 최대한 분위기를 띄우면 내가 들어가 박살낼 거야. 흐흐흐, 재밌지? 어서 귀에 이거 장착해! 내가 시키는 대로 잘 따라 하고.”

“넵!”

구시은이 프로포즈를 받았을 때, 기자에게 알리려고 사진까지 준비해 뒀지만 쓸모없었다. 먼저 기자들에게 연락할 줄이야. 구시은에 대한 마음이 진심이었나 보다. 구시은도 녀석의 진심을 본 뒤 마음이 흔들렸던 것 같다. 녀석은 구시은이 원하는 모든 걸 해 주려고 했고 둘이 행복한 미래를 그렸다고 했다. 그럴수록 나는 괴물이 되어 갔다.

“마음 흔들리지 마라. 내가 가진 전 재산을 줄 테니까 흔들리지 말라고. 시은아, 나는 정말 잃을 것이 없다. 배신하지 않았으면 한다.”

대답이 없자, 그녀를 살인에 가담시키기로 했다. 염기철을 죽이고 난 뒤 함께 시신을 절벽으로 떨어트렸다.

"우린 공범이야. 한 배를 탄 거야. 박종운만 침몰시키면 넌 배에서 내리게 해 줄게."

겁 나는 상황이었음에도 그녀는 쿨하게 대답했다.

"누가 안 한대? 그래도 1년간 든 정 때문이지. 그런 쓰레기 폐급 새끼를……."

녀석의 약한 모습을 보고 나니, 분노가 사그라들지 않았다. 녀석이 내게 한 것처럼 똑같이 되갚음했다. 갈수록 괴물, 아니 귀신이 된 기분처럼 놈에게 쌓인 원한을 풀었다.

목적을 이뤘다. 녀석을 나락으로 떨어뜨렸다. 그러나 분노에 잡아 먹힌 나는 다섯 녀석을 죽여 버렸다.

박종운은 죽이지 않았다. 녀석이 앞으로 어떻게 살아갈지 궁금해졌다. 웹 사이트가 녀석의 소식으로 도배였다. '박종운의 최근 근황'이란 제목으로 나온 동영상에는 녀석이 우리 아버지처럼 세월을 혼자 맞은 것처럼 바싹 말라 있었다. 불러도 대답 없는 박종운은 입을 벌린 상태로 벽만 보고 있었다.

사라진 수첩

정명섭

1

　칠흑 같은 어둠을 벗어나 있는 건 최전방 철책을 따라 켜진 감시등의 불빛뿐이었다. 상진은 입김조차 얼어붙을 것 같은 추위 속을 조심스럽게 걸었다. 그러다 발목까지 차오른 눈 속에 숨어 있던 뾰족한 돌을 밟고 비틀거렸다. 눈 속에 한쪽 무릎을 꿇은 상진은 목에 걸려 있는 인터콤과 야투경 때문에 쉽게 일어날 수 없었다. 서둘러 일어나려던 상진은 머리끝에서 떨어지는 통증에 짧게 비명을 질렀다. 보이지는 않았지만 누구 짓인지는 알 수 있었다.

　"어디다 정신을 빼놓고 다니는 거야! 빠져가지고, 야!"

　"이병 정상진!"

　"누가 순찰 도는데 관등성명을 크게 하래. 죽고 싶어!"

　항상 하던 대로 트집을 잡은 권중래 상병은 여드름투성이 얼굴을 바짝 들이댄 채 이죽거렸다.

"이게 빠져가지고는 말년병장처럼 굴지."

상진은 목에 걸린 두려움을 삼킬 수조차 없었다. 저녁 점호 시간 때 무슨 안 좋은 일이 있었는지 다른 때보다 좀 더 많은 욕설과 발길질을 하던 권 상병이 코를 킁킁대면서 들고 있던 소총을 건넸다. 멜빵을 할 수 없게 되어 있는 규정상 소총은 손으로 들어야만 했다. 이미 겨드랑이에 끼고 있던 소총에 권 상병의 소총까지 끼워 넣은 상진은 들키지 않게 한숨을 쉬고는 걸음을 옮겼다. 바닥에 깔린 지겨운 눈은 마치 늪처럼 그를 잡아당겼다. 야간 근무를 새벽 중간에 서느라 잠을 2시간 자고 일어났다가 근무를 서고 다시 2시간밖에 못 잤다. 원래 아침을 먹고 취침을 해야 하는데 취사장 사역이랑 다른 일들을 하느라 거의 잠을 못 잤다. 그런 날들이 일주일 넘게 이어져 오면서 상진은 항상 잠이 부족했다. 눈보라 속에 파묻힌 어둠 속에 초소가 길을 잃은 거인처럼 우뚝 서 있었다. 2층 높이로 지어진 초소에 도착한 상진은 계단 아래 탄통을 내려놓고 양손에 총을 쥔 채 계단을 올라가 초소 문을 열었다. 초소 안은 바깥과 다를 바 없이 추웠지만 적어도 귀청을 울리는 바람소리는 없었다. 구석에 총을 내려놓은 상진은 벽에 세워진 스티로폼 박스를 바닥에 눕히고는 장갑 낀 손으로 툭툭 털어냈다. 그리고 감시창 쪽 아래에 있는 선에 인터콤을 연결한 다음 버튼을 누르고 입을 바짝 가져갔다.

"동쪽 3번 초소 근무자 이병 정상진입니다. 방금 초소에 도착했습니다."

그러자 상황실 백 상병의 목소리가 들려 왔다.

"오케이, 수고하고, 대대장 뜰지도 모르니까 진입로 쪽 똑바로 지켜보고 있어."

"알겠습니다. 충성!"

지직거리던 인터콤 안의 목소리는 금방 꺼져 버렸다. 구석에 놓인 총을 집어 든 상진은 Y자 모양의 나무로 만든 야간 겨냥대에 소총을 올려놓았다. 총구는 어둠을 겨냥한 채 비스듬하게 걸쳐졌고, 소총을 몇 번 흔들어서 넘어지지 않는지를 확인한 상진은 조심스럽게 초소의 문을 열어젖혔다. 계단 아래 웅크리고 있던 권 상병은 방한모로 불빛을 가린 채 담배를 피우고 있었다. 미끄러운 계단을 조심스럽게 내려간 상진은 담배를 피우고 있던 권 상병에게 말했다.

"권 상병님, 청소 끝냈습니다."

"스티로폼은?"

"옆쪽으로 깔아 놨습니다."

"알았어. 한숨 잘 테니까 잘 지키고 있어."

바닥에 담배를 비벼서 끈 권 상병은 목에 걸린 벙어리장갑 안에 담배와 라이터를 집어넣고는 계단을 올라갔다. 권 상병이 초소 안으로 들어가자 그제야 얼어붙은 하늘에 떠 있는 조각달을 볼 여유가 생긴 상진은 시린 입김을 내뱉었다. 얼어붙은 바람이 그의 귓가를 스쳐 지나가면서 이제 때가 되었다고 속삭였다. 상진은 가죽 장갑을 입으로 뽑아낸 다음 안에 들어있는 탄창을 하나 꺼내들었다. 20발이 들어가는 탄창에는 15발이 장전되어 있었다. 탄창 입구에 붙여 놓은 종이를 뜯어내고 노리쇠를 후퇴시킨 소총에 탄창을 끼워 넣자 딸깍거리는 작은 소리가 났다.

온몸을 그물처럼 옭아맨 탄띠를 벗은 상진은 노리쇠 반대편에 있는 노리쇠 고정 장치를 살짝 당기자 뒤로 밀려나 있던 노리쇠가 천천히 앞으로 미끄러졌다. 철커덕거리는 소리와 함께 노리쇠가 장전되자 방아쇠 앞쪽에 달린 안전장치를 안전에서 단발로 바꿨다. 심호흡을 한 상진은 총구를 앞으로 하고는 천천히 계단을 올라갔다. 잘 열리지 않는 초소의 문을 잡아당긴 상진은 스티로폼 위에서 잠자고 있는 권 상병의 가슴에 총구를 갖다 댔다. 그리고 가슴이 눌린 권 상병이 눈을 떴다.

"씨발! 뭐 하는 거야?"

상진은 대답 대신 방아쇠를 당겼다. 예상했던 것보다 총소리는 크게 들리지 않았고, 피도 많이 튀지 않았다. 땅 위로 살짝 튀어 오른 권 상병은 바보같이 입을 벌린 채 눈을 부릅떴다. 검게 변해 버린 구멍에서는 피 대신 연기가 피어올랐다. 권 상병의 탄띠에서 탄창 두 개와 수류탄이 든 종이박스를 꺼낸 상진은 야투경을 목에 걸고 탄창과 수류탄은 건빵바지의 주머니에 쑤셔 넣고는 밖으로 나왔다. 계단 아래 벗어 놓은 탄띠에서 남은 하나의 탄창과 수류탄을 꺼내 든 상진은 얼어붙은 손에 입김을 불어넣으며 철책을 따라 걷기 시작했다. 그러면서 중얼거렸다.

"열넷."

소대원들이 머무는 막사는 눈과 바람을 막기 위해 움푹 들어간 산마루에 자리 잡고 있었다. 아무도 쓰지 않는 운동기구들이 줄지어 늘어선 체력 단련장 옆으로 막사로 통하는 길이 나타났다. 상진의 발끝에 차인 자갈이 몸을 뒤척이면서 부스럭거렸다. 시멘트로 만든 역기에 총을 세워놓은 상진은 목에 걸려 있던 야투경으로 막사 쪽을 살폈다. 붉은 벽돌로 만든 막사는 조용했다. 막사 맞은편에 있는 취사장에서 흐릿한 불빛이 흘러나오는 게 보였다. 분명 말년 병장들과 실세 상병들이 취사병인 박 상병을 꼬드겨서 라면을 먹는 중일 것이었다. 원래대로라면 막사 주변에도 보초가 경계를 서야 했다. 주로 말년 병장들과 실세 상병들이 돌아가면서 맡았는데 제대로 서는 경우는 거의 없었다. 취사장에 짱 박혀 있거나 부식 창고에서 한숨 자다가 막사로 돌아갔다. 이번에도 보초는 보이지 않았다.

상진은 목에 걸려 있던 야투경을 벗어서 역기 옆에 내려놓고 는 총을 집어 들었다. 그리고 심호흡을 하고는 막사 쪽으로 걸 어갔다. 신임 연대장의 순찰에 대비해 취침시간을 반납하고 작 업한 막사 앞 화단에는 근처 산에서 뽑아온 이름 모를 작은 나 무들이 애처롭게 바람에 흔들리고 있었다. 막사 앞에서 멈춘 상 진은 힘껏 문을 열어젖혔다. 그리고 왼쪽에 자리 잡은 상황실을 쳐다보았다. 상황실을 지키고 있는 것이 소설가 지망생인 부산 출신의 신 상병이라는 것을 안 상진은 갈등했다. 그에게 잘해 주는 몇 안 되는 고참들 중 한 명이었기 때문이었다. 하지만 멈 출 수는 없었다. 문이 열리는 소리가 들리자 무전기 앞에 앉아 있던 신 상병이 의아한 눈빛을 던졌다.

"아직 근무도 안 끝났는데 여긴 왜 왔노? 또 권 상병님이 라 면 가져 오라디?"

유독 하얀 얼굴 탓에 백설기라는 별명으로도 불리는 신 상병 의 말에 상진은 살짝 고개를 가로저었다. 뒤늦게 상진의 총을 본 신 상병의 얼굴이 굳어졌다. 상진은 아무 말도 하지 못한 채 입만 벌리고 있는 신 상병의 하얀 얼굴을 향해 총을 겨누었다.

"야!"

신 상병의 얼굴을 향해 날아간 총알은 하얀 얼굴을 날려 버렸 다. 대학 축제 때 그가 던졌던 물풍선처럼 터져 버린 얼굴에서는 물 대신 붉은 피가 나왔다. 얼굴이 사라진 신 상병의 몸통은 접이식 철제 의자와 함께 뒤로 벌렁 넘어져 버렸다.

"열셋."

벽에 총을 기댄 상진은 앞에 있는 또 하나의 덧문을 열어젖혔다. 붉은 취침 등만 켜져 있는 막사 안 침상에서는 잠이 덜 깬 얼굴을 한 소대원들이 침낭 안에서 고개를 들고 두리번거리고 있었다. 건빵바지에서 수류탄을 꺼낸 상진은 안전 클립을 벗겨 내고 둘째손가락으로 안전핀을 뽑아냈다. 상쾌한 소리를 내며 튕겨 나간 손잡이가 구석까지 날아갔다. 속으로 셋까지 센 상진은 허공을 향해 힘껏 수류탄을 던졌다. 원래는 위에서 터질 수 있게 할 생각이었지만 수류탄은 천정에 매달린 회전식 선풍기에 맞고는 오른쪽 침상으로 떨어졌다.

동료들의 반응은 제각각이었다. 알 수 없는 비명을 지르며 손을 내젓거나 혹은 침낭을 머리끝까지 뒤집어썼다. 파편을 피하기 위해 상황실 벽에 바짝 붙은 상진은 누군가 "오 하나님!"이라고 외치는 소리를 들었다. 누구일까 하는 의문은 폭음에 가려져 버렸다. 폭발은 생각보다 크지 않았지만 내무반 안으로 확 뿌려진 파편과 함께 반쯤 찢어진 침낭도 함께 튀어 올랐다.

안쪽 벽을 더듬어 불을 켠 상진은 아랫입술을 깨문 채 한쪽 무릎을 꿇고 신중하게 소총을 겨누었다. 수류탄이 터지지 않은 왼쪽 침상 쪽을 겨누고 있던 상진은 비틀거리며 일어나는 그림자를 향해 방아쇠를 연거푸 두 발 당겼다. 자리로 봐서는 얄미운 상병들 중 하나였던 것 같았다. 급정거하는 버스 안의 승객처럼 휘청거린 그림자는 뒤편의 철제 관물대와 부딪치고는 아래로 사라져 버렸다. 상진은 속으로 남은 총알을 세 나갔다.

"열둘, 열하나."

바로 옆의 죽음을 눈치채지 못한 그림자가 또다시 가늠쇠 안에 들어왔다. 첫 발을 발사한 상진은 약간 빗나갔다는 생각에 다시 한 발을 발사했다. 비틀거렸지만 쓰러지지는 않았던 그림자는 목을 움켜쥐고는 연기 아래로 잠겨 버렸다.

"열, 아홉, 여덟, 일곱, 여섯, 다섯, 넷, 셋, 둘, 하나."

천천히 빗질을 하는 것처럼 꿈틀대는 그림자들을 향해 한발씩 총알을 쏘다가 빈 탄창을 뽑아낸 상진은 주머니에서 새 탄창을 꺼내서 끼우고는 다시 총을 들었다. 몇 명이나 죽였을까? 총소리를 들었는지 왼쪽 침상에서는 아무도 움직이지 않았다. 수류탄이 터지면서 난 연기 때문에 내무반 안은 마치 화생방 훈련을 하는 것처럼 연기로 가득해 앞이 잘 보이지 않았다. 잠시 기다리자 깨진 창문을 통해 연기가 빠져나가면서 어느 정도 보이기 시작했다.

소총을 고쳐 잡은 상진은 침낭을 향해 한 발씩 총을 쏘았다.

총알을 맞은 침낭은 미친 듯이 요동치다가 잠잠해졌다. 속으로 총알 숫자를 세면서 방아쇠를 당기던 상진은 인기척을 느꼈다. 침상을 기어서 빠져나온 체육복 차림의 누군가가 바닥에 엎드린 채 손을 뻗어서 뒷문 손잡이를 여는 것이 보였다. 몇 발자국 앞으로 걸어간 상진은 검정색 체육복을 향해 남은 세 발의 총알을 발사했다. 부르르 떨던 체육복은 손잡이를 잡았던 손을 놓쳤다.

두 번째 빈 탄창을 뽑아낸 상진은 새 탄창을 끼워 넣고는 막사 안을 쳐다보았다. 가느다란 신음소리와 함께 뭔가 타는 냄새가 났다. 부스러지고 절단된 잔해들에게서는 역겨운 냄새가 났다. 얼굴을 찌푸린 상진은 침낭에서 머리만 내놓은 채 죽어 있는 김 병장의 얼굴을 향해 다시 총알을 발사했다. 부서진 머리에서 흘러나온 잔해들이 바닥을 더럽혔다.

엉망진창이 된 내무반 안을 둘러본 상진은 스위치를 눌러 불을 끄고는 바깥으로 향했다. 후끈거리는 심장 덕택에 추위를 느낄 여지가 없었다. 메마른 바람이 그를 스치고 지나갔다. 바람이 함께하고 있다는 사실에 안도감을 느낀 상진은 휘파람을 부르며 취사장으로 이어지는 계단을 조심스럽게 내려갔다. 깨진 창문 대신 붙여 놓은 투명한 비닐이 바람을 안은 돛처럼 펄럭거렸다. 바깥으로 열리는 취사장 문을 잡아당긴 상진은 천천히 안쪽을 살펴보았다. 검정색 체육복 위에 깔깔이를 입은 두 병장이 비닐 창문 아래 웅크린 채 떨고 있었다.

"야! 사, 살려줘."

상진과 눈이 마주친 두 명은 믿을 수 없다는 듯 고개를 흔들 어대면서 외쳤다. 상진은 조심스럽게 조준을 하고 방아쇠를 당 겼다. 어깨를 들썩거린 박 병장은 풀린 눈을 까뒤집으면서 넘어 졌고, 손사래를 치던 옆의 이 병장은 가슴에 난 구멍을 내려다 보고 뭔가를 중얼거리다가 눈을 감았다. 취사장 안을 두리번거 리던 그의 눈에 아직도 김이 모락모락 피어나는 라면 그릇이 여 섯 개가 보였다. 남은 네 명을 찾던 상진은 번쩍이며 날아오는 빛을 보았다.

아슬아슬하게 머리를 스쳐지나간 칼은 벽에 걸려 있던 메뉴 판을 맞췄다. 칼이 날아온 곳은 조리실 쪽이었다. 음식을 내주는 배식창 너머에서 황급히 사라지는 머리를 본 상진은 그쪽으로 총구를 돌렸다. 손잡이가 긴 냄비가 다시 날아왔지만 보지도 않 고 던진 냄비는 전혀 엉뚱한 방향으로 날아갔다. 어깨에 개머리 판을 바짝 붙인 상진은 방아쇠를 당겼다. 통통거리는 총소리와 노리쇠가 뱉어낸 탄피가 바닥에 튕겼다. 조리실 선반에 세워 두 었던 미원 양념통과 간장통이 터져 버리면서 힘없이 아래로 굴 러떨어졌다. 조리실로 통하는 문을 밀었지만 안에서 막고 있는 지 꼼짝도 하지 않았다. 배식창 안쪽은 길게 턱이 있어서 안쪽이 제대로 보이지 않았다. 아마 안쪽 아래 벽에 바짝 붙은 채 숨을 죽이고 있을 것이다. 상진은 문에서 손을 떼고 두 발을 발사했지만 하얀 연기와 작은 구멍만 생겼을 뿐이었다. 짜증이 왈칵 치솟은 상진은 배식 창 아래쪽 벽에도 한 발 발사했지만 작은 총알구멍만 생겼다.

이제 총알은 몇 발 남지 않았다. 라면 그릇이 놓인 탁자 위에 총을 올려놓은 상진은 건빵바지의 주머니에서 수류탄을 꺼냈다. 엄지손가락으로 안전클립을 벗겨내고 안전핀을 뽑은 상진은 배식창 안으로 조심스럽게 수류탄을 던져 넣었다. 배식창 안으로 빨려 들어간 수류탄이 바닥을 굴러다니는 소리가 들렸고, 잠시 후 조리실 안에서 아우성이 터졌다.

"수류탄이다!"

"으아악!"

"밖으로 던져. 얼른!"

바깥으로 던지라는 외침을 끝으로 조리실 안은 폭음에 휩싸였다. 새까만 먹물 같은 연기가 배식창 바깥으로 꾸역꾸역 밀려나왔다.

홀가분한 마음으로 밖으로 나가자 비상을 알리는 신호탄이 허공에서 막 떨어지는 것을 보았다. 총소리와 수류탄 폭발음을 들은 옆 초소에서 쏘아올린 것 같았다. 떠도는 바람들 사이에서 들리는 목소리에 귀를 기울이던 상진은 취사장과 붙어 있는 부식 창고 안으로 들어갔다. 삐걱거리는 문을 연 상진은 먹먹한 어둠을 보며 중얼거렸다.

"이제 눈 좀 붙일 수 있겠네."

2

"끔찍하군."

강민규 상사는 막사로 향하는 눈 쌓인 오르막길을 오르면서 중얼거렸다. 그러고는 끔찍하다는 말을 도대체 몇 번이나 했는지 속으로 생각해 보았다. 출발하기 전 간단히 브리핑을 받으면서, 위장포가 씌워진 헌병대 지프를 타고 오면서, 그리고 진입로에 늘어선 군용 엠블런스의 숫자와 긴장한 표정으로 경계를 서고 있는 사단 수색대 병사들을 보면서 같은 말을 반복했다. 하지만 그 끔찍하다는 말이 가지고 있는 축축함과 불결함은 조금도 덜어지지 않았다. 산을 등지고 자리 잡은 문제의 막사 주변에는 헌병 완장을 찬 부사관들과 장교들이 굳은 표정으로 흩어져 있었다. 오르막길 끝에서 걸음을 멈춘 강 상사는 군용점퍼의 털 달린 깃을 바짝 세웠다. 최전방의 겨울은 코끝이 떨어져 나갈 정도로 추웠지만 그곳에 모여 있는 그 누구도 추위 따위는 느끼지 않는 것 같았다. 막사 앞에 서 있던 누군가가 천천히 걸어 올라오는 그를 알아보고는 손을 들었다. 연대본부로 파견 나가 있던 박 중사가 상황판을 옆에 끼우고는 기운차게 그에게 달려와 경례를 붙였다.

"충성! 아까 고 하사가 얘기하긴 했는데 진짜 오실 줄은 몰랐습니다."

"그럼 와야지. 사단 전체가 발칵 뒤집혔는데 안 올 재간이 있나."

"그냥 뭉개 버리시지 그러셨습니까. 아니면 서류나 정리한다고 하셔도 뭐라고 안 할 텐데요."

"바람도 좀 쐴 겸 온 거야. 조사는?"

"1차 현장조사 마치고, 지금은 감식반 애들이 현장사진 찍고 있습니다. 시신들은 전부 사단본부로 이송했고, 부상자들은 홍천에 있는 철정 병원으로 이송했습니다."

"주변은 어때?"

점퍼 호주머니에서 담배를 꺼내서 권한 박 중사가 대답했다.

"새벽에 출동한 사단 수색대가 통제하고 있습니다. 비무장지대 안쪽에서도 수색이 진행 중인데 아직까지 북쪽에서 침입한 흔적은 없답니다."

담배 연기 때문에 말을 멈춘 박 중사가 다시 입을 열려는 찰

나, 막사 안에서 뛰어나온 병사들이 막사 앞 화단에다 구역질을
했다. 그중 한 명은 입을 가리고 있던 마스크를 미처 벗지도 못
해서 사방으로 오물이 튀어 나갔다. 잠시 후 한 명이 더 뛰쳐 나
와서 구역질을 했다. 잎사귀가 다 떨어진 화단의 꽃나무들이 뜻
밖의 오물을 뒤집어쓰고는 휘청거렸다. 그걸 본 박 중사가 혀를
찼다.

"하여튼 요즘 애들은 너무 곱게 자라서 문제라니까요. 제가
저 나이 때는 전차 바퀴에 매달린 눈알을 손으로 잡아 떼고도
끄떡없었는데 말이죠."

코와 입으로 담배 연기를 내뿜은 강 상사가 막사를 턱으로 가
리키면서 물었다.

"저기서만 죽은 거야?"

"동쪽 초소에서 시신 하나가 발견됐고, 취사장에서도 여섯 명
이 죽었습니다. 막사 안에서는 열두 명이 죽었고, 간당간당하는
게 네 명입니다. 오늘내일 중에 스무 명은 채울 것 같습니다."

"대단하군."

사단 헌병대에서 10년을 근무하면서 수많은 죽음과 마주쳤
지만 이번만큼 큰 사건은 처음이었다. 강 상사는 담배를 힘껏
빨아들였다. 그리고 입안에 머금은 담배 연기를 코로 뿜어내면
서 박 중사에게 물었다.

"정리는 다 끝난 거야?"

"대충 끝났습니다. 살펴보시겠습니까?"

고개를 끄덕거리며 막사 쪽으로 발걸음을 옮기려던 강 상사는 머리 위에서 들리는 헬리콥터의 로터 소리에 고개를 들어 올렸다. 해를 등진 UH-1 헬기가 천천히 하강하는 중이었다. 전선 줄을 피해 47번 전술도로 옆 좁은 공터에 내린 헬기의 로터가 사방으로 눈을 뿌려댔다. 근처에 서 있던 수색대 병사들이 바람을 피해서 군용 트럭 뒤로 가는 것이 보였다. 헬기의 도어가 열리고 허리를 잔뜩 굽힌 그림자가 톡 튀어나왔다. 그 뒤를 따라 좀 더 작고 뚱뚱한 그림자가 보였다. 코가 땅에 닿을 정도로 허리를 바짝 숙인 두 번째 그림자의 모자가 헬기의 로터 바람에 밀려 날아가 버렸다. 뚱뚱한 그림자 다음으로 뒤따라 내린 다른 그림자가 눈 위에 떨어진 모자를 집어 들려고 했지만 모자는 다시 바람에 밀려 텅 빈 논으로 떨어졌다. 총을 들고 있던 수색대 병사들이 재미있다는 표정으로 지켜보고 있었다. 그 광경을 지켜보던 박 중사의 얼굴이 일그러졌다.

"저거 사단장 아닙니까?"

"아무래도 그런 것 같은데……."

"같이 내린 건 군단 감찰과 박 소령 같은데요. 연대본부로 잠깐 가시는 게 좋지 않겠습니까."

반쯤 남은 담배를 눈 속에 던져 버린 강 상사가 물었다.

"내가 왜?"

박 중사의 말이 맞았다. 강 상사가 전역을 결심한 건 저 두 사람 때문이었다. 하지만 여기서 물러나고 싶진 않았다. 술래잡기 끝에 결국 모자를 집는 데 성공한 그림자는 막사로 연결된 비포장 도로를 따라 올라가는 그림자를 따라잡기 위해 버둥거리며 뛰었다. 여기저기 서 있던 병사들과 간부들이 우렁찬 구호를 외치며 경례를 하는 모습들이 보였다. 목소리는 가까이 올 때마다 눈덩이처럼 커졌다. 바짝 긴장한 표정의 박 중사에게 옆구리를 찔린 강 상사는 살짝 손을 들어 모자챙에 대서 경례하는 시늉을 했다. 경례를 받는 둥 마는 둥 형식적으로 손을 올렸다 내린 박 소령이 강 상사를 무시하고 박 중사에게 물었다.

"용의자는?"

"홍천에 있는 철정 병원으로 이송 중입니다. 부식 창고 안에서 자살을 기도했는데 턱만 날아가 버렸습니다."

박 소령이 짜증 나는 표정으로 대꾸했다.

"아예 같이 뒈져 버렸어야지."

"중상이랍니다. 턱이랑 기관지도 함께 작살나서 인공호흡기를 꽂았는데 상태가 많이 안 좋답니다."

"미친놈. 죽고 싶으면 조용히 혼자 목을 매든가 해야지 이렇게 일을 벌여 놓고는 죽지도 못해? 머저리 같은 놈!"

분을 참지 못한다는 듯 험한 말을 내뱉던 박 소령은 박 중사 옆에 서 있는 강 상사를 보고는 심술궂은 표정을 지었다.

"자넨 여기 왜 온 거야? 사단에서 서류나 정리하지 그래."

"다음 주까지는 사단 헌병대입니다. 제가 현장에 나오지 않으면 게으름 피운다고 뒤에서 씹어댈 사람들이 많을 것 같아서 말입니다."

차분하게 웃으며 대답한 강 상사는 박 소령의 눈을 노려보았다. 서로 맞지 않는다는 사실은 처음 대면 때부터 알아볼 수 있었다. 박 소령 역시 강 상사를 싫어한다는 사실을 굳이 숨기지 않았다. 헛기침을 한 박 소령이 말했다.

"일이 너무 커졌어. 오는 동안 합참에서 두 번, 육본에서도 세 번 연락이 왔네. 오후에 서울에서 기자회견이 있을 거라고 하더군. 군 감찰대와 기무사에서 구성된 합동조사단이 오후부터 들어올 거야. 사단 헌병대는 연락 업무만 유지하고 빠지게. 사단에서 다루기에는 덩치가 너무 커. 박 중사가 연대 파견관이었으니까 연락 업무를 담당하게."

말을 마친 박 소령은 오르막길에서 마주친 수색대 병사들의 복장을 두고 이런저런 잔소리를 하던 사단장을 보고는 심술궂은 목소리로 말했다.

"강 상사는 사단장님을 상대하면 되겠군."

잔소리를 하던 사단장은 아예 얼차려를 주기 시작했고, 지적을 받은 병사는 팔굽혀펴기를 하면서 숫자를 셌다. 그 광경을 지켜보던 박 중사가 어이가 없다는 듯 그에게 귓속말을 속삭였다.

"저 새끼는 진짜 미친 것 같아요."

"현장을 좀 둘러볼게."

그러자 울상이 된 박 중사가 팔을 잡았다.

"저보고 혼자서 두꺼비를 상대하라는 말씀이십니까? 제발 좀 살려 주십쇼."

"내가 옆에 있으면 너까지 유탄 맞아. 임마."

강 상사는 서둘러 자리를 피했다. 세 겹으로 이어진 철책 위로 텅 빈 바람소리가 넘어왔다. 막사를 둘러볼까 생각했던 강상사는 사단장의 발걸음이 그쪽으로 향하는 것을 보고는 막사 건너편에 있는 취사장 쪽으로 향했다. 좁은 계단으로 내려가자 문이 활짝 열려 있는 취사장 안 식당이 보였다. 긴 의자와 식탁이 놓은 식당 안에는 헌병대 소속의 병사들이 사진을 찍거나 빗자루로 바닥을 쓸고 있는 중이었다. 벽과 바닥에 검은색 스프레이가 뿌려진 흔적을 살펴보던 강 상사에게 카메라를 들고 있던 고 중사가 알은척을 했다.

"상사님. 여기까지 웬일이십니까?"

"그냥 둘러보러 왔네. 신경 쓰지 말고 일하게."

덩치 큰 고 중사는 뒤통수를 긁으며 웃어 보였다. 강 상사가 턱으로 스프레이가 뿌려진 벽을 가리키면서 물었다.

"저기서 죽은 거야?"

"두 명이 죽었습니다. 둘 다 한 발씩 맞았는데 한 명은 목에, 그리고 다른 한 명은 가슴에 맞았습니다."

"발사 위치는?"

강 상사의 물음에 귀 뒤쪽에 꽂아 두었던 검정 사인펜을 손가락 사이에 끼운 고 중사가 총을 조준하는 시늉을 했다.

"안에서 여러 발을 발사해서 정확히는 아직 파악되지 않고 있습니다만, 죽은 병사들 위치로 봐서는 문 바로 안쪽에서 발사한 것 같습니다."

"그 다음은?"

검붉은 피가 튄 바닥을 군화로 쾅쾅 찍은 고 중사가 그을음으로 가득한 배식창 너머의 조리실을 가리키며 덧붙였다.

"두 명을 쏜 다음에 식당 가운데에 서서 조리실로 사격을 가했습니다. 문과 배식구 아래쪽에 탄흔이 남아있고, 탄피는 이쪽 탁자랑 벽 아래 있었습니다."

고 중사가 가리킨 탄흔을 확인한 강 상사가 계속 얘기하라는 눈짓을 보냈다. 그러자 고 중사가 낄낄거리며 말했다.

"총알로 안 뚫리니까 배식창 안으로 수류탄을 던져 넣었습니다. 안에 숨어 있던 네 명 모두 수류탄 파편에 갈기갈기 찢겨져서 살점이 냄비랑 그릇 사이로 다 달라붙었고 말이죠. 아까 연대 의무관이 무심코 안을 들여다보고는 문 앞에다가 오바이트를 했지 뭡니까."

고 중사의 설명을 들은 강 상사는 허리에 손을 대고 살육의 현장을 돌아봤다.

"두 명이나 있는데 침착하게 한 발씩 쏘고는 돌아서서 배식구 안으로 수류탄을 던져 넣었다는 얘긴데, 군대 들어오기 전에 킬러였었나?"

강 상사의 농담 섞인 물음에 고 중사가 피식 웃었다.

"관심사병이었습니다. 중대장 면담도 여러 번 할 정도였고, 대충 분위기를 보니까 엄청 갈굼당한 거 같았습니다. 아무튼 수류탄 한 발이랑 총알 일곱 발로 여섯 명을 죽였으니까 원 샷 원 킬이긴 하죠."

고 중사의 얘기를 들은 강 상사가 물었다.

"다른 특이사항은?"

"01시에 상황을 전파받기는 했지만 수색대가 비상출동해서 상황을 파악하는 데 시간이 걸려서 아까 07시에야 겨우 들어올 수 있었습니다. 여기도 한 시간 전부터 파보는 중이라 아직 나온 게 없습니다.”

“킬러는 여기서 학살을 벌이고 어디로 갔는데?”

“아! 그 미친놈이 자살을 기도했던 곳이 조리실 뒤쪽 부식창고입니다.”

“그래? 좀 볼 수 있을까?”

“따라오십시오. 박 병장, 카메라 좀 들고 있어.”

옆에 서 있는 안경 쓴 병사에게 카메라를 넘긴 고 중사가 바로 옆 창고로 갔다. 얼룩무늬로 페인트칠이 된 문짝을 잡아 당긴 고 중사가 허리띠에 꽂아두었던 군용 플래시를 켜서 어두운 창고 안을 가리켰다.

“저기 저 라면 상자 보이시죠?”

“응.”

“처음에 진입한 수색대 애들이 저 옆에 쓰러져 있는 녀석을 발견했답니다. 저기 하얀 스프레이로 그려놓은 긴 막대기가 총이 있던 자리였고, 총이랑 나란히 옆으로 쓰러져 있었는데 턱이 날아가 있었답니다. 총알은 저기 박혀 있고요.”

어둠을 이리저리 몰려다니던 불빛은 마지막으로 거미줄이 쳐진 창고의 지붕 모서리에 고정되었다. 강 상사는 쪼그리고 앉아서 지붕 모서리를 올려다 봤다. 슬레이트로 만든 지붕에 작은 구멍이 보였다. 강 상사는 둘째손가락을 턱에 갖다 대며 말했다.

"턱에 총구를 대고 자살하려고 했던 모양이군. 마지막에 겁이 났던지 아니면 총알이 발사되지 않아서 총을 살피려고 고개를 옆으로 돌렸는데 마침 그 순간 총알이 발사된 것 같고 말이야. 그런데 여기 자빠져 있던 놈이 용의자라는 건 어떻게 확인한 거야?"

강 상사의 물음에 고 중사가 대답했다.

"막사에서 최초 총격이 벌어졌을 때 휴게실에 있던 병사들이 상황실 입구에 서서 총격을 가하는 용의자를 봤답니다. 불을 켜 놓고 총격을 가해서 똑똑히 볼 수 있었답니다."

고 중사가 들고 있던 군용 플래시를 뺏어 든 강 상사가 곰팡이와 거미줄로 얼룩진 부식 창고 안을 비추면서 중얼거렸다.

"이상하군."

"뭐가 말씀이십니까?"

"한솥밥을 먹던 동료를 스무 명이나 죽인 놈이 이런 어두운 창고 안에서 자살을 기도하려고 했잖아. 보통 혼자 죽지 않고 다른 놈을 죽이는 놈들은 남들에게 뭔가를 보여주고 싶어서 그런 짓을 저지르는 거야. 연천 황 다방 사건 기억나지?"

"물론이죠. 다방 레지한테 차였다고 수송대 하사가 다방으로 쳐들어가서 칼부림했던 것 말씀이시죠? 제가 헌병대 수사과로 발령받고 처음 나간 사건인데 어떻게 잊겠습니까."

"양다리 걸친 레지한테 복수한다고 하고서는 정작 찌른 건 다방 마담이랑 그날 처음 출근한 어린 레지였어. 나중에 내가 물어봤지. 얼마든지 다른 방법이 있었는데 왜 그렇게 백주대낮에 일을 저질렀느냐고 말이야. 그 친구 얘기가 복수를 하고 싶었다더군. 아무도 모르는 곳에서 그년을 죽이면 아무도 몰라줄 것 아니냐면서 말이야. 이제 그년은 평생 지울 수 없는 상처를 안고 살아가야 하지 않겠느냐면서 히죽거렸어."

주변보다 낮은 취사장 주변에 고여 있던 찬바람이 새 바람에 떠밀리면서 눈 부스러기들을 허공에 뿌렸다. 군용점퍼의 깃을 바짝 조인 강 상사가 계속 말했다.

"한두 명도 아니고 20명이나 죽였다면 뭔가 분명 할 얘기가 있었다는 뜻이야. 그런데 다 죽여 놓고 아무도 보지 않는 창고 안에서 자살을 기도했다는 게 이해가 안 가."

"그거야 뭐 막상 죽여 놓고 나니까 겁이 나서 그랬던 것 아니겠습니까? 이런 짓 저지르는 놈들의 마음이야 손바닥 뒤집듯 변해 버리잖습니까."

"진짜로 겁이 났다면 멀리 도망가서 자살을 하든지, 아니면 21사단 GP처럼 총을 버리고 모른 척했을 거야. 안 그래?"

동의를 구하는 듯한 강 상사의 물음에 고 중사는 모르겠다는 표정을 지었다. 마침 휴대폰이 울리자 그를 남겨두고 떠났다. 표현할 수 없는 맵고 싸한 느낌이 강 상사의 가슴을 채웠다. 뭔가 알 수 없는 기분에 휩싸인 그는 한 손으로 점퍼를 더듬거려서 늘 가지고 다니는 디지털 카메라를 꺼내 들었다. 그리고 정신없이 버튼을 눌렀다. 디지털 카메라의 플래시가 터질 때마다 부식 창고 안이 환해졌다기 도로 어둠에 잠겼다. 그때마다 이곳에 뭔가 숨어 있다는 느낌이 들었다. 고개를 갸웃거린 그는 촬영을 멈추고 부식창고 안으로 들어갔다.

습기 찬 눅눅한 공기가 그를 맞이했다. 정 이병이 최후를 맞이하려고 했던 라면 상자와 그 뒤편 시멘트 블록에는 확 뿌려진 형태로 피가 뿌려져 있었다. 흔하디흔한 군인의 자살 기도 현장이었지만 다른 게 존재하고 있다는 느낌이 가시지 않았다. 뭔가 있다는 생각에 부식창고 안을 꼼꼼히 살펴보던 강 상사는 아무런 단서를 찾지 못하자 손을 털고 밖으로 나왔다.

마침 문 밖에서는 고 중사가 통화를 끝내던 참이었다. 그에게 고 중사가 말을 걸려는 찰나 막사 쪽에서 고성이 터졌다. 고 중사와 강 상사가 막사 입구를 바라보자 푹 고개를 숙인 누군가에게 삿대질을 하는 사단장의 모습이 보였다. 강 상사가 고 중사에게 물었다.

"누구야?"

혀를 끌끌 찬 고 중사가 병사에게 카메라를 넘겨받으며 대답했다.

"누구긴 누구겠습니까. 불쌍한 쏘가리지."

"쏘가리는 안 죽었군."

삿대질과 발길질을 당한 소대장의 고개를 점점 아래로 떨어졌다. 아마 울고 있겠지. 일상이 폐허가 되어 버렸다는 사실에, 낯선 침입자들의 시선에 자신만의 세계가 난도질을 당하고 있다는 사실이 견딜 수 없게 슬프겠지. 그런 게 인생이라고 속으로 되뇌인 강 상사는 취사장 뒤편으로 걸어가서는 담배를 꺼내서 입에 물었다. 아무도 없는 곳에서 생각을 정리하고 싶었다. 담배 연기를 차가운 공기 속으로 내뿜은 강 상사는 눈을 껌뻑거렸다.

군에서 내릴 결론은 뻔했다. 상급자의 폭행과 가혹행위에 못 이긴 후임 병사의 우발적인 총격사고, 죽은 선임병들 중에서 적당한 사람을 골라 가혹행위와 폭행을 가했다고 뒤집어씌우고, 살아남은 소대장과 중대장, 대대장에게 지휘책임을 물어서 처벌하고, 나머지는 시간이라는 무덤 속에 묻어 버릴 것이다.

하지만 남아 있는 현장은 분명 다른 얘기를 들려줬다. 대부분의 총격 사건은 계획했든, 혹은 충동적이든, 온갖 변수들로 가득했다. 그런데 이번 총격 사건은 초 단위로 계산을 하고 그대로 실행했다. 얼마나 소대원들을 죽이고 싶었는지는 모르지만 소원을 이룬 셈이다.

"뭔가, 아니 누군가 있어."

도대체 어떤 일이 관심사병 수준의 이등병을 피도 눈물도 없는 살인병기로 만들었을지 궁금했다. 그러면서 폐 속으로 스며들어간 담배 연기를 밖으로 뿜어내면서 어떻게 하면 몰래 이번 일을 조사할 수 있을지 궁리했다. 다른 무엇보다도 얄미운 사단장과 감찰과 박 소령을 궁지로 몰아넣을 수 있을지도 모른다고 생각하자 저절로 미소가 지어졌다. 담배를 다 피운 강 상사는 막사 쪽으로 향했다. 사단장은 어디로 사라졌는지 보이지 않았고, 괴롭힘을 당했던 소대장은 사단 헌병들의 부축을 받으며 언덕길을 내려가고 있었다. 멀어져 가는 소대장을 바라보던 강 상사는 막사 쪽으로 향했다.

붉은 벽돌로 지어진 막사 안으로 들어선 강 상사는 할 말을 잊었다. 철제 관물대는 못 구멍처럼 보이는 총알구멍이 나 있었고, 수류탄 때문인지 뜯겨 나갔거나 머리통이 들어갈 정도로 큰 구멍이 난 곳도 있었다. 겨자색 장판이 깔린 양옆의 침상에는 핏자국들이 마구 흩뿌려져 있었다. 차가운 밤 갑작스럽게 밀어닥친 죽음에 휘몰린 흔적들이었다. 총격을 받은 침낭에서 터져 나온 털들이 피로 얼룩진 침상 위를 낙엽처럼 굴러다녔다. 시신들은 말끔히 치워졌지만 핏자국들을 보면 대략 어디에 어떤 자세로 쓰러졌는지 알 수 있었다.

열심히 사진을 찍고 있는 헌병대 병사들 사이를 지나 막사 한복판으로 들어선 강 상사는 사단 전투력 측정 우수소대라는 상패가 나뒹구는 곳에서 멈춰 섰다. 오른쪽 침상 한가운데가 마치 폭격을 맞은 것처럼 시커먼 구멍이 뚫려 있었다. 걸음을 멈춘 강 상사가 무릎을 꿇고 안을 들여다보던 군 헌병단 감식과 김 중사에게 물었다.

"여기가 수류탄이 터진 자린가?"

"예, 그나마 여기서 자고 있던 상병이 옆으로 날아가는 파편을 거의 뒤집어쓴 덕택에 이쪽은 생각보다 사상자가 적었습니다."

대답을 들은 강 상사는 시선을 빙 돌렸다. 오른쪽 침상 끝에는 판넬로 막아서 만들어 놓은 소초장실이 보였다. 김 중사를 뒤로 하고 소초장실로 가서 문을 열었다. 간이침상과 문 쪽에 붙어 있는 낡은 책상이 소초장실의 절반을 채웠고, 사병용 철제 관물대가 간이침상과 책상 사이에 박혀 있었다. 전방 초소에서 흔히 볼 수 있는 소초장실의 전경이었고, 구겨진 이불과 어질러진 책상 위 풍경 역시 항상 보아 왔던 광경들이었다. 군화를 신은 채 안으로 들어선 강 상사는 방 한가운데에 섰다. 천정에 달린 형광등이 살짝 머리를 건드렸고, 손을 뻗으면 책상과 침상이 닿았다. 남들 시선에서 벗어난다는 장점을 빼면 감옥이나 다름없는 곳이었다. 관물대와 책상 서랍을 뒤져 봤지만 감식과가 쓸어갔는지 쓸 만한 것은 남아 있지 않았다.

낙담한 강 상사는 침상에 걸터앉았다. 오래된 스프링 소리가 나며 정신없이 출렁거리던 매트리스 때문에 흔들리는 몸을 지탱하기 위해 양쪽으로 뻗은 손끝에 낯선 감각이 걸렸다. 이상함을 느낀 강 상사는 매트리스의 옆구리를 잡고 있던 오른손을 떼었다. 총알이 뚫고 들어간 흔적이 보였다. 아까 박 중사가 말한 매트리스 거의 위쪽에 남아 있는 총알 자국 같았다. 이 위에 누워 있던 소초장은 정말 간발의 차이로 목숨을 건졌다.

벽에 붙은 히터 아래에는 방한화의 두꺼운 고무깔창 아래로 눈 녹은 물이 살짝 흘러나와 있었다. 빈손으로 소초장실을 나온 강 상사는 휴게실과 목욕탕 그리고 마지막으로 화장실을 둘러보았다. 화장실의 건조대에는 주인 잃은 양말과 속옷들이 걸려 있었다. 그 모습들을 머리에 담아두던 강 상사에게 김 중사가 다가와 겸연쩍은 얼굴로 입을 열었다.

"저, 합조단이 도착한 모양입니다. 박 소령님이 브리핑을 한다고 막사 안에 있는 인원들을 전부 철수시키라는데요."

"알겠네."

김 중사를 뒤따라 막사를 빠져나온 강 상사는 언덕길을 올라오는 한 떼의 사람들을 볼 수 있었다. 뒷짐을 진 박 소령이 제일 앞에서 있는 걸 본 강 상사는 김 중사에게 수고하라는 말을 남기고는 취사장 쪽으로 향했다. 그러고는 저도 모르게 중얼거렸다.

"끔찍하군."

3

사건 처리는 그의 예상대로 흘러갔다. 국방부에서는 재빨리 언론에 총격 사고를 낸 정상진 이병이 학창시절 왕따를 당했고, 그 여파로 인해 군대에서도 적응에 어려움을 겪었다고 포장했다. 같이 근무를 하다 전역한 병사들은 자기는 그러지 않았다면서 구타와 괴롭힘을 당했다고 말했다. 특히 전방 GOP에 투입되면서 간부들의 감시가 느슨해진 틈을 타서 고참 병사들이 폭력을 휘두르는 일이 더 많아졌다고 덧붙였다. 그러다가 복수심에 실탄과 수류탄을 휴대하고 경계 근무를 나가자 조원을 살해하고, 막사와 취사장에서 소총과 수류탄으로 소대원들을 사살하고 자살을 기도한 상태라고 정리했다. 사단에서도 거기에 발맞춰서 이야기들을 맞춰나갔다. 사단장이 자리를 지키기 위해 난리를 치면서 다들 거기에 장단을 맞춘 것이다.

하지만 강 상사는 뭔가 다른 게 있다는 생각을 지울 수 없었다. 비번을 맞아 대부분의 짐을 정리한 관사 아파트의 거실에서 관련 뉴스가 나오는 TV를 보던 강민규 상사는 리모콘을 집어서 다른 채널로 돌리면서 말했다.

"뭔가 있다니까."

그게 뭔지는 모르지만 사단장부터 감찰과 박 소령까지 모두 감추고 싶어 하는 게 분명했다. 그들에 의해서 전역을 하게 된 강 상사는 어떻게든 그들을 괴롭히고 싶다는 마음과 이전과는 다른 흔적에 흥미를 느꼈다. 잠시 고민하던 강 상사는 소파에서 일어나 부엌 옆에 있는 작은 방으로 들어갔다. 아까 바꾼 채널에 서는 오늘의 요리를 소개한다는 멘트가 흘러나오는 중이었다.

서재 겸 창고로 쓰는 부엌 옆의 작은 방에 들어갔다. 조립식 책상 위에는 낡은 컴퓨터와 그가 사무실에서 가져온 사건 관련 파일들이 쌓여 있었다. 총격 사건에 죽지 않고 부상을 당한 병 사들이 진술한 내용들이었다. 대부분 소대 고참들이 정상진 이 병을 어떻게 괴롭히고 구타했는지가 적혀 있었다. 전방 GOP로 오면서 간부들의 감시가 줄어들고, 근무가 이어지면서 스트레 스가 심해지자 후임병들에게 풀어버린 것이다. 그중에서도 어 리버리하고, 순진한 정상진 이병에게 괴롭힘이 집중되었다. 거 기다 후방이 아니라 전방의 GOP에 바로 배치를 받으면서 적응

사라진 수첩 **307**

할 시간조차 없었다. 그렇게 군대 폭력 문제가 총격 사건의 원인으로 보도되자 사망한 병사들의 유가족들이 반발했다.

"혈기 왕성한 놈들을 끌어다가 한군데 모아 놓으니까 사고가 나지."

한숨을 쉰 강민규 상사는 잠시 생각하다가 책상에 올려둔 휴대폰을 집었다. 신호가 울리고 잠시 후, 박 중사가 전화를 받았다.

"쉬시는 날 어쩐 일이십니까, 상사님?"

"놀고 있나 감시하려고 전화했지."

"짐이나 잘 챙기십시오. 아까 박 소령이 왔다 갔습니다."

"왜?"

"그냥 둘러보러 온 거라고 했는데 상사님을 찾는 눈치였습니다. 갈 때까지 갈굴 속셈인 것 같습니다."

"확인사살 하러 온 모양이군. 사건은?"

"그, 철정 병원에 입원한 생존자들 있잖습니까. 경상자들에 대한 합조단 심문이 오늘 끝났답니다."

박 중사의 대답을 듣고 휴대폰에 귀에 바짝 들이댄 강 상사가 입을 열었다.

"뭐 알아낸 것 있나?"

"꽉 막혔습니다. 기무사 쪽에 아는 동기가 있어서 슬쩍 찔러 봤더니 쳐다보지도 말랍니다. 아마, 사병들끼리의 구타와 폭력 문제로 결론짓고 덮어버리기로 위쪽에서 결론이 난 모양인데요. 다음 주 내에 현장조사 마무리 짓고 국방부 장관한테 결과 보고 한답니다."

"그렇게 빨리?"

"괜히 질질 끌면 어느 누가 유탄을 맞을지 모르잖습니까."

휴대폰을 고쳐 잡은 강 상사가 물었다.

"사단 의무관으로 있던 백 소령이랑 아직도 연락하고 있지?"

"가끔 연락 주고받는 정도입니다."

"백 소령한테 연락해서 동기 중에 철정 병원에 군의관으로 있는 친구 있는지 물어봐."

그러자 잠시 뜸을 들인 박 중사가 물었다.

"생존자들을 만나보실 생각이십니까?"

박 중사의 목소리가 눈에 띄게 낮아졌다. 그의 반문은 마치 '위험합니다. 더 이상 알려고 하지 마세요'라고 속삭이는 것처럼 들렸다.

"일단 가능한지 알아만 봐. 나머진 그때 가서 생각해 보자고."

"참, 그 소대장 있잖습니까. 영창에 갈 것 같은데요."

"영창? 왜?"

"사단장이 아까 헌병대장이랑 과장님을 불러서 무슨 수를 써서라도 감방에 처넣으라고 했답니다. 혼자 골로 가기 싫다 이거죠."

박 중사의 말이 사라지면서 고개를 숙이고 있던 소대장의 잔상이 떠올랐다. 그는 지금 자신의 처지를 놓고 어떤 고뇌에 빠져 있을까? 생각에 잠겨 있던 강 상사는 저녁 같이 먹자는 박 중사의 말에 약속이 있다고 대충 둘러대고는 병원 건을 빨리 알아봐 달라고 부탁했다. 통화를 끝낸 강 상사는 책상 위에 어지럽게 널려 있는 사건 관련 서류들을 보면서 컴퓨터를 켰다. 그리고 헌병대에서 찍은 수백 장의 현장 사진들을 한 장씩 들여다봤다. 하품을 하면서 사진들을 살펴보던 강 상사는 제일 마지막에 총격 사건의 범인 정상진 이병의 소지품들을 찍은 사진을 봤다. 판초 우의를 펼쳐 놓고 그 위에 줄지어 올려 놓은 것들은 군용 양말부터 세면백, 주황색 체육복, 조끼 같은 보급품들이 대부분이었다. 몇 번이고 뚫어지게 바라보던 강 상사는 뭔가 빠진 게 있다는 걸 알아차렸다.

"수첩이 없네."

진중수첩이 보이지 않은 것이다. 물론 버리거나 잊어버릴 수 있긴 하지만 이등병에게 수첩은 필수였다. 소대 고참 이름부터 암기해야 할 것들이 많았기 때문이다. 그런데 수첩이 없었다. 그게 어떤 의미인지 생각해보고 있는 와중에 휴대폰이 드르륵거렸다. 박 중사가 보낸 문자였는데 철정 병원에 근무 중인 군의관의 이름과 연락처가 적혀 있었다.

4

47번 국도에서 바라본 철정 병원은 언덕 위에 꽂힌 하얀 묘비 같았다. 야트막한 언덕에 자리 잡고 있었는데 더 큰 산을 뒤에 두고 주상복합 아파트처럼 크고 넓은 아래쪽 4층과 길고 뾰족한 위쪽의 3층이 결합한 기묘한 구조였다. 수사를 하면서 수없이 드나든 병원이었지만 언제나 낯설고 정이 가지 않았다. 그곳에 가면 항상 누군가의 울분이나 억울함이나 좌절을 봐야만 했기 때문이었다. 삼거리 검문소를 지나 왼쪽 길로 접어들자 철정병원이 정면으로 보였다. 하늘은 불순물이 낀 것처럼 흐려 보였다. 위병소 바깥에 있는 외부인 주차장은 평일이라서 그런지 차들이 별로 없어 보였다. 마침 안면이 있는 위병조장이 바깥에 나와 있어서 번거롭게 사진이 붙은 신분증을 꺼낼 필요가 없었다. 새로 투입된 지 얼마 되지 않아 보이는 일병이 허둥대며 쇠사슬을 풀었다.

언덕 중턱에서부터 꼭대기까지 자리 잡은 하얀색 본관 건물 앞에 있는 주차장에 차를 대고 현관을 들어서자 병원 특유의 익숙한 알코올 냄새와 약 냄새가 그를 맞이했다. 변두리 병원처럼 높이가 낮은 1층 로비에는 온풍기가 덜덜대며 돌아가는 소리가 희미하게 들리는 가운데 하얀 가운을 입은 간호장교와 군의관들이 반짝거리는 병원 바닥을 밟으며 그의 눈앞을 가로질러 갔다. 환자에게 최선을 다하자는 성의 없는 구호가 적힌 플래카드가 걸려 있는 벽을 기대고 앉은 환자 두 명이 교회에서 쓰는 긴 의자에 나른하게 걸터앉은 채 말을 주고받는 것이 보였다. 둘 다 오른쪽 다리에 발목까지 올라오는 두꺼운 깁스를 하고 있었지만 행복해 보이는 표정들이었다. 아마 자대에 배치받은 지 얼마 안 되는 이등병들인 것 같았다. 제대 날짜를 손으로 꼽을 수 있는 병장이나 실세로 인정받는 상병들이라면 자신이 권력을 행사할 수 있는 내무반을 그리워하는 표정을 지었을 것이다. 하지만 두 병사들이 평생 몸을 지배할 상처가 몸속에 씨앗처럼 심어져 있다는 사실을 깨닫고 나면 어떤 표정을 지을지 짐짓 궁금해졌다. 비가 오거나 조금만 걸어도 조각났던 뼈들은 비명을 질러댈 것이고, 끊어졌던 인대는 사소한 충격에도 도로 끊어질 것이다. 자신을 바라보는 강 상사의 시선을 느낀 두 환자는 불편한 다리를 이끌고 어디론가 사라져 버렸다. 텅 빈 의자에 엉덩이를 살짝 걸친 강 상사는 아무것도 없는 양복의 안주머니 깊숙이 손을 집어넣었다.

"사단 수사과에서 나오셨습니까?"

굵직한 목소리에 고개를 든 강 상사는 눈처럼 하얀 가운을 입은 키 큰 의사가 눈앞에 서 있는 것을 보았다. 가운의 오른쪽에는 과장 오기민이라는 이름의 명찰이 붙어 있었다. 반사적으로 자리에서 일어난 강 상사는 손을 내밀면서 입을 열었다.

"사단 헌병대 수사과 강민규 상사입니다. 사무실로 찾아뵐 생각이었는데 직접 내려오실 줄은 몰랐습니다."

"사단 의무대 백 소령 말이 공식적인 게 아니라고 해서요. 그렇다면 사무실은 좀 그럴 것 같아서 시간 맞춰서 내려와 봤습니다. 마침 식사 시간이 조금 남아서 말이죠. 따라오십시오. 환자들은 6층에 있습니다."

납작한 1층 로비를 가로질러 가는 동안 환자들과 간호사들이 알은척을 하는 바람에 오 과장에게 제대로 말을 건네지 못했다. 침대가 들어갈 수 있도록 길쭉하게 만들어진 엘리베이터 안에서도 간호장교들 때문에 아무 말도 할 수 없었다. 엘리베이터가 6층에 멈추고 문이 열렸다. 6층은 한낮임에도 불구하고 어둠이 바닥과 벽 곳곳에 짙게 배어 있었다. 6층에 한발 내디딘 과장은 엘리베이터 바로 앞 책상에 앉아 있던 중사에게 가볍게 고개를 끄덕거렸다. 그리고 뒤따라 내린 강 상사에게 말했다.

"6층은 고의적인 총격이나 자살에 연관된 군인들이 치료를 받는 곳입니다. 그래서 누가 시키지 않았는데도 분위기가 이 모양입니다. 간호장교들이나 군의관들도 6층만큼은 딱 질색해하죠. 물론 원칙적으로 출입도 통제됩니다."

"이번 총격 사건의 부상자들은 다 여기 다 있는 겁니까?"

"중상자들은 어제 양주에 있는 수통으로 이송되었고, 여기 남아 있는 건 경상자 여섯 명이랑 소대장입니다."

그러자 고개를 갸웃거린 강 상사가 물었다.

"소대장도 부상을 당한 겁니까? 현장에서 봤을 때는 멀쩡했는데요."

"외상 후 스트레스 증세가 조금 있습니다. 그리고 뭐 어디 가 있을 곳도 없잖습니까."

양손을 가운의 주머니에 찔러 넣은 오 과장이 넋두리처럼 말하면서 복도를 걸어갔다. 엘리베이터가 있는 복도 끝 좌우에는 병실들이 길게 늘어선 복도가 드러났다. 복도 중간에 놓인 책상에는 환자복을 입은 환자 하나가 꾸벅꾸벅 졸다가 오 과장을 보고는 겸연쩍은 미소와 함께 경례를 붙였다. 가볍게 고개를 끄덕거린 오 과장이 오른쪽 복도를 따라 쭉 걸어갔다.

복도에는 앞장선 오 과장의 희미한 그림자가 드리워졌다. 군인들이 머무는 병원답게 짧게 깎은 머리를 한 환자들이 철제 침대에 누워 있거나 슬리퍼를 질질 끌며 침대 사이를 오갔다. 6022호실 앞에서 발걸음을 멈춘 오 과장이 녹색으로 칠해진 문에 달린 이름표들을 턱으로 가리켰다.

"여섯 명 모두 여기 모여 있습니다. 말이 경상이지 다들 엎드리다가 팔꿈치가 까지거나 발목이 삔 정도라서 부상이라고 말하기도 민망하죠. 다만 마음속의 상처를 얼마나 입었는지는 가늠할 수가 없습니다."

강 상사는 오 과장의 말을 들으며 문에 붙어 있는 이름표들을 읽어 내려갔다.

"이진원 이병, 이원웅 일병, 김진태 상병, 오현석 상병, 최철우 상병, 이철재 병장……. 병장은 한 명뿐이군요."

"전방 투입소대로 이등병들이 상대적으로 적었고, 병장과 상병들이 많았습니다. 소대에 병장이 열한 명이었는데 두 명 빼고는 다들 죽거나 중상을 입었습니다. 조사결과 정 이병이 총격을 가한 방향이 주로 병장들이 자고 있던 곳이었답니다. 취사장에서 죽은 여섯 명 중에서도 네 명이 병장이었고 말이죠. 그 소대에서 멀쩡하게 살아남은 병장은 근무를 나갔던 친구랑 여기 이 친구뿐입니다."

"어떻게 살아남은 겁니까?"

"이 친구는 마침 화장실에서 일을 보고 있느라고 살 수 있었던 겁니다. 막사에서 살아남은 다른 두 명은 수류탄 파편을 뒤집어써서 살아남아도 온전한 사람 구실은 못 할 겁니다."

현장 보고서에 끼워져 있던 끔찍한 현장 사진들을 떠올린 강상사는 저도 모르게 한숨을 쉬었다. 아마 평생 몸과 마음의 상처에 짓눌려서 살 수밖에 없을 것이다. 오 과장이 문고리를 살짝 돌리면서 말했다.

"들어가시죠. 오신다는 말은 미리 해놨습니다."

"감사합니다."

"그런데 말입니다."

문고리를 잡은 오 과장이 은밀한 목소리로 물었다.

"공식적인 조사가 아니라고 들었습니다만, 혹시 국방부에서 발표가 난 것과 다른 사실이 있는 겁니까?"

"왜 그렇다고 생각하십니까?"

"서당 개 삼 년이면 풍월을 읊는다고, 군 병원에 몇 년 있다 보니까 눈치가 좀 생기죠. 이번 경우는 사실 조사 시작 전부터 결론이 난 것 같았습니다. 부상자들을 조사했던 건 그들의 입을 단속시키고, 말을 맞추기 위해서라는 인상을 받았고 말이죠. 그런데 별다른 연관이 없는 사단 헌병대에서 이렇게 조사를 하는 게 좀 이상하나 싶은데요."

"사무실에 처박혀 있기 심심해서 돌아다니는 겁니다. 그렇게 의심스러우셨으면서 왜 면회를 허락하셨습니까?"

강 상사의 물음에 오 과장이 씩 웃으면서 대답했다.

"사실은 저도 박 소령이랑 좀 사이가 안 좋아서요. 그 작자 불알을 잡아당길 수 있는 일이라는 생각이 들어서 허락을 했습니다."

"그건 제대로 추측하신 겁니다."

금을 씌운 어금니를 드러내며 씩 웃은 오 과장이 문을 열어 주었다. 진한 알코올 냄새가 섞인 공기가 그의 코끝을 파고들었다.

국방색 내복을 입은 병사들은 모두 철제 침대에 앉아서 그를 기다리고 있었다. 가습기가 부글거리는 창가 쪽 침대에 있던 병사부터 차례로 훑어보던 강 상사는 문 옆에 놓인 의자를 끌어다가 병실 한가운데 가져다 놓고 앉았다. 하나같이 짧게 깎은 머리에 윤기가 사라진 회색빛 피부를 하고 있었다. 자신이 병자라고 믿는 사람들이 제일 먼저 잃어버리는 것은 핏기였다. 건강하지 못하다는 생각을 하는 순간부터 핏줄은 움츠러들고 잠들어버린다.

가습기의 물이 부글거리는 소리가 들리고 오른쪽 가운데 침대에 있던 검은 뿔테 안경이 마른기침을 했다. 일단 말이 나오기를 기다리기로 했지만 아무도 쉽사리 말을 꺼내지 않았다. 강 상사는 그들 사이에 둘러쳐진 암묵적인 침묵의 쇠사슬을 느낄 수 있었다. 계급도 다르고, 처한 입장과 생각도 천차만별이지만 단 하나 낯선 외부 침입자에 대한 경계 어린 시선이 그들을 하나로 묶어버린 것이다.

"어제까지 합동조사단에서 조사를 해 갔습니다. 같은 얘기를 너무 많이 해서 입에서 단내가 날 지경입니다."

제일 먼저 입을 연 것은 예상대로 가습기가 있는 쪽 침대에 자리 잡고 있던 뚱뚱한 병사였다. 아마 환자들 중 가장 계급이 높은 이철재 병장일 것이다. 그쪽으로 몸을 살짝 돌린 강 상사는 살짝 미소를 지어 보였다.

"반복조사를 하는 건 그러면서 처음에 경황이 없어서 그냥 넘어갔거나 기억이 나지 않은 걸 캐내기 위해서야. 사실 총알이 날아오고 수류탄이 눈앞에서 터졌는데 뭔가를 기억한다는 게 무리잖아."

"사실 전 변비라서 자기 전에 꼭 화장실에 가야 합니다. 항상 변비 때문에 고생했는데 이젠 고마워할 생각입니다."

뚱뚱한 병사의 말에 나머지 다섯 명은 공허하게 웃었다. 병든 웃음이 그치기를 기다리던 강 상사는 다시 시무룩해진 그에게 말을 던졌다.

318

"자꾸 아픈 기억을 되살리게 해서 정말 미안하네. 하지만 전 날까지 웃고 떠들던 동료들이 스무 명씩이나 죽어나갔네. 요즘은 예전처럼 쉬쉬하고 덮을 수도 없고, 죽은 병사들 가족한테 입 다물고 살라고 윽박지를 수도 없어. 그 얘기는 마지막 남은 한 톨까지 조사해서 규명하지 않으면 나는 물론이고 자네들 모두 평생 괴롭힘을 당할 수 있다는 뜻이야."

심문의 첫 번째 원칙은 처음에는 부드럽게 나간다는 것이다. 겁을 집어먹고 있는 상대방에게 같은 고민을 공유하고 있다는 인상을 심어줄 것, 그가 벌인 행동을 이해하고 어쩔 수 없었던 상황이었으며, 나 역시도 그런 상황이었다면 그럴 수밖에 없었다는 말을 할 것. 그리고 속 시원하게 다 털어놓으라고 얘기하면 열에 여덟아홉은 털어놓았다.

강 상사는 자신의 구슬림이 병사들의 마음을 어떻게 흔들어놓을지 천천히 기다려 보았다. 움찔하던 병사들의 눈은 가습기 옆에 있는 뚱뚱한 병사에게 향했다. 다른 동료들의 시선을 받은 그가 말아 쥔 주먹을 입에 갖다 대고 헛기침을 했다.

"합동조사단 단장님께서 그러셨습니다. 이번 사건은 불행한 일이지만 누군가 책임을 져야만 한다고요. 자살을 기도한 상진이는 그렇다 치고 소대장님도 처벌받을 것이라고 그랬습니다.

문제는 상진이가 막사에 총질을 한 이유가 가혹행위와 구타라면 누군가 그 애를 때리고 괴롭혔어야만 했는데 어떻게 할 거냐고 물으시더군요."

강 상사는 말을 잠시 멈추고 자신을 쳐다보는 뚱뚱한 병사에게 계속 말을 하라는 눈짓을 보냈다.

"그러고는 죽은 병장들과 상병들이 주도했다는 식으로 이야기를 끌고 갔습니다. 그래서 전 죽은 것도 억울한데 그럴 수는 없다고 했습니다. 그랬더니 기무대 하사님이 그러시더군요. '그럼 네가 감방 갈래? 잠자코 시키는 대로 하면 잠잠해지는 대로 의가사 제대 시켜 주겠지만, 딴소리를 하면 가혹행위와 구타로 묶어서 육군 교도소로 보내 버린다'고 했습니다. 무슨 일로 오셨는지는 모르겠지만 저희 여섯 명에게 들을 얘기는 똑같을 겁니다. 상진이는 평소에 말이 없었고, 소대 내무반 생활에 적극적이지 못했습니다. 죽은 선임 분대장이랑 다른 병장들이 상병들에게 상진이의 불성실한 태도가 마음에 안 든다고 압력을 가했고, 권 상병이 주동한 몇몇 상병들이 취사장과 체력 단련장에서 상진이에게 구타와 사적인 얼차려를 가했습니다."

강 상사는 암기해 놓은 내용을 반복하는 것 같은 뚱뚱한 병사의 말을 들으며 다른 다섯 명의 병사들을 쳐다보았다. 복잡한 표정들이 그의 눈에 들어왔고, 그와 눈이 마주친 병사들은 하나

같이 고개를 떨구거나 다른 쪽으로 시선을 돌렸다. 강 상사는 뚱뚱한 병사를 향해 시선을 돌렸다.

"그래서 상진이가 소대원들에게 총을 쏜 건가?"

"맞습니다. 몇 차례 구타가 있었지만 상진이는 여전히 소극적으로 행동했고, 결국 권 상병이 자기랑 같은 근무조에 집어넣었습니다. 상진이는 점점 못 견뎌 했고, 미쳐서 일을 저지른 겁니다. 그것뿐입니다. 정말 그것밖에는 아무것도 없습니다."

뚱뚱한 병사의 말이 끝나고 무미건조한 침묵이 흘렀다.

"그게 전부일까?"

"전 일련의 가혹행위에 직접 가담하거나 실행한 적이 없습니다. 지난달에 병장 진급휴가를 갔다 오기 전까지 상황근무를 서고 있었기 때문에 소대 내부의 일에 직접 가담할 여유가 없었습니다."

뚱뚱한 병사는 이제 옅은 미소까지 지으며 대답했다. 강 상사는 더 이상 뚫고 들어갈 만한 구석이 없다는 걸 느꼈다. 따로따로 심문했다면 혹시라도 다른 사실을 털어놓을 사람이 있을지 몰랐겠지만 한 병실에 모여든 여섯 명은 똑같은 말과 이야기들로 충분히 무장했다.

"막사에 총격이 가해졌을 당시 특이한 점이 있었나? 그러니까 내 말은 자기와 가까이 지낸 누군가에게 큰일이 있을 것이라는 암시를 했다든지 유난히 총에 집착한다든지 하는 이상한 징후 같은 것들 말이야."

이번에도 뚱뚱한 병사를 쳐다봤지만 검은 뿔테 안경을 쓴 병사가 불쑥 끼어들었다.

"그놈은 미치지 않았습니다."

오른쪽 눈 아래 반창고를 붙인 그 병사는 강 상사의 시선을 받자 훅 하고 숨을 들이키고는 다시 입을 열었다.

"처음에 총소리가 나고 상황실 쪽을 쳐다봤는데 문이 활짝 열렸습니다. 취침 중에는 병장님들도 그런 식으로 문을 열지 않아서 이상하게 생각하고 있는데 반대쪽 침상으로 쿵 하고 뭔가 떨어지는 소리가 났습니다. 그리고 잠시 후에 수류탄이 폭발했습니다. 그게 어떤 기분인지 아시겠습니까? 누가 북한군이라고 소리치는 바람에 전 정말 북한군 특수부대가 침입해서 총을 쏴대는 줄 알았습니다. 어떻게 했는지는 모르겠지만 바닥을 기어서 휴게실 쪽으로 피할 수 있었습니다. 제 다음으로 들어오려던 김 일병은 허리에 총을 맞고 쓰러지는 바람에 문을 완전히 닫을 수가 없었습니다."

"그래서 총을 쏘는 정 이병을 보았나?"

그의 물음에 검은 뿔테 안경을 쓴 병사가 고개를 가로저었다.

"얼굴을 볼 용기가 나지 않았습니다. 그때 그 안이 얼마나 혼란스러웠는지 짐작조차 하시지 못할 겁니다. 한 가지 기억나는 건 수류탄이 터진 직후 불이 켜졌다는 겁니다."

"정 이병이 불을 켰다는 건가?"

"누군지는 모르겠지만 막사 형광등을 켜는 스위치는 앞문 바로 옆 벽에 있었습니다. 그 자식 말고는 불을 켤 사람이 없었습니다. 그 자식은⋯⋯."

"김 상병 그만해!"

가습기 옆의 뚱뚱한 병사가 소리치자 쓰고 있던 뿔테 안경을 만지작거린 김 상병은 뭔가를 웅얼거리다가 입을 다물었다. 후임병의 말을 막은 뚱뚱한 병사가 정색을 하며 얘기했다.

"우리들은 피해자이자 생존자들입니다. 이런 추궁을 받아야 할 이유는 없습니다. 제발 그만하시면 안 되겠습니까?"

강 상사는 뚱뚱한 병사가 누워 있는 침대로 다가갔다. 그리고 침대 난간을 잡고 그를 바라봤다.

"생존자라는 건 인정해. 하지만 과연 피해자일까?"

뚱뚱한 병사는 강 상사의 비아냥거리는 물음에 욱한 표정으로 대답했다.

"그 새끼는 환자였습니다. 여기 병원을 왔다 갔다 했단 말입니다."

그러고는 아차 싶었는지 입을 다물었다. 그 미묘한 변화를 눈치챈 강 상사가 물었다.

"병원? GOP에서 어떻게 병원을 오갈 수 있었던 거지?"

"모릅니다. 저는 아무것도 모른다고요."

버럭 고함을 지른 뚱뚱한 병사는 이불을 뒤집어썼다. 강 상사는 병실의 다른 병사들을 바라봤다. 하나같이 겁먹은 표정으로 입을 다물고 있었다. 강 상사는 가볍게 웃으며 중얼거렸다.

"피해자가 아니라 공범들이었군."

모욕적인 얘기였지만 아무도 대답하지 않았다. 강 상사는 천천히 돌아서서 병실 밖으로 나갔다. 복도에는 오 과장이 환자와 얘기를 나누는 중이었다. 문이 열리는 소리를 들은 오 과장이 아는 척을 하자 얘기를 나누던 환자는 방금 강 상사가 나온 병실로 들어갔다. 문이 닫히는 걸 본 강 상사가 오 과장에게 물었다.

"누굽니까?"

"소대장입니다. 사고가 난……."

오 과장의 얘기를 들은 강 상사는 사단장에게 질타를 받느라 고개를 숙이고 있던 소대장을 봤던 기억을 떠올랐다.

"종종 찾아옵니까?"

"아무래도 같이 살아남았으니까요. 방금 연락을 받았는지 중상을 입은 병장 한 명이 사망했다고 하더군요. 그나마 후유증 없이 살아갈 친구들은 저들이 전부입니다."

오 과장의 설명을 들은 강 상사는 굳게 닫힌 병실의 문을 바라봤다. 총기 난사를 한 정 이병이 최전방 GP에서 이곳까지 진료를 왔다는 사실은 사건 관련 보고서에서 전혀 언급되지 않았다. 누군가 보고서에서 빼라고 지시했을 것인데 그 정도로 손을 쓸 수 있는 건 몇 명 없었다.

"사단장이랑 감찰과 박 소령."

사라진 정 이병의 수첩이 떠올랐다. 팔다리가 멀쩡했으니, 이곳에서는 정신과 진료를 받은 게 분명했다. 만약 그 수첩에 그 사실이 적혀 있다면 엄청난 파장이 일어날 게 뻔했다.

5

다음 날, 강 상사는 사무실에 출근하자마자 박 중사를 찾았다.

"수송대 근무일지 어디 있지?"

철제 캐비닛 쪽으로 걸어간 박 중사가 물었다.

"일지라면 언제적 말씀이십니까?"

정 이병이 전입한 시점을 떠올린 강 상사가 대답했다.

"작년 11월 초부터 올해 1월 중순까지, 철정 병원에서 내륙 5초소까지 이동한 차량을 찾아봐. 차종에 상관없이."

예하부대에서 매일 보고하는 근무일지는 몇 부가 복사되어 헌병대 수사과에도 한 부씩 비치되어 있다. 컴퓨터가 보편화되긴 했지만 보고를 받는 쪽이 종이에 익숙해져 있어서 쉽사리 없어지지 않은 관행이었다. 날짜가 적혀 있는 황색 파일을 손끝으로 넘기던 강 상사가 파일을 가지고 왔다. 책상 위에 쏟아진 파일들이 좌르륵 흩어졌다.

"뭐 찾으시게요?"

강 상사는 박 중사에게 묻지 말라는 눈빛을 던졌다. 그러고는 하나씩 파일들을 들춰보았다. 최전방 GOP 초소에서 철정 병원까지 갈 수 있는 방법은 별로 없다. 물론 화문읍까지 걸어 내려와서 버스를 탈 수도 있겠지만 입대한 지 얼마 안 되는 이등병을 혼자 보내줄 리는 없었다. 결국 군용 차량을 타고 병원에 갔고, 역시 군용 차량을 이용해서 초소에 복귀했을 것이다. 병원에 가는 이등병 하나 때문에 별도로 차량을 배정하지는 않았을 테고 결국은 다른 일로 움직인 군용차량에 동승하는 식으로 움직였을 것이다. 하지만 수송대 근무일지에 적혀 있는 차량 넘버와 행선지를 살펴봤지만 1월 중순 전방까지 철정 병원을 오가는 차량을 찾아내지 못했다. 한겨울이라 별다른 공사가 없었고, 전방에 바로 투입되는 신병들은 연대에서 해당 중대 본부로 갔다가 각 소대로 배치되었기 때문이었다. GOP에 들어가는 차량은 몇 개 찾았지만 홍천까지 내려오는 차량은 없었다. 실망감이 가득한 한숨을 쉰 강 상사는 서랍 속의 담배를 챙기고는 일어났다. 컴퓨터 모니터를 들여다보던 박 중사가 물었다.

"어디 가십니까?"

박 중사의 물음에 강 상사는 아무 대답 없이 담배를 흔들어 댔다.

주차장 쪽으로 통하는 후문을 밀고 나간 강 상사는 폐 속 가득 차가운 공기를 빨아들였다. 냉기를 가득 품은 바람이 전선줄을 흔들어서 고드름처럼 매달린 눈을 떨어뜨렸다. 건물 사이에 있는 벤치 쪽으로 걸어간 그는 휴대폰을 꺼내 들었다. 저장되어 있는 이름들을 차례차례 끌어내리던 그는 '연대 수송관 이호신 상사'라는 이름을 찾아내자 통화버튼을 엄지손가락으로 힘껏 눌렀다. 통화대기음이 한참 들리고 나서야 상대방은 전화를 받았다.

"아이구, 우리 강 상사가 어쩐 일이십니까?"

호들갑을 떨어대는 휴대폰 너머의 목소리를 들으며 강 상사는 피식 웃고 말았다. 상대방이 머리를 굴리는 소리가 목소리보다 더 크게 들렸기 때문이었다. '이 자식이 왜 나한테 전화했지? 받아야 하나 말아야 하나?' 몸속에 남은 긴장감을 잔뜩 끌어올린 그가 안부를 묻는 이호신 상사의 말을 잘랐다.

"뭐 그렇게 호들갑 떨 건 없고, 부탁할 게 있어서 전화했어."

"아니, 나는 새도 떨어뜨리는 헌병대 상사님께서 기름밥 먹는 연대 수송관한테 무슨 부탁이 있다고 그러십니까?"

"올 초에 내륙 5초소에서 원주에 있는 철정 병원까지 운행한 차량이 있는지 확인해 줄 수 있겠어? 날짜는 작년 11월 초부터 1월 중순이었는데 말이야.

"어쩐 일로? 내륙 5초소면?"

휴대폰에 입술을 바짝 갖다 댔는지 목소리가 심하게 울렸다. 덧붙여 망설임과 의혹까지 함께 묻어 나왔다.

"총질한 새끼에 관해서 알아볼 게 있어서 말이야.

"공식적인 조사라면 공문 보내 주시고 처리해 주시면 안 될까요?"

상대방의 나름 완강한 저항에 강 상사는 짐짓 화난 목소리로 소리쳤다.

"야, 임마! 내가 지금 옷 벗는다고 버티는 거야? 가기 전에 연대 수송부 비리 다 풀어놓고 갈까? 좋은 말로 할 때 협조하지? 그게 서로한테 좋을 테니까."

"아이, 그냥 해 본 소립니다. 화 푸세요."

비비 꼬는 것 같은 목소리로 대꾸한 연대 수송관이 말을 이어 갔다.

"어떻게 도와 드리면 될까요? 날짜 알려 드리면 되는 겁니까?"

"행방을 정확히 파악해야 하니까 선탑자를 찾아서 나랑 연결 시켜 줘. 물어볼 게 몇 개 있으니까."

"말씀은 알겠는데 바로 찾을 수 있을지 모르겠습니다."

시간을 끌겠다는 상대방의 수작을 간파한 그가 쏘아붙였다.

"요즘도 수송일지 말고 비밀장부 따로 쓰는 거 다 알고 있어.

그러니까 쓸데없는 수작 부리지 말고 한 시간 내로 전화해."

강 상사는 상대방이 대답하기도 전에 휴대폰을 껐다. 천천히 담배불을 붙인 강 상사는 담배 연기를 내뿜었다. 2월의 추위에 얼어붙은 연기가 천천히 흩어졌다.

전화는 30분 후에 왔다. 아까 통화했던 이호신 상사의 떠들썩한 목소리가 들려왔다.

"접니다. 확인해 봤는데요. 1월 중순이면 혹시 12일 아닙니까?"

"날짜는 정확히 몰라. 최전방에서 홍천에 있는 철정 병원까지 운행하는 일은 많지 않잖아. 아예 없든지."

"맞습니다. 원래 스케줄에는 한 번에 연결되는 건 없었는데요. 내륙 6초소에 서치라이트를 싣고 갔던 트럭 한 대가 퍼지는 바람에 석진리 대대로 보급품을 싣고 갔던 트럭이 대신 운행했습니다."

"일지에는 차량 고장에 관한 언급은 없었던 것 같은데?"

이호신 상사가 비비 꼬는 것 같은 말투로 대답했다.

"에이, 아시면서."

"알았어. 그 총질한 놈을 태워서 철정 병원까지 데려간 거 맞아?"

"예, 백 하사가 선탑 했는데 물어보니까 바로 확인해 줬습니다."

"옆에 있어?"

"네. 저 근데 비밀 지켜 주시는 거죠?"

"너만 입 다물고 있으면 돼. 얼른 바꾸기나 해."

"잠깐만 기다려 주십시오."

손으로 휴대폰의 송화구를 막은 듯 소리가 딱 끊겼다. 아마 마지막으로 주의를 주고 있는 것 같았다. 절벽같이 막혀 버린 휴대폰이 터지고 잔뜩 긴장한 목소리가 들려왔다.

"충성, 수송대 선임하사 백중수입니다."

"자네가 선탑한 차량에 동승한 사람이 정상진 이병이 맞나?"

"예, 맞습니다. 서치라이트를 내려 주는데 옆 초소에서 연락이 왔습니다. 소초장님이 소대원 하나를 외진 보내고 싶은데 마땅한 차편이 없다고 했습니다. 즉시 수송대에 연락해서 지시를 받고 동승을 허락했습니다."

딱딱 끊기는 말투가 귀에 거슬렸지만 그런 걸 따질 때가 아니었다.

"그 친구가 올 때 내륙 5초소까지 복귀시켜 준건가?"

"아닙니다. 제가 선탑한 차량의 목적지는 석진리였기 331번 전술도로 교차점까지 태워줬습니다."

"초소로 가는 오르막길 바로 앞이군."

"맞습니다. 거기에 소초장이 나와 있어서 바로 인계했습니다."

"오가는 동안 이상한 점은 없었나?"

"특별히 이상한 점은 없었습니다. 멀쩡한 녀석이 무슨 일로 홍천에 있는 병원까지 진료를 받으러 가는지 이상하다는 생각이 들긴 했지만 말입니다."

휴대폰 너머에서 혀를 차는 소리가 들려왔다. 아마 백 하사 바로 옆에 붙어 있던 이호신 상사가 내는 쓸데없는 소리를 하지 말라는 경고를 한 것 같았다.

"돌아오는 길에 정 이병이 자기 상황에 대해서 얘기해 준 적이 있나?"

"오가는 내내 별다른 말이 없었습니다."

"혹시 정 이병이 가지고 있는 수첩 같은 건 못 봤나?"

"수첩 말입니까?"

"그래, 진중수첩 말이야."

"못 봤습니다."

또다시 막다른 벽에 다다른 기분이었다. 만약 병원을 오갔다면 관련 기록들을 수첩에 적어 놨을 것이다. 그걸 찾아야 단서를 확인할 수 있는데, 완전 맨땅에 헤딩하는 상황이었다.

"그럼 오는 도중에 정 이병이 잠깐 차에서 내리거나 이탈한 적이 있었나? 자네나 운전병 눈에 안 보이게 말이야."

"그런 적은 한 번도 없었습니다."

마치 그런 질문을 기다렸다는 듯 대답은 1초도 안 되서 튀어나왔다. 바로 옆에 있는 이호신 상사가 잘했다며 고개를 끄덕거리는 모습이 머릿속에서 그려졌다.

"좋아. 중간에 어디어디 들른 거지?"

"다른 곳은 안 들렀습니다."

강 상사는 코웃음을 치면서 얘기했다.

"스케줄 짝퉁으로 짜고 운행하는 거 다 알고 있으니까 털어놓는 게 좋을 거야."

머뭇거리던 백 하사가 털어놓았다.

"저, 딱 한 군데만 들렀습니다."

"어디?"

"고기리에 있는 제일 슈퍼에서 잠깐 멈췄습니다. 운전병이 목이 마르다고 했고, 저도 화장실이 급해서 말입니다."

"정 이병은?"

"그게, 같이 화장실에 갔다가 담배를 피우고 있는데 먼저 차에 가 있겠다고 했습니다. 그런데 돌아가니까 차에 없었습니다."

"어딜 간 거였지?"

"놀래서 이리저리 찾는데 불쑥 나타났습니다. 어디 갔다 왔느냐고 했더니 잠깐 바람을 쐬고 왔다고 해서 뭐라고 하고 차에 태웠습니다."

"그리고 소초까지 바로 갔고?"

"그렇습니다. 소초장이랑 같이 가는 걸 보고 출발했습니다."

얘기를 들은 강 상사는 생각에 잠겼다.

"알겠네. 옆에 있는 이호신 상사 좀 바꿔 주게."

강 상사는 기나리고 있었다는 듯 휴대폰을 넘겨받은 이호신 상사에게 쐐기를 박았다.

"비공식적으로 조사하는 거니까, 입 다물고 있어. 백 하사 입 단속 잘 시키고."

"염려 마십쇼. 그나저나 강 상사님 퇴직하시면 전 이제 누굴 믿고……."

강 상사는 아무 말 없이 통화를 끊었다. 남은 담배를 마저 피우며 생각에 잠겼다.

"병원 치료를 받을 정도로 상태가 안 좋은 애를 빼지 않고 전 방에 놔뒀다 이거지."

총과 수류탄을 사용하는 최전방 GP나 GOP에는 문제가 있는 병사는 투입하지 않는 게 원칙이었다. 하지만 병력이 부족하다 는 이유로 종종 그런 원칙이 무시될 때가 있었다. 이번에도 그 런 케이스 같았다. 정신적으로 문제가 있던 병사가 괴롭힘과 폭 력에 노출되면서 총기 난사를 벌인 것이다.

"이게 터지면……."

사단에서는 정 이병이 충동적으로 사건을 저지른 것으로 몰아가는 중이었다. 그런데 실제로는 애초부터 문제가 있었던 것이다. 소초장의 허락을 해서 진료를 갔을 것이고, 그 사실은 중대를 통해 대대와 사단까지 보고되었을 것이다. 정 이병이 정신과 진료를 받았다는 사실을 은폐한 것이 밝혀지면 엄청난 후폭풍이 휘몰아칠 게 분명했다. 거기다 사단장이 은폐를 지시했다면 보직 해임 정도로 끝나지는 않을 게 분명했다. 전역을 하게 결심한 두 사람에게 타격을 줄 건수를 잡을 수도 있다는 사실에 강 상사는 웃음을 참지 못했다. 지나가던 병사 둘이 혼자서 웃고 있는 강 상사를 보고는 이상하다는 표정을 지었다. 사무실로 돌아온 강 상사는 전방 전술 지도를 펼쳤다. 그리고 연필로 점을 찍었다.

"여기가 차가 멈춘 고기리 제일 슈퍼고, 담배를 피운 시간이 대략 5분에서 10분 사이면……."

자를 대고 거리를 확인해 봤다. 왕복 5분이면 뛴다고 해도 몇백 미터를 벗어나기 힘들었다. 만약 수첩을 어딘가에 숨겼다면 그 시간을 이용했을 게 분명했다. 자를 이용해서 반원을 그린 다음에 그 안쪽을 살폈다. 그러다가 한 지점에서 멈췄다.

"여긴……."

6

퇴근 시간이 되자마자 사무실을 나온 강 상사는 내륙 5초소
가 있는 고기리로 향했다. 제일 슈퍼를 지난 강 상사는 자신이
몰던 차를 길 옆에 버려진 비닐하우스 옆에 숨겨뒀다. 그리고
해가 좀 더 떨어지기를 기다린 다음에 도로를 따라 걸었다. 다
행스럽게도 한밤중에 331번 전술도로를 타고 내려오는 차량은
더 이상 없었다. 가끔 불어대는 추운 바람을 견디며 몇 분쯤 걷
자 희미한 갈림길 표시가 나타났다. GOP로 통하는 진입로는 차
량 한 대가 겨우 지나갈 수 있는 비포장도로였다. 며칠 전 왔을
때의 기억을 더듬으며 길을 따라 걷던 강 상사는 총격 사고 후
새로 투입된 인원들이 머무는 대형 천막을 발견하고는 걸음을
멈췄다. 그리고 대략 폐분초의 방향을 가늠한 후 발걸음을 옮겼
다. 정 이병이 짧은 시간에 갈 만한 동선 안에 폐분초가 있었다.
전방 GOP에서 종종 검열을 할 때 애매하거나 민감한 것들을 숨겨두는 곳이었다. 거리도 가깝고 버려지긴 했지만 뭔가를 보관하기에는 적합한 장소였던 것이다. 최대한 빨리 오긴 했지만 겨울 해는 이미 떨어진 상태였다.

동해바다에서 넘실거리는 오징어잡이 배의 집어등에 해안을 따라 이어진 철책의 실루엣이 보였다. 주변이 조용한 것을 확인한 강 상사는 손목시계의 야광초침을 보면서 시간을 가늠했다. 이제 막 8시를 넘긴 시간이었다. 전원투입이 끝나고 전반야 근무의 첫 번째 밀어내기를 할 시간이었다. 몸을 일으킨 강 상사는 어둠 속에 귀를 기울였다. 바위투성이 언덕에 가려진 순찰로에서 저벅거리는 소리가 들려왔다. 바위 언덕에 바짝 붙은 강 상사는 발걸음 소리가 사라진 걸 확인한 다음에 바위 언덕을 기어올랐다. 다른 곳은 풀숲이 너무 우거져서 소리가 날 것 같았다. 톱날을 겹겹이 쌓아올린 것 같은 바위 언덕은 목장갑을 끼고도 올라가기가 쉽지 않았다. 조심스럽게 꼭대기로 올라선 강 상사는 새까만 어둠의 바다를 내려다볼 수 있었다. 눈이 쌓여 있는 순찰로는 조용했다. 막사 쪽 순찰로를 응시했지만 넘어오는 발자국 소리는 들리지 않았다. 바위 언덕에서 순찰로까지는 생각보다 높지 않았다. 조심스럽게 자세를 잡은 강 상사는 두 팔을 활짝 벌리고 훌쩍 뛰어내렸다.

"으윽!"

예상보다 높았는지 발목의 충격이 생각보다 컸다. 겨우 몸을 일으켜서 절뚝거리며 걸어가던 강 상사는 순찰로 중간에 있는 폐분초를 발견했다. 잠깐 멈춰 서서 숨을 고르던 강 상사는 앞쪽에서 들려오는 발자국 소리에 그대로 얼어붙었다. 몸을 바짝 낮추고 주변을 둘러봤지만 좁은 순찰로 주변에는 교통호 외에 몸을 숨길 만한 곳이 없었다. 교통호를 슬쩍 내려다 본 강 상사는 고개를 저었다. 저곳에 몸을 숨겼다가는 땅속에 머리를 파묻은 타조 꼴이 될 것 같았다. 발자국 소리가 난 쪽은 야트막한 언덕이 가려져 있어서 아직 모습은 보이지 않았다. 폐분초와의 거리를 가늠하던 강 상사는 아직 통증이 묻어 있는 다리를 질질 끌면서 뛰기 시작했다. 급한 마음과는 달리 다리는 느릿느릿 움직였다. 거리가 좁혀지면서 발자국 소리는 점점 더 크게 들려왔다. 겨우 폐분초 입구에 도달한 강 상사는 언덕 위쪽으로 군용 헬멧이 솟아오르는 것을 보고는 그대로 안쪽으로 몸을 날렸다. 강 상사는 눈앞에 보이는 계단 뒤쪽으로 몸을 숨겼다. 저벅거리며 다가오던 발자국 소리는 폐분초 앞에서 멈췄다.

"야! 고 일병 너도 분명 소리 들었지?"

"그런 것 같습니다."

근무조장과 조원의 대화가 바로 앞에서 들려오는 것처럼 선

338

명했다.

"들었으면 들었고 아니면 아니지, 그런 것 같다는 건 또 뭐냐? 후레시 좀 줘 봐."

딸칵거리는 소리와 함께 폐분초 안으로 빛이 밀려들어 왔다. 동그랗게 뭉쳐진 빛이 낡은 폐분초 안을 훑고 지나갔다.

"안에 들어가서 살펴볼까?"

고참의 목소리에 강 상사는 가슴이 철렁 내려앉았다. 몇 발자국만 안에 들어온다면 계단 뒤에 몸을 숨기고 있는 게 들통날 게 뻔했다. 그때 조원의 목소리가 들렸다.

"저, 김 병장님이 다음 초소 근무자이신데 말입니다. 아까 전원투입 끝나고 나서 근무 빼달라고 쏘가리한테 얘기했다가 된통 깨졌답니다."

조원의 얘기를 들은 조장이 입맛을 다셨다.

"그래? 하긴 여기 안 끌려왔으면 지금쯤 내무반에서 뒹굴뒹굴 했을 텐데 말이야. 어서 가자. 잘못하면 말년 미쳐버리겠다."

딸칵거리는 소리와 함께 폐분초 안으로 들어왔던 빛이 사라졌다. 멀어져 가는 발자국 소리를 들으며 가슴을 쓸어내린 강 상사는 점퍼 주머니에 넣어 두었던 택티컬 라이트를 꺼내서 벽을 비췄다. 시멘트벽은 세월의 무게에 못 이겨 군데군데 부서져버린 상태였다.

강 상사는 조심스럽게 안으로 한 걸음씩 들어가면서 계단 쪽을 비춰보았다. 대공 초소로 올라가는 계단 맞은편 복도에는 옛날 초등학교에서 쓰던 낡은 책상 두 개가 나란히 붙어 있었다. 가까이 다가간 강 상사는 두껍게 내려앉은 실타래 같은 먼지 위에 불빛을 갖다댔다. 책상 위에는 거미줄과 두꺼운 먼지가 뒤엉켜 있었다. 여기에 정상진 이병이 왔다면 수첩을 어디에 숨겼을지 고민해봤다. 그러면서 천천히 택티컬 라이트로 어둠을 쑤셔댔다.

그러다가 돌덩어리들이 마을 입구의 서낭당처럼 쌓인 것을 발견했다. 돌무더기의 중간쯤에 50 탄통이 놓여 있는 것이 불빛 안에 잡혔다. 강 상사는 탄통이 있는 곳으로 다가갔다. 택티컬 라이트를 입에 물고 양손으로 탄통을 열자 맥심 잡지들이 구겨진 채 들어 있는 게 보였다. 잡지 아래에는 예전에 쓰던 비문들이 든 서류 봉투들이 나왔다. 그리고 그 아래에 수첩이 놓여 있었다.

수첩을 무릎에 올려놓은 강 상사는 얇은 검은색 수첩 앞장에 정상진이라는 이름과 굵은 작대기 하나를 발견하고는 안도의 한숨을 쉬었다. 그러다 머리 위에서 들리는 낯선 소음에 무심코 고개를 들었다. 입에 물고 있던 택티컬 라이트의 불빛이 천정에 거꾸로 매달려 있던 박쥐 떼들을 비췄다. 낯선 침입자들에게 경계의 소음을 내뿜은 박쥐들은 몸을 감싸고 있던 날개를 펼치고는 밖으로 날아갔다.

"젠장!"

퍼드덕거리는 날갯짓 소리가 바짝 엎드린 강 상사를 타 넘었다. 박쥐들이 모두 빠져나간 걸 확인한 강 상사는 서둘러 폐분초 입구로 나갔다. 한밤중에 갑자기 박쥐가 밖으로 날아갔다는 게 뭘 의미하는지는 뻔했다. 갑자기 마음이 급해진 강 상사는 폐분초 입구로 나와서 주변을 살폈다. 다행히 별다른 인기척은 없었다. 강 상사는 수첩을 품속에 넣은 채 서둘러 어둠 속으로 몸을 숨겼다.

버려진 비닐하우스 뒤편에 세워둔 차로 돌아온 강 상사는 서둘러 운전석에 앉아서 시동을 켰다. 불을 켜고 수첩을 넘기기 시작했다. 앞에는 예상대로 소대 고참들의 이름과 계급이 적혀 있었고, 그 다음에는 암기 사항이라고 별표가 쳐진 내용들이 나왔다. 취사장에서 잡담하지 말 것, 책이나 신문 읽지 말 것, 빨래는 고참들이 한 다음에 할 것 등이 적혀 있었다. 하지만 어디에도 병원 진료에 대한 내용은 나오지 않았다. 심호흡을 한 강 상사는 천천히 다시 살펴봤다. 하지만 어디에도 찾는 내용이 보이지 않았다.

"망할!"

헛다리를 짚었다는 생각에 짜증이 왈칵 밀려왔다. 욕설을 내뱉으면서 수첩을 조수석에 던져 버렸다. 그러다가 수첩을 다시 펼치며 중얼거렸다.

"수첩의 뒷장들이 몇 개 뜯겨져 나갔네."

그리고 수첩의 뒤쪽 비닐 커버가 생각보다 두툼하다는 걸 깨달았다. 비닐 커버 안쪽으로 손가락을 쑤셔 넣자 작게 접은 종이쪽지들이 나왔다. 조심스럽게 펼쳐 본 강 상사는 불빛에 의지한 채 내용을 읽었다.

> 1월 12일, 철정 병원 진료 받고 복귀. 소대장님이 마중 나옴.
> 고참들이 '빠져가지고 병원을 다녀왔다'고 취사장 뒤편으로
> 끌려가서 몇 대 맞음.

그 아래에는 구체적인 진료 내용들이 적혀 있었다. 그리고 상담을 한 의사의 이름까지 적혀 있었기 때문에 조사하는 데는 아무 문제가 없었다. 그러니까 사단에서는 정상진 이병에게 문제가 있다는 사실을 보고 받고도 조치를 취하지 않았던 것이다.

"맙소사."

어느 정도 예상하긴 했지만 실제 결과물을 손에 넣자 강 상사

는 짜증과 함께 분노를 느꼈다. 사단의 간부들이 제대로 관심을 기울여서 조치를 취했다면 일어나지 않았을 사고였기 때문이다.

"그것도 모자라서 은폐를 하려고 들어?"

왈칵 짜증이 난 강 상사는 투덜거리며 마지막 쪽지를 펼쳤다. 거기에 적힌 내용을 읽은 강 상사는 놀라서 입을 다물지 못했다. 전혀 예상밖의 내용이 적혀 있었기 때문이다.

"말도 안 돼!"

충격이 가시자 스쳐 지나갔던 그의 모습이 떠올랐다. 완전히 사람을 잘못 봤다는 충격에서 겨우 벗어난 강 상사는 서둘러 휴대폰을 꺼냈다.

"야! 박 중사!"

"네, 지금 어디십니까?"

박 중사의 물음에 강 상사가 소리쳤다.

"지금 당장 애들 데리고 철정 병원으로 가! 서둘러!"

"안 그래도 가는 중입니다."

"뭐라고?"

휴대폰을 다른 손으로 바꿔 잡은 강 상사가 말했다.

"방금 병원에서 연락이 왔습니다. 쏘가리 녀석이 살아남은 부하들을 인질로 잡고 대치 중이랍니다."

7

철정 병원 앞은 출동한 5분 대기조들이 차단 중이었다. 안에
는 군단 소속 대테러 부대와 헌병 특경대까지 출동한 상태였다.
현관 앞에 차를 세우고 안으로 들어가자 로비에 오 과장이 서성
거리는 게 보였다. 강 상사가 들어서자 오 과장이 다가왔다.

"난리 났습니다."

"오다가 보고를 받긴 했는데 인질극이 무슨 얘깁니까?"

가면서 얘기하자는 듯 몸을 돌린 오 과장이 대답했다.

"소대장이 폭발물을 가지고 병실로 들어가서 문을 잠가 버렸
습니다."

"폭발물을 대체 어디서 구한 겁니까?"

"여기저기서 재료들을 조금씩 모아서 사제 폭발물을 만들었
답니다. 대학 때 전공이 화학이라 만들 수 있었던 모양입니다.
처음에 얘기를 들었을 때 긴가민가했는데, 1층 엘리베이터 옆

화분에 폭탄을 설치했다고 한 게 터졌습니다."

엘리베이터 앞에 선 오 과장이 바로 옆의 벽을 가리켰다. 화분 받침만 덩그러니 남았고, 위쪽 화분은 산산조각이 나서 바닥과 벽에 흙이 뿌려져 있었다. 엘리베이터 문이 열리자 오 과장이 먼저 탔다.

"문고리에 끈을 감아놨는데, 그걸 당기거나 끊어 버리면 안에 설치한 폭탄이 터진다고 했답니다."

숨도 쉬지 않고 얘기한 오 과장이 강 상사에게 물었다.

"대체 왜 인질극을 벌인 겁니까?"

"소대장도 왕따를 당했습니다. 정상진 이병이랑 같이 말이죠."

대답을 들은 오 과장이 어이없다는 표정을 지었다.

"소대장까지 말입니까?"

그때 띵 하는 소리와 함께 엘리베이터가 6층에 도착했다. 문이 열리자 흑복을 입은 헌병 특경대 요원들이 복도에 진을 치고 있는 게 보였다. 그들에게 목에 건 신분증을 보여 준 오 과장에게 강 상사가 말했다.

"전방이라 가능했던 거죠. 장교는 한 명뿐이니까요. 거기다 정상진 이병처럼 임관한 지 얼마 되지 않았으니 만만했을 겁니다."

"아무리 그래도 그렇지."

혀를 찬 오 과장에게 강 상사가 덧붙였다.

"구타와 괴롭힘을 당하는 정상진 이병을 도와 주려고 했던 모양입니다. 그러다가 소대 고참들에 의해 자기도 갈굼을 당한 거죠. 예를 들어서 소대장에게 따로 밥을 안 가져다 주는 하는 방식으로 말입니다."

"그래서 소대장이 정상진 이병을 시켜서 총기 난사 사건을 일으킨 겁니까?"

"얼마만큼인지는 모르겠지만 영향을 미친 건 확실합니다. 정상진 이병은 자기를 감싸 주는 소대장에게 고마움을 느꼈고, 그래서 네가 해결해야 한다는 말에 총기 난사를 하기로 결심한 거죠."

진중수첩에서 발견한 쪽지의 마지막에 적힌 내용이었다. 자기를 병원까지 보내서 진료를 받게 해 준 것에 대한 고마움이 남겨져 있었다. 학창시절부터 괴롭힘과 따돌림이 일상이었던 그에게는 한 줄기 빛이나 다름없었다. 그래서 소대장을 위해 총을 들겠다는 내용이 남겨져 있었다. 그리고 그걸 복귀하는 과정에서 폐분초에 숨겨 놨다. 아마 사건 이후 조사 과정에서 발각되는 걸 걱정했던 것 같다. 아예 없애 버리지 않은 이유는 불분명했지만 말이다.

이런저런 생각을 하면서 복도를 걷다가 마침내 문제의 병실 앞에 도달했다. 흑복을 입은 헌병 특경대 사이로 박 중사와 함께 감찰과 박 소령의 모습이 보였다. 그를 본 박 중사가 한걸음에 다가왔다.

"오셨습니까?"

"상황은?"

"병실 문과 바깥쪽 창문에 부비트랩을 설치했답니다."

간단하게 상황을 보고 받은 강 상사가 먼발치에 서 있는 박 소령을 힐끔 바라봤다.

"어떻게 할 거래?"

"이러지도 저러지도 못하고 있습니다. 밀고 들어갔다가 폭탄이라도 터지면……."

고개를 절레절레 흔든 박 중사에게 알겠다고 대답한 강 상사는 병실 앞으로 다가갔다.

"상사님!"

"말년에 꼬였네."

말은 그렇게 했지만 속은 바짝 긴장했다. 하지만 이 일을 풀 수 있는 건 자신뿐이라는 것도 명백했다. 물러나라는 박 중사의 외침을 무시한 강 상사는 검정색 줄로 감겨진 문고리가 있는 병실 앞에 섰다. 소대장의 이름을 잠깐 생각한 강 상사가 말했다.

"고 소위님. 얘기 좀 합시다. 저는 사단 헌병대 강민규 상사라고 합니다.”

“할 얘기 없으니까 기자 불러!”

“불러드리는 건 어렵지 않지만 여기까지 못 올 겁니다. 그러니까 일단 폭탄부터 해체하고 얘기하시죠.”

“이대로 묻어 버리려고 하는 거 다 알아!”

“그럴 단계는 지났으니까 염려하지 마십시오. 제가 어디서 온 지 아십니까? 내륙 5초소에 있는 폐분초에 갔다 왔어요.”

“거긴 왜?”

“정상진 이병에 거기에다 자기 진중수첩을 짱박아 뒀거든요. 그거 찾다가 박쥐 먹이 될 뻔했습니다.”

가볍게 웃은 강 상사가 품속에서 꺼낸 쪽지를 펼쳤다.

“쪽지에 자기가 당한 거랑 소대장님이 당한 거 다 적어 놨더군요. 거기에 병원 진료까지 받을 정도로 상태가 안 좋았는데 전방에서 빼내지 않은 것도 확인했습니다.”

“씨발, 데려올 때는 나라의 아들이고, 다치면 남의 자식, 죽으면 개만도 못한 취급을 하지. 난 분명히 걔가 문제가 있으니까 빼야 한다고 중대장한테 쪼인트 까이면서 얘기했어. 그런데 들은 척도 안 하다가 일이 터지니까 쉬쉬하고 있잖아.”

두꺼운 철문 너머였지만 울분이 고스란히 느껴졌다. 소대장의 얘기를 들으면서 정상진 이병이 굳이 진중수첩을 없애지 않고 숨겼는지 이해가 갔다. 혹시나 진실이 밝혀지지 않을까 걱정했던 것이다.

"군대가 다 그렇잖아요. 나도 며칠 후에 전역입니다. 사단장이랑 감찰과에서 달달 볶아대서요."

"나가면 뭐할 겁니까?"

"배운 게 도둑질이라고, 탐정이나 할까 생각 중입니다."

"탐정이라, 재미있겠네."

"소위님이 폭탄 터트리고 끝내면 누가 좋아할 거 같아요? 이 사건을 은폐하려고 한 인간들입니다. 그림이 그려지지 않습니까?"

문 안에서 무슨 그림이냐는 물음에 강 상사가 능청스럽게 대답했다.

"소대장이랑 병사가 쌍으로 미쳐서 사고를 쳤다고 하고 넘어 갈 겁니다. 죽은 자는 말이 없는 법이고, 악당은 말이 많은 법이 잖아요."

"그래서 기자를……."

"기자 안 온다고요. 차라리 재판정에 서서 얘기하십시오. 그게 더 쉬운 방법입니다."

"나보고 자수하라는 얘기야? 나를 괴롭히고 정 이병을 때린 놈들이 그냥 놔두고?"

"거의 다 뒤졌잖아요. 그리고 걔들은 뭐 처음부터 누굴 때렸 겠습니까? 맞다가 때린 거죠."

"그래서 그냥 모른 척 넘어가려고 했어. 그런데 여기 병실에 있는 새끼들 말이야. 자기는 잘못한 게 없다잖아. 이놈들도 정 이병을 괴롭히고 때렸던 걸 내 눈으로 봤어."

억울해 미치겠다는 소대장의 대답에 강 상사가 대답했다.

"그러니까 재판정에서 얘기를 해야 하지 않겠습니까? 안 그 러고 폭탄 터트리면 속된 말로 걔들 다 현충원에 갑니다. 그게 더 끔찍할 거 같은데요."

강 상사의 말에 소대장이 병실의 철문을 주먹으로 치는 소리 가 들렸다.

"그럼 어쩌라고?"

"문을 열고 세상 밖으로 나와요. 그 안에서는 아무것도 할 수 없으니까."

"그런 식으로 날 설득하지 마."

소대장의 말에 강 상사는 잠시 생각을 하다가 대답했다.

"상진이는 자신을 도와 주려는 당신 때문에 스스로 희생했습 니다. 당신도 그 정도 용기는 내야 하지 않습니까?"

얘기를 마친 강 상사는 뒷걸음질로 물러났다. 그리고 철문을 뚫어지게 바라봤다.

잠시 후, 삐걱거리는 소리와 함께 문이 열렸다. 그리고 손에 검은색 비닐봉지를 든 소대장의 모습이 보였다. 그 뒤로는 침대에 결박당한 소대원들이 발버둥을 치는 중이었다. K1 소총을 든 헌병 특경대원들이 다가와 소대장의 손에 들려 있던 검정색 비닐봉지를 빼앗아가고 그를 바닥에 넘어뜨렸다. 그리고 팔을 등 뒤로 해서 결박을 지었다. 강 상사는 그러는 내내 소대장을 지켜봤다. 결박을 당한 후 일으켜 세워진 소대장은 강 상사를 뚫어지게 바라보다가 그대로 지나쳐갔다. 그런 소대장의 뒷모습을 보면서 강 상사는 쓴웃음을 지었다. 박 중사가 다가와서 엄지손가락을 치켜세웠다. 반면 박 소령은 얼굴을 찌푸린 채 다가왔다.

"아무리 협상이라지만 그런 식으로 군대를 모욕하면 어떡해?"

"그럼 뭐, 제가 틀린 얘기했습니까?"

"자네 아직 군인이야! 명령에 복종하라고!"

"내가 먼저 옷을 벗을지 당신이 먼저 벗을지 내기할까?"

"뭐라고?"

얼굴을 찌푸린 박 소령을 향해 코웃음을 친 강 상사가 말했다.

"차 타고 오면서 아는 언론사 기사랑 통화했어. 지금쯤 뉴스 나오기 시작할 거야. 사단에서 정상진 이병이 정신과 치료를 받았다는 사실을 은폐했다는 걸 말이야."

때마침 복도에 있던 TV에서 뉴스 속보가 흘러나왔다. 안경을 쓴 남자 앵커가 강 상사가 말한 것과 비슷한 내용을 얘기하는 중이었다. 박 소령의 표정이 무너지는 걸 본 강 상사는 껄껄 웃었다.

"너 같은 놈 때문에 군대에서 폭력이 없어지지 않고 이런 사고가 벌어지는 거야. 반성하는 대신 감추고 속이려고 하니까 말이야. 잘해 보라고."

박 소령의 어깨를 손으로 토닥거린 강 상사는 서글프게 웃으며 복도를 걸어갔다. TV에서는 남자 앵커가 보고를 받은 대통령이 강도 높은 조사를 지시했으며, 국방부 장관이 사표를 제출했다는 사실을 전하고 있었다.